Un crimen en el vecindario

SUZANNE BERNE

Un crimen en el vecindario

Traducción de Fernando Toda

TROPISMOS

TROPISMOS

First published in the United States under the title:
A CRIME IN THE NEIGHBORHOOD

Copyright © 1997 by Suzanne Berne

Published by arrangement with Algonquin Books of Chapel Hill,
a division of Workman Publishing Company, New York

© de la traducción: Fernando Toda, 2004

© de esta edición:
2004, Ediciones Témpora, S.A.
Vázquez Coronado, 13, 2.º • 37002 Salamanca
Tel.: 923 21 13 67 Fax: 923 27 30 29
tropismos@tropismos.com
www.tropismos.com

ISBN: 84-934015-1-X
Depósito legal: S. 1150-2004

1.ª edición: septiembre de 2004

Imprime: Gráficas Varona, S.A., Salamanca
Impreso en España – *Printed in Spain*

Reservados todos los derechos. Quedan rigurosamente prohibidas, sin la autorización escrita de los titulares del copyright, bajo las sanciones establecidas en las leyes, la reproducción total o parcial de esta obra por cualquier medio o procedimiento, incluidos la reprografía y el tratamiento informático, así como la distribución de ejemplares de la misma mediante alquiler o préstamo públicos.

A Ken

Uno

En 1972 Spring Hill era uno de los vecindarios más tranquilos que se podía encontrar en una ciudad de la Costa Oeste de Estados Unidos, una de esas urbanizaciones instantáneas en donde se habían plantado chalets de ladrillo de dos pisos y garaje para dos coches como quien planta coles, en cuadrados de plácido césped verde. De vez en cuando a alguien le robaban la bicicleta de marca Schwinn, o un coche atropellaba a un perro y no se detenía. Alguna vez nos llegaban noticias de que habían pillado a alguien robando en el Centro Comercial de Spring Hill, a seis manzanas de distancia. Pero aparte de eso, tanto ese centro comercial como la urbanización siempre producían la impresión de ser lugares de lo más corriente.

De repente, una tarde de verano, sobre las cinco y media, justo cuando estaban cerrando las tiendas del centro comercial, una florista llamada Evelyn Crespo salió hacia su coche llevando una caja llena de ramilletes de orquídeas para una boda que se iba a celebrar esa misma tarde. Había aparcado lejos, detrás del centro comercial, en una fila de plazas reservadas para los empleados, al pie de una colina cubierta de árboles que ocupaba algo menos de una hectárea. A esa hora de la tarde, la sombra triangular del centro comercial cortaba la ladera de arriba abajo como una cuña. Mientras ponía las flores en el asiento trasero, la señorita Crespo oyó lo que le pareció el maullido de un gato que procedía de la parte sombreada de la ladera.

El sol le dio en los ojos cuando se apartó del coche para mirar a su alrededor. Pasado un momento, volvió a oír el maullido, o algo que se le parecía; un sonido apagado y débil. Aunque era una mujer robusta y hacía calor, subió por la ladera hasta el lugar en donde el terreno se allanaba, pisando entre botellas rotas, vainas de algarrobas y enmarañadas enredaderas para ver si el maullido procedía de algún gatito extraviado. Como no encontró nada, volvió a bajar cuidadosamente hacia el aparcamiento, agarrándose una vez a la rama de un arbusto para no caerse. Luego volvió a entrar en el centro comercial, echó el cierre a la tienda, les dijo adiós con la mano a las empleadas del salón de peluquería *Klip n' Kurl*, salió por las puertas de cristal automáticas, se dirigió al coche llevando el ramo de la novia y puso rumbo a Bethesda para hacer la entrega de las flores nupciales. Todo el proceso no pasó de los diez minutos.

Poco se imaginaba la señorita Crespo que tendría que narrar los detalles de esos diez minutos una y otra vez a lo largo de las semanas siguientes, primero a los policías del condado de Montgomery que vinieron a interrogarla, después a un inspector de policía y, finalmente, a sus propios clientes, que entraban en la tienda y se recostaban contra la cámara refrigeradora a través de cuyo cristal se veían rosas de tallo largo, lirios atigrados y copos de nieve.

Tuvo que describir esos diez minutos tantas veces que acabó por aborrecer su propia voz. También dejó de creer que los detalles que narraba fueran ciertos, que es lo que suele ocurrir cuando uno cuenta una historia sobre sí mismo tantas veces que llega a saberse las palabras de memoria. Porque lo que había oído la señorita Crespo en esa tarde de mediados de julio no era el maullido de un gatito, sino un niño que gemía tras un macizo de arbustos, en donde no hacía ni veinte minutos que lo había violado un hombre que además lo había intentado matar estrangulándolo.

En su declaración a la policía, que publicó parcialmente el periódico *The Post*, la señorita Crespo decía que no había visto nada extraño en el centro comercial esa tarde. Por lo que ella sabía, ninguno de los otros comerciantes había visto nada extraño; la mayoría de ellos declaró que ese día había atendido a clientes habituales. Sin embargo, una mujer mayor que había sacado a pasear a su perro por Ridge Road, cerca de las grandes instalaciones de ladrillo del Ministerio de Defensa de Estados Unidos, declaró que sí había visto a un chico hablando con un hombre que estaba en un coche, poco antes de las cinco. Le parecía que el hombre estaba empezando a quedarse calvo, pero no se acordaba del color ni de la marca del coche. Un chico de los que llenan las bolsas en el supermercado Safeway, que estaba desmontando cajas de cartón junto al contenedor, oyó cómo un coche salía derrapando del aparcamiento sobre las cinco y media, y al levantar la vista vio las luces traseras de un turismo marrón, posiblemente de marca Dodge, o al menos eso le pareció cuando le enseñaron dibujos de siluetas de distintos automóviles. Ni la florista ni nadie más había visto a un hombre con un chico, y nadie había visto a nadie en la colina ese día.

Era jueves 20 de julio. El niño se llamaba Boyd Arthur Ellison. Acababa de cumplir doce años. No pudo ayudar a la policía con una descripción de su atacante, porque cuando lo encontraron a la mañana siguiente el atacante había regresado a rematar el trabajo.

Tal como el corresponsal de *The Post* reconstruyó los hechos posteriormente, el hombre que mató a Boyd Ellison había visto a la florista cuando ésta se dirigía a su coche con la caja de flores. Corriendo agachado, huyó hasta una zona de pinos blancos que quedaba más apartada del centro comercial. Desde la distancia, tuvo que ver cómo dejaba las flores en el asiento trasero y cómo se erguía al oír un ruido. Tuvo que verla apartarse del coche, hacerse una visera con la mano, mirar ladera arriba y luego empezar a avanzar lentamente, pasando por encima del bordillo y acometiendo la subida por entre la vegetación, con su ancha cara bañada en sudor bajo el sol del atardecer mientras se paraba a escuchar de nuevo. Se había roto las medias al buscar por allí; las guardó para enseñárselas a la policía. Él tuvo que verla cuando lanzó una exclamación enojada, y se levantó el borde de la falda para contemplar la pálida carrera que se iba extendiendo por su pantorrilla.

Según el informe policial, había pasado a unos cuatro metros del niño; si se hubiera girado levemente hacia la izquierda, si hubiera mirado detenidamente, tal vez hubiera visto una de sus espinillas desnudas, con el pie cubierto por un calcetín deportivo blanco, medio tapada por hojas. Pero la señorita Crespo era corta de vista, y uno de sus pequeños rasgos de coquetería era no llevar gafas en público. Incluso aunque se hubiera girado hacia la izquierda y hubiera mirado, es posible que no hubiera visto la pierna magullada del niño. Lo que no le debería haber pasado inadvertido, aunque tal vez nunca llegó a admitírselo a la policía, era una bota de baloncesto negra, desatada, que había rodado ladera abajo y estaba en la cuneta, junto al bordillo, a escasos centímetros de las ruedas delanteras de su coche. En la investigación los padres de Boyd, Walter y Sylvia Ellison, declararon que la mañana del día en que murió su hijo fue igual que todas las mañanas de verano de su vida. Su madre lo despertó a las siete para que pudiera desayunar con su padre antes de que éste se fuera al trabajo a las ocho. Yo recuerdo que era una mañana radiante y calurosa. Por lo que me imagino, la familia debió de desayunar en el porche protegido con tela mosquitera metálica, como le gustaba hacer a la mayoría de nuestros vecinos en verano. Al igual que muchos otros padres, Walter Ellison pasaría las hojas del periódico mientras se comía un pomelo. Boyd se bebió un zumo de naranja, se comió un panecillo con mermelada de frambuesa y un huevo pasado por agua puesto en una copa de porcelana que parecía un pollito con una cáscara de huevo en la cabeza. Mientras esperaba a que se hiciera el huevo, le habló a su padre del libro que estaba leyendo, *La llamada de la selva*, que mi hermano había leído el verano anterior. Walter se terminó la tostada, se bebió un vaso de leche, le dio un beso a Boyd y le dijo a su esposa que volvería a la hora habitual. Luego se despidió de ella con otro beso, y se marchó a trabajar.

A las seis y cuarto, cuando estaba a punto de dejar su despacho en el Banco de la Reserva Federal, Walter Ellison recibió una llamada de su esposa que le dijo que no encontraba a Boyd. No había regresado desde que ella lo había enviado al centro comercial a las cuatro, a buscar un paquete de alfileres y un cartón de sorbete. Walter le dijo que llamara a la policía y que él iba para allá enseguida.

Fue Walter quien lo encontró. Con más de cincuenta hombres de toda la vecindad, Walter se había pasado la noche buscando, lanzando la luz de su linterna por debajo de los setos de los vecinos, por detrás de los garajes, por los jardines traseros, llamando incesantemente a su hijo. Los hombres de la vecindad se dividieron en partidas de tres o cuatro, y cada grupo iba enviando emisarios periódicamente para saber si los otros grupos habían encontrado algo. Los del grupo de Walter habían registrado el aparcamiento del centro comercial y habían encontrado la bota de baloncesto, pero por dos veces subieron la ladera pasando de largo por el lugar en donde yacía el niño. Sólo a la tercera vez, cuando ya estaba saliendo el sol, lo vieron; lo vio su padre. Se arrodilló e intentó cubrir el cuerpo de su hijo con el suyo mientras otro hombre bajaba corriendo al aparcamiento a llamar a una ambulancia desde la cabina telefónica que había junto al centro comercial.

Walter le dijo al hombre que se quedó con él que le parecía sentir los latidos del corazón de su hijo. Pero eso era imposible, según diría después el forense; para entonces el chico llevaba ya más de once horas muerto. Cuando la ambulancia llegó al aparcamiento haciendo sonar la sirena para llevar el cuerpo de Boyd por el bulevar Mac Arthur hasta el hospital Sibley, nadie se había percatado aún del trozo cónico de piedra caliza, de aproximadamente un kilo y medio de peso, que se encontraba bajo un arbusto, y con el que le habían hundido la parte posterior del cráneo. Lo único que sabía su padre, mientras apretaba a su hijo contra su pecho y se imaginaba que le latía el corazón, era que lo habían encontrado.

Dos

La razón por la que recuerdo ese incidente particularmente horroroso con tanta nitidez tiene algo que ver con la edad que yo tenía entonces, mucho más con lo que le estaba pasando a mi familia ese verano, y también algo con el hecho de que conocía, aunque muy superficialmente, al niño al que habían asesinado. Pero sobre todo, tiene que ver con una especie de observación fanática que yo practicaba en aquella época.

Si le preguntan a mi madre cómo era yo de pequeña, les dirá que era una de esas niñitas que casi nunca dicen nada, pero que siempre están allí, especialmente cuando hay peleas. En cualquier riña, cualquier discusión a voces, cualquier disputa en la cola de la caja en la tienda de ultramarinos, allí estaba yo, mirando. Aunque menuda para mi edad, era la primera en colarme dentro del círculo que se formaba en las peleas en el patio de la escuela, lo suficientemente alejada como para que no me alcanzaran las patadas y los manotazos, pero bien cerca, para no perderme detalle. Más tarde, en mi cuarto, repasaba la escena, repitiendo trozos de diálogo ante el espejo, y analizando cada insulto y cada empujón para intentar averiguar por qué habían sucedido.

Yo siempre quería saber la razón de lo ocurrido.

—¿Por qué? —les preguntaba a mi madre, a mi padre, a cualquiera que me hiciese caso—. ¿Por qué ocurrió?

Me fascinaba cómo se las arreglaban las personas para causarse daño unas a otras, y qué era lo que les impulsaba a hacerlo. No era un interés sentimental; en aquellos tiempos sentía curiosidad por la mecánica: quería conocer el resorte, las ruedas y los engranajes.

Así que no resulta sorprendente que, aunque nunca se ha encontrado al asesino de Boyd —uno de esos episodios no cerrados que a veces ocurren en la vida—, de niña yo tuviera tantas ganas de descubrirlo, que durante un tiempo casi llegué a creer que sabía quién era.

Pero para poder contaros esa historia necesito narrar esta otra, que es menos sensacional, aunque quizá no resulte así para quienes han pasado por algo parecido.

En una fría noche de febrero, cuando estábamos todos sentados a la mesa comiendo chuletas de cerdo con puré de patatas y haciendo conjeturas sobre si iba a nevar o no, y, en caso de que nevase, si caería lo suficiente como para que las escuelas de Maryland cerrasen al día siguiente, de repente mi madre se volvió hacia mi padre, que había estado mirando fijamente por la ventana, y le dijo, con tono de conversación:

—Sé que sabes que lo sé.

Podría haber abierto la boca para pedirle que le alcanzase la mantequilla, pero le había salido otra frase. Una frase muy extraña, pensé en ese momento. Sin comprender a qué se refería mi madre, pude intuir que había allí un puñado de implicaciones. ¿Qué era lo que sabía? ¿Y cómo era posible que mi padre supiera que ella «sabía» algo, y sin embargo hubiera que recordarle que disponía de esa información?

Como era la más pequeña de tres hijos, ya estaba acostumbrada a que no se me aclarasen muchas cosas de las conversaciones en la mesa, así que seguí comiéndome mi chuleta. Pero fue imposible hacer como que no me daba cuenta de lo que pasó a continuación. Mi madre cogió su plato y, con un giro de muñeca, lo lanzó igual que un disco volador Frisbee, surcando el aire del comedor. Hubo un estallido de loza. El puré de patatas y la salsa se estrellaron contra la pared y chorrearon hacia la moqueta azul, dejando caer una lluvia de manchas de grasa sobre la camisa blanca de mi padre. Una chuleta a medio comer aterrizó sobre el aparador.

Fue un momento absurdo y terrible y, como les suele pasar a esos momentos, también bastante cinematográfico, con esa chuleta en equilibrio encima del aparador y toda la familia mirando hacia allí boquiabierta; me entraron ganas de reír. Incluso mi madre puso cara de estar a punto de reírse. Se le arrugaron los párpados y las comisuras se le levantaron. Pero al momento siguiente alargó el brazo y, uno tras otro, repitió el lanzamiento con el plato de mi hermano, el de mi hermana y el mío.

—No voy a hacer como que no lo sé —afirmó. Después se levantó y salió del comedor. Nos quedamos mirando cómo la puerta batiente de la cocina se balanceaba tras ella. Mi padre seguía empuñando el tenedor.

Naturalmente, muchas personas que crecieron en los años setenta pasaron la infancia entre sus padres, más que con ellos. Si los padres no llegaban a divorciarse, desde luego pensaban en ello, a menudo en voz alta, y a veces pedían opinión a sus hijos sobre el asunto. He oído historias de terror sobre Navidades pasadas en aeropuertos, escenas en los actos de fin de curso en los institutos, álbumes de fotos en los que uno u otro de los padres había sido eliminado por las tijeras. He oído tantas historias de éstas que ya no me resultan especiales; de hecho, han dejado de ser historias y se han convertido en tópicos, y cuanto más predecibles, más horribles resultan ser: el padre se vuelve a casar con una bruja a quien le caen mal sus hijos, y lo azuza contra ellos; la madre se vuelve a casar con un bestia al que le gustan demasiado sus hijastras. Pero todos los clichés tienen un núcleo real, y el hecho es que los matrimonios, como las alianzas políticas, se rompieron por todo este país en la década de 1970, cosa que, al menos en lo que se refiere al segundo caso, no había sucedido antes.

La causa del divorcio de mis padres era bastante predecible. Mi padre empezó a verse con otra mujer. Lo que le da a la situación un giro algo diferente es que la otra mujer resultó ser la hermana pequeña de mi madre, su favorita, Ada.

Mi madre nunca confió mucho en los hombres. En su opinión, les faltaba carácter. Cuando ella tenía siete años, su propio padre murió de neumonía después de quedarse dormido bajo la nieve en un banco de un parque de Baltimore, dejando a su viuda con cuatro hijas pequeñas y sin seguro de vida. Se fueron con los abuelos de mi madre, que eran bastante acomodados, pero seis meses después a su abuelo le dio una apoplejía y se pasó los últimos tres años de su vida en la cama, sacudiendo sonoramente el cabecero de bronce con la mano buena. Pronto se averiguó que él tampoco se había molestado en hacer preparativos para el futuro de los demás, y después de pagar a las ocho enfermeras y los gastos del entierro, seis mujeres se encontraron al borde de la bancarrota justo al final de la Segunda Guerra Mundial.

Salieron adelante. Las dos mujeres empezaron a coser para la calle, hicieron algo de mecanografía, comieron cereales de desayuno para cenar y, con la ayuda de un préstamo de una tía abuela, finalmente consiguieron trasladarse a Bethesda y abrir una tienda de regalos especializada en figuritas de porcelana de Hummel. Mi madre dice que ella y sus hermanas se criaron duras y sobrias, cualidades de las que, según ellas, habían carecido sus antepasados masculinos. Mientras les quitaban el polvo a los pastores y a las niñitas cuidadoras de ocas, se preparaban para volverse irrompibles.

—Siempre debes pagar tu entrada del cine cuando salgas con un chico —se decían una a otra con severidad—. Nunca digas gracias a no ser que de verdad lo sientas. Hazte respetar.

Sus lealtades se anudaban estrictamente entre ellas, especialmente en lo que a los hombres se refería. Sabían lo frágiles que pueden ser los varones, cuán fácilmente sucumbían ante una tos o una palpitación. ¿Acaso no lo habían visto? Los varones, se decían en confianza, transmitían enfermedades. Sentadas al borde de sus camas con las piernas cruzadas, se enseñaban unas a otras cómo besar a los chicos con los labios bien apretados.

—Llevad camiseta y también sostén —les decían las mayores a las pequeñas—. Estad preparadas.

Mi abuela solía decir que había dado a luz a una hija con cuatro cabezas, una imagen inquietante que no parece propia de la rechoncha señora mayor que yo recuerdo dormitando junto al radiador con sus pantalones de lana marrón y sus zapatillas de color rosa. No obstante, la imagen era bastante acertada, a su manera. A mi madre y a sus hermanas les gustaba ejercer la venganza en comandita cuando a alguna de ellas la trataban mal, y lo solían hacer mediante bromas pesadas cuidadosamente planeadas. Según una historia que le gustaba relatar a mi madre, su hermana Claire empezó a salir con un chico que luego mintió a sus amigos contándoles que se había acostado con ella en el asiento trasero del coche de su padre. Dos días después, los resultados del examen físico anual de este muchacho fueron «robados» de la enfermería del instituto y aparecieron en el tablón de anuncios. El informe explicaba de forma detallada la condición de hermafrodita del muchacho, y recomendaba una intervención quirúrgica. Ya no me acuerdo de cuál de las hermanas urdió este documento, pero al parecer el trabajo era tan bueno que nadie pensó que fuese falso hasta que la enfermera del instituto pidió la palabra en un claustro y declaró que ella no tenía nada que ver con ese papel.

Mi madre y sus hermanas figuraban en todas estas historias como una hermandad divertida y vengativa: Fran, Claire, Lois y Ada, las fabulosas chicas Mayhew, divertidas, compasivas y despiadadas, un ejército privado femenino. Las Chicas Mayhew, así es como yo me las imaginaba. Como el título de un libro.

Mi madre y sus hermanas eran todas muy altas, lo que puede explicar por qué la humillación rápida era su especialidad. «De este tamaño», decían, acotando unos cuatro centímetros entre el índice y el pulgar cuando se cruzaban con algún bellaco. A él le tocaba decidir si se referían a alguna parte concreta de su anatomía o a su carácter en general.

Tal como yo me las imagino en esas aventuras, las Chicas Mayhew siempre van vestidas con monjiles faldas negras hasta los tobillos, blusas blancas y seductores zapatos de charol. Llevan carmín rojo, pero la ropa interior se la ha hecho su madre con fundas de almohada viejas. Fuman pitillos y sueltan descaradas frases de moda; sin embargo, son brillantes en latín y gritan versos de Virgilio en la bañera, escriben *panis* en lugar de «pan» en la lista de la compra, y se preguntan las conjugaciones verbales mientras se depilan las cejas. Como le pasaba a mi abuela, de pequeña a mí me costaba distinguir a una tía de otra. En las historias que contaba mi madre, prácticamente no existía tal distinción.

Por supuesto, ésa era la versión de mi madre. La verdad, si es que tal cosa existe, tiene que hallarse más cerca de la miseria. Los años cincuenta no fueron tiempos fáciles para ser estrafalario, y cuatro chicarronas sin padre y con ropa interior de fundas de almohada debían resultar insoportablemente extravagantes en los barrios residenciales de Maryland. Lo más probable es que se mantuvieran unidas porque se sentían excluidas de cualquier grupo al que intentaban acercarse. Su devoción mutua era defensiva, reflexiva, parroquial: nosotras / ellos.

Seguramente ésa sea la razón por la que exageraban de forma tan cruel al hablar unas de otras.

—Llamó Claire el otro día —le podía decir mi madre a Ada mientras removían el café sentadas en la cocina—. Tuve que escucharla dos horas mientras se quejaba de cuánto pelo suelta su perro. Yo le dije: «¿Por qué no lo siegas? Conviértelo en un Rottweiler». Bueno, ya sabes cómo es Claire.

También podía colgar el teléfono después de hablar con tía Fran y a continuación marcar el número de Ada para decirle:

—Escucha lo que te digo: acabo de hablar con Frannie. Se ha comprado un lavavajillas de marca Sears; bueno, pues ya la conoces: parece que se hubiera comprado el hotel Waldorf-Astoria. «¿Por qué no te vas a vivir ahí?», le pregunté. «Parece que es mucho mejor que tu casa».

Naturalmente, mi madre nunca decía las cosas que decía que había dicho. Quizá tía Claire se había quejado de pasada de que el perro soltaba mucho pelo; quizá tía Fran alardeó un momento sobre el lavavajillas. Pero si ella hubiese contado estos detalles de forma realista, habría perdido una oportunidad de celebrar su relación con sus hermanas, que era como de encaje de bolillos. Le encantaba hablar con una hermana sobre otra en tono de intimidad peyorativa. Y si albergaba la menor intención autocrítica, su solución era extenderla a las demás, de modo que continuamente admiraba sus propios defectos en las otras.

—Todas somos muy susceptibles —podía afirmar con orgullo, por ejemplo—. Ya sabéis cómo somos.

La única que a veces conseguía escapar a este escrutinio por rayos X era Ada. Ada era la bebé de la familia; incluso medía varios centímetros menos que las otras tres. De niña había estado bastante encerrada en sí misma, y por lo tanto se consideraba que tenía dotes artísticas. Se pasaba horas en su habitación con las tijeras y un montón de revistas, recortando estrellas de cine para pegarlas en cuadernillos que fabricaba con hojas de cartulina fina grapadas. A estas estrellas les ponía trocitos de diálogo metidos en bocadillos de tebeo, la mayor parte de ellos referidos a la propia Ada.

—¿A que Ada es lo más de lo más? —le pregunta Rita Hayworth a David Niven en el único cuadernillo que ha sobrevivido—. ¿A que es fenomenal?

Como correspondía a su talante artístico, Ada me parecía más exótica que mi madre o mis otras tías. Se había dejado el pelo largo cuando la mayoría de las mujeres de su edad lo llevaban en melena corta, ahuecada o en capas. Tenía el pelo castaño rojizo brillante, y le gustaba separárselo de la frente con las manos y sujetarlo en mechones. Le encantaban las ajorcas de plata que tintineaban cuando se echaba la melena para atrás, y al reírse los ojos le desaparecían. Para mis adentros, yo pensaba que me parecía a ella, o al menos eso deseaba; de hecho tengo el pelo del mismo color, aunque más rizado.

Pero Ada siempre fue diferente del resto de la familia, y no sólo porque resultaba más atractiva. Además de parecer suave, madura y flexible, también daba la sensación de sentirse así, y seguramente consideraba que estas cualidades eran suficientes para caerle bien a cualquiera. Su risa era lenta y plena; sus gestos, lánguidos, incluso cuando pretendía tener prisa. Los brazos se le volvían más rollizos cerca de los hombros, y bajo sus ligeras blusas bordadas de estilo campesino, sus voluminosos pechos se balanceaban libres, sin sostén. Mi madre y mis tías podían ser autocríticas hasta la parálisis, pero Ada no. A Ada le gustaba su aspecto. He conocido a pocas mujeres así desde entonces, de las que verdaderamente se creen hermosas o sexy y acaban por serlo aunque sean corrientes, y siempre me han dado miedo, igual que mi madre y sus hermanas siempre parecían tener algo de miedo de Ada. El impulso sexual es imperioso, y cuando está en pleno apogeo hace que todas las otras preocupaciones parezcan secundarias.

Curiosamente, mi madre se sentía protectora con respecto a Ada.

—Ha tenido muchas cosas en que pensar —argumentaba si Fran o Claire acusaban a Ada de indolencia cuando no mandaba regalos por Navidad o se olvidaba de sus cumpleaños. Mi madre sentía una cierta admiración por la vanidad, por lo vívida que resulta, del mismo modo que la gente escrupulosa puede admirar a los timadores.

—Ya sabéis cómo es Ada —decía riendo—, está un poco absorbida por ella misma.

Y hasta el año en que asesinaron a Boyd Ellison, la imagen de tía Ada sentada a la mesa de formica de nuestra cocina, con el pelo largo cayéndole por la espalda en una cascada de rizos, garabateando en una servilleta de papel mientras mi madre preparaba la cena, fue para mí algo tan familiar como ver a mis propios hermanos. Ada había aceptado su papel como la artista de la familia, y, con la ayuda económica de sus hermanas mayores, había asistido a la Escuela de Bellas Artes un año, antes de dejarla para casarse con tío Roger, que regentaba un asador de carne en Bethesda.

Ada daba clases de dibujo en una escuela primaria en Rockville. No tenía hijos.

—Ya está aquí Marsha, la niña marciana —decía siempre cuando yo regresaba de la escuela; luego me preguntaba qué había «de nuevo». Escuchaba con seriedad todo lo que yo le contaba, y a menudo hacía un dibujo de lo que le describía. Cuando yo acababa de hablar, me entregaba la servilleta. Si me había ido bien en alguna prueba, dibujaba una corona. Si alguno de mis compañeros me había herido los sentimientos, lo representaba asaeteado por flechas o atropellado por un camión.

—Vamos, Ada —le reprochaba a veces mi madre—. Eso no está bien.

—¡Anda ya! —se reía Ada, echándose la melena hacia atrás.

Pero lo que más recuerdo es su olor, un olor que perturbaba, provocativo, afrutado. Me parece que lo estoy percibiendo ahora, con sólo pensar en él; un olor como de albaricoques húmedos. A veces, cuando hablaba, combaba el labio superior como un caballo que intenta mordisquear una zanahoria. De todas las hermanas, era la que se había casado primero, a los dieciocho.

—Pues ya sabes cómo es Ada —contestaba mi madre, cuando alguien le preguntaba por qué.

Describo todas estas escenas a modo de circunloquio para decir que, a pesar del resentimiento que cualquier mujer tímida siente de manera natural por una mujer atrevida, yo creo que mi madre quería a su hermana Ada más de lo que quería a mi padre. Sencillamente, confiaba en ella.

Confiaba en ella como lo hacemos en alguien a quien conocemos perfectamente, lo que seguramente no es muy recomendable, puesto que eso no existe. Ada era una salvaguardia, una aliada, parte del plan de futuro que mi madre había aprendido a preparar y mantener desde muy joven. Su traición le resultó mucho más dolorosa que la de mi padre, que siempre se había esperado, más o menos. Después de todas las bromas crueles y refinadas que habían gastado entre las cuatro, mi madre jamás se imaginó que alguna de sus hermanas le fuese a gastar una a ella.

Dos días después de esa fría noche de febrero en que mi madre hizo volar nuestros platos a través del comedor, tía Fran y tía Claire vinieron a pasar unos días de visita.

Aparecieron en la puerta llevando atuendos casi idénticos, blusas de colores pastel y pantalones de *tweed*, y además tía Fran con botas de excursión. Dos mujeres de piernas largas y hombros caídos, un poco más allá de los cuarenta, con pelo corto de color castaño y ojos marrones de mirada preocupada; versiones más angulosas de mi madre. Tía Fran era la más alta; tenía la mandíbula grande y el cuello delgado. Tía Claire poseía unos ojos bondadosos, saltones, que le daban el aspecto de un terrier de Boston.

Cada vez que mi madre emprendía una de sus historias sobre las Chicas Mayhew, yo siempre me imaginaba a Fran y Claire elegantemente descuidadas, como esa clase de mujeres que hacen comentarios sarcásticos y llevan los labios pintados de rojo brillante, toman Martinis pero no se comen la aceituna, y son capaces de correr llevando tacones. Cuando luego las veía, tenía que esforzarme en reconocer el aspecto tan corriente que tenían; pero esta vez me parecieron deliberadamente corrientes. Tía Fran llevaba las maletas a cuadros de las dos, mientras que tía Claire portaba un enorme cojín con una funda de ganchillo a medio hacer, que representaba la torre Eiffel un tanto escorada hacia la izquierda. Según se acercaban desde el coche hacia la casa, parecían una pareja de enfermeras militares.

—¡Hola chicos! —gritaron al pasar por la puerta, con unas voces dulces y ásperas a la vez que podían haber estado pidiendo gasa esterilizada o sábanas limpias.

Cuando tía Fran se inclinó para besarme, un pelo duro me pinchó la mejilla. Olía a cacahuetes y a caramelos de menta.

—Para ti —murmuró, metiéndome en el bolsillo un paquete de gominolas.

Esa noche mi hermana y yo la pasamos en sacos de dormir en el cuarto de mi hermano para dejarles nuestras camas. De repente nuestra casa se llenó de ásperos murmullos femeninos, un sonido bajo sibilante y enloquecedor para una niña que tiene miedo de saber por qué su padre se mete en el coche para ir a trabajar por las mañanas con los ojos enrojecidos, mientras su madre pasa las horas empuñando ferozmente el aspirador, escaleras arriba y escaleras abajo, por todas las habitaciones, con un gesto en la boca como el de un gladiador.

Mi padre había confesado. Por qué o cómo, no lo sé; mi madre no lo ha dicho nunca, y no resulta fácil interrogarla. Pero, al parecer, durante ese tiempo, hubo un intento de «arreglar las cosas». Ada desterrada en su casa urbana de ladrillo en Bethesda, pintando acuarelas de pulposos melocotones y peras, mientras que sus dos hermanas mayores iban y venían en nuestra ranchera marca Oldsmobile llevando mensajes, consultando y teorizando, solemnes como un par de generales. Una agitada conmoción las embargaba: tía Fran había dejado a su marido y a su hijo en Milwaukee, y tía Claire a sus dos hijas y a su marido en Detroit. Por difícil que les resultara el arreglo, de todos modos eran unas vacaciones. En cuanto llegaron se compraron paquetes de tabaco mentolado, aunque las dos habían dejado de fumar, y antes de cenar tomaban vino blanco. Después de la cena, estiraban sus largas piernas en el sofá, demostrando al menos una pizca

25

de despreocupación, y lanzaban hacia el techo unos anillos de humo perfectos.

El resto del tiempo, tía Claire se dedicaba a su ganchillo, mientras tía Fran se desplegaba en el suelo para hacer ejercicios de estiramiento. Sus voces se iban volviendo más roncas con el paso de los días, y convencieron a mi madre para que por las mañanas saliera a comprarse zapatos. Al menos yo recuerdo que en esa época estrenó varios pares de los que llevaban plataformas y parecían cascos de caballo.

Mis tías se alternaban para meternos a los gemelos y a mí en la ranchera y llevarnos al centro comercial. Siguiendo a la tía de turno, comprábamos chicle y otras chucherías y luego vagábamos por delante de los escaparates, pisándonos los talones de las playeras unos a otros, y soltando risitas al ver los picardías en el escaparate de la boutique de lencería, para acabar indefectiblemente en la tienda de animales, mirando cómo los peces tropicales se esquivaban unos a otros en sus acuarios. Esto se hacía con el fin de darle a mi madre más tiempo para que «hablara» con la tía que se hubiera quedado. Pero cuando regresábamos, la encontrábamos sentada en silencio en un taburete de la cocina, con la mirada perdida en el tablero de la mesa de formica.

Quizás los gemelos y yo hablásemos entre nosotros sobre nuestros padres esa semana. Quizá una noche yo arrinconara a mi hermana Julie y le preguntase qué creía ella que estaba pasando. Pero no creo que lo hiciera. Ella y Steven se tenían el uno al otro como confidentes; al fin y al cabo, eran gemelos, y a sus catorce años se sumergían, entre ellos y con sus amigos, en unas intrigas que para mí resultaron incomprensibles hasta que yo misma cumplí los catorce.

Además, Julie me despreciaba. Siempre que le preguntaba algo me devolvía la pregunta imitándome con pronunciación ceceante. En aquella época le apasionaban las novelas británicas, y había adoptado un tonillo afectado estilo Oxford, sacado de Evelyn Waugh, lo que motivaba que cada cosa desagradable que dijera pareciese aún más desagradable.

«La criatura», me llamaban ella y Steven, y también «Marsha la mancha» o sencillamente «Mancha»*.

Mis tías se pasaban horas hablando con mi madre. Sus voces salían flotando del salón, y descendían hasta convertirse en susurros si ella les recordaba que podíamos estar escuchando, sólo para volver a alzarse, aleteando como gaviotas que emprenden vuelo desde la orilla. A su llegada, tía Claire me regaló una caracola de Bermuda. Recuerdo que me sentí avergonzada al ver el interior brillante y rosáceo de la concha, que me pareció una versión exagerada del ancho labio superior de mi madre, que no era lo que podríamos llamar propiamente leporino, pero sí era ancho y ligeramente picudo en el centro.

—Venga —me dijo tía Claire, al ver que yo vacilaba antes de acercármela a la oreja—, escucha cómo habla el mar. Desde entonces, el rugido enclaustrado de la caracola era lo que yo me imaginaba cuando pasaba por delante del comedor y oía las voces de mis tías.

Las dos pensaban que mi madre le debía dar tiempo a mi padre, que tenía que «quitárselo de encima».

—No es que la disculpemos a ella —solían decir, a veces al unísono—. Ni se te pase por la cabeza. Ya sabes cómo somos. —Y asentían vigorosamente con sus delicadas cabezas cubiertas de pelo corto.

Cualquiera sabe por qué mi padre decidió quedarse en casa esa semana. Quizá pensó que constituía una demostración de fuerza o, más probablemente, un acto de expiación. Por la mañana temprano, antes de irse a trabajar, y por las tardes cuando regresaba, vagaba por la casa como el humo de los cigarrillos de mis tías. Tocaba la canción de *Casablanca* y las partes más fáciles de la *Sonata de luz de luna* en el piano de pared que teníamos en el salón;

---

* El nombre de Marsha se parece a *Martian*, «marciana». También a *marsh*, «pantano», y así la llaman *Swamp*, que significa «ciénaga». En la traducción he optado por «marciana» y «mancha». (N. del T.)

pero ya no me pedía que le pasara las páginas de las partituras, y cometía más fallos que de costumbre. Por las noches, después de cenar, mezclaba whisky escocés con leche en un vaso de *Los Picapiedra* y se lo bebía, de pie junto a la nevera.

A veces paseaba arriba y abajo por el porche. Más frecuentemente, desaparecía. Yo empecé a buscarlo por la casa incluso cuando se suponía que ya tenía que estar acostada, y me lo encontraba en lugares inesperados, como en el sótano al lado de la caldera, o en la cocina, plantado junto a la puerta trasera. Una noche, muy tarde, me lo tropecé parado ante la puerta de su propio dormitorio.

—Hola, ¿qué hay? —me saludó. Parecía que estuviera esperando a entrar en el gabinete del dentista.

Nos quedamos juntos unos momentos, contemplando la moqueta naranja del pasillo con su dibujo de líneas fluidas, que siempre me hacía pensar en peces de colores nadando a contracorriente. Aquí y allá estaba desgastada; algunos de los peces casi habían desaparecido.

—Sabes —murmuró mi padre, observando el suelo y retorciéndose el botón de un puño de la camisa—, aquí han estado pasando muchas cosas. Muchos cambios. Pero no tienen que ver contigo. Nada de esto tiene que ver contigo, bonita. —Me dirigió una sonrisa triste—. Así que sigue con lo que estuvieras haciendo, Marsha, guapa. Haz lo que tengas que hacer.

—Pero si no estaba ocupada —le contesté.

—No importa. —Parecía deseoso de tranquilizarme, pero indeciso sobre en qué modo debería hacerlo.

Esa noche, sentada encima de mi cama con las piernas cruzadas y el camisón rosa puesto, le escribí una cartita en una tira de papel de cuaderno: «Hola, papi. Esto es de tu hija Marsha. A que te sorprende encontrarte una nota en el bolsillo. Sólo quería decirte que tú también hagas lo que tengas que hacer». Esta última parte no me sonaba bien del todo, pero no se me ocurría cómo cambiarla y de repente me sentí muy cansada, así que bajé las escaleras a trompicones y le metí el mensaje en el abrigo.

Una o dos noches más tarde, estaba viendo un programa de risa en la tele en el salón con mi padre y los gemelos. Yo estaba sentada cerca de la butaca de mi padre, cogiéndolo por la muñeca cuando, de repente, sentí que tenía que ver a mi madre. La necesitaba como lo hacen los niños muy pequeños, con una especie de deseo confuso y lloroso.

Primero la busqué en la cocina, luego en el sótano, y fui encontrando huellas de ella por todas partes; una taza de café con marcas de carmín, un pañuelo de papel arrugado. Por fin, cuando subía en calcetines sigilosamente hacia el piso de arriba, oí su voz y las de mis tías en su dormitorio.

Por lo que pude entender, se estaban preparando para recortarse el pelo unas a otras, y tía Claire le proponía a mi madre aplicarle un tinte de *henna* en el cuarto de baño.

—Quítate la blusa —le ordenó una de ellas. La puerta del dormitorio de mis padres la habían colocado al revés, de modo que se abría hacia el pasillo; estaba entreabierta y, casi sin pensármelo, me escondí detrás de ella.

—Sabes, vas a tener que enfrentarte con la situación —le decía mi tía Claire. Encárala. Luego hay que seguir adelante.

—Para ti es muy fácil decir eso —le contestó mi madre.

—Pues claro —replicó tía Claire—, pero sigue siendo cierto.

—Lo que tienes que hacer —le aconsejó tía Fran— es olvidarte de lo de la dignidad.

—De verdad te lo digo —le respondió mi madre—, la dignidad es lo que menos me preocupa estos días.

Me situé de modo que pudiera atisbar por la rendija que quedaba entre las bisagras y el quicio de la puerta, esperando, y temiendo, con más esperanza que temor, que mis tías se quitasen la ropa. Creía que aún llevarían esa ropa interior de fundas de almohada de la que me habían hablado, y quería saber cómo era; incluso llegué a sacarme las gafas del bolsillo y ponérmelas por si se diera la ocasión. También tenía interés en verles los pechos, que yo me imaginaba como unos megáfonos carnosos rematados por unos pomos de puerta color rojo brillante. Así eran en los dibujos que hacía Steven y que luego escondía debajo de la cama. Él los llamaba «tutitas». No estoy segura de por qué yo daba por cierto que los pechos de mi madre, que alguna vez vislumbraba en su dormitorio o en el vestuario de la piscina municipal, no eran «tutitas». No lo sé, pero es verdad que nada de lo que perteneciera a mi madre me parecía extraño entonces, ni pensaba que pudiera ser propio de ninguna otra persona. Mi madre y mis tías dejaron de hablar de repente, y por un momento temí que me hubieran visto detrás de la puerta. Pero luego volvieron a empezar, hablando con la artificiosa informalidad de las personas que tienen que dejar un tema que les interesa.

—Te llevo en el coche —le ofreció tía Claire a mi madre, de pie muy cerca de ella. Le pasó los dedos suavemente por la nuca, mientras las dos se miraban en el espejo de encima de la cómoda—. Reflejos castaño rojizo. No es más que eso.

—No sé —replicó mi madre con voz vacilante.

Tía Fran se sentó en el borde de la cama y se quitó las playeras.

—Tienes una figurita estupenda, Lois —afirmó, sonriéndole a sus espaldas—. En serio, qué tipito. —Se inclinó y le dio una palmadita en el trasero.

Mirándose gravemente en el espejo, mi madre giró la cabeza a un lado y a otro, mientras tía Claire le seguía acariciando el cabello.

—¿No crees que quedaré ridícula?

Tía Claire bajó la mano y se la posó suavemente en el hombro.

—Vas a estar preciosa. Ya estás preciosa ahora.

—¡Ja! —replicó mi madre.

—Tú qué sabrás. —Tía Fran se bajó los pantalones de *tweed* verde hasta las caderas. Se puso en pie para hacerlos caer hasta las rodillas, y luego se salió de ellos y los abandonó arrugados en el suelo. Llevaba ropa interior lisa blanca, y un reborde de pelo oscuro asomaba rizoso por debajo de la blancura en lo alto de sus piernas. Cuando se desabrochó la blusa, pude ver la parte delantera del sujetador, con un poco de encaje. Se dejó la blusa abierta y se sentó otra vez en la cama, cruzando las piernas—. Siempre has sido la guapa.

—No lo soy —replicó ella, pero le sonrió un poquito al espejo, levantando una de las comisuras de su ancho labio.

—Mucho más guapa que Ada.

—Ada está engordando —observó tía Fran, y contempló sus propias piernas largas y musculosas.

—No quiero hablar de Ada. —Mi madre se apartó de tía Claire y se dirigió al cuarto de baño, saliendo de mi campo de visión. Tía Claire miró a tía Fran y levantó las cejas, y ésta se encogió de hombros.

—Quítate la falda y la blusa —le indicó en voz alta tía Claire a mi madre—. Y tráete las tijeras. Te recortaremos el pelo mientras se disuelve la *henna*. —Se sentó en la cama, rebotando, junto a tía Fran, y comenzó a desabrocharse la blusa ella también—. Sólo quiero recortarme un par de centímetros las puntas. ¿Cuánto quieres cortarte tú?

—Me da igual. Fui a la peluquería la semana pasada. Sólo lo hago por participar.

Tía Claire sonrió mientras se quitaba la blusa. No llevaba sostén de ninguna clase. En lugar de los dos conos que me había figurado, me encontré con un par de ojos pequeños y aplanados, del color de la harina de avena, salvo la pupila oscura que sobresalía como un botón: extraña y casi horrible carne humana común.

Tía Fran ya se había quitado la blusa y estaba de pie junto a la cama en sostén y con sus bragas blancas. Parecía una jirafa por lo alta y nervuda, con un aire desenvuelto poco natural, mientras cambiaba el peso de una pierna a otra, flexionando los músculos de las piernas, levantando súbitamente la cabeza pequeña y pulida y parpadeando ante su propia visión en el espejo. En la cama, tía Claire se inclinó para quitarse los mocasines y luego las medias de nailon que le llegaban hasta la rodilla. Tenía la espalda pálida y salpicada de pecas marrones, como la panza de un perro.

Se enderezó y se atusó el pelo por atrás con una mano mientras bostezaba, y luego miró hacia el cuarto de baño.

—¿Lois? —llamó—. ¿Ya estás lista?

Mis dos tías suspiraron cuando mi madre apareció de repente en mi campo de visión. Traía una toalla verde enrollada en la cabeza y no llevaba ninguna otra prenda. Me resultó sorprendentemente triste ver a mi madre desnuda. Ya la había visto otras veces, pero ahora tuve la impresión de que hacía mucho tiempo de ello, y, desde luego, nunca de esa forma. Parecía disminuida, llena de costillas y muy blanca, e inesperadamente peluda. También me dio la sensación de que estaba expuesta, como un maniquí de escaparate que espera que lo vistan. Una cicatriz delgada y rosácea, que yo conocía pero había olvidado, le atravesaba la parte inferior del vientre y terminaba en una erizada mata de pelo.

¿Era así como la veía mi padre cuando la miraba en el dormitorio por las noches? Me imaginé a mi madre exigiendo que la tocara, que palpara la cicatriz. Él tendría miedo, retraería los dedos en el último momento. Y yo pensé que esa marca debía de ser la causa de sus problemas, de sus peleas, de su silencio, y que el cuerpo de mi madre tendría que haber sido perfecto, como lo era el mío. Ella apoyó una mano en el quicio de la puerta y esperó.

—¡Anda, mírala! —exclamó tía Fran—. Venus naciendo del mar.

Mi madre sonrió abstraída. A mí se me empañaron los cristales de las gafas. Cerré los ojos y por dos veces conté hasta cien de diez en diez. Cuando acabé, mi madre se había vuelto al cuarto de baño.

A la noche siguiente, estaba sentada en la cama de mi madre, con ella y con tía Claire, cuando de pronto se levantó y abrió el armario en donde estaban cuidadosamente colgados los trajes de mi padre.

—Supongo que tendremos que pensar en dar esta ropa vieja —afirmó. Quizá me lo imaginé, pero el crujido que oí en las escaleras me pareció que lo había causado mi padre, que se volvía a la cocina.

—Lois —le dijo tía Claire—, ésa no es forma de tomárselo.

—Pues dime cómo, si no —saltó mi madre, apretando los labios.

Para entonces ya se refería a mi padre empleando el pretérito.

—A Larry le gustaba este programa —comentaba, por ejemplo, si estábamos todos en el salón intentando ver la televisión.

Él levantaba la vista y se estremecía ligeramente.

—Larry siempre se comía el pomelo después del café —les informaba a mis tías durante el desayuno—, porque si se lo tomaba a la vez, decía que le dejaba un regusto como a moho. —Y ahí estaba mi padre, con la taza de café en la mano y el pomelo delante, sin tocar.

Una vez que empezó, ya no había quien la parase. La humillación fulminante. La venganza cruel del humor cáustico. Tener a las Chicas Mayhew en casa la inspiraba.

—No puede ser sexo lo que busca en él —le dijo bien alto a tía Fran en la última mañana de la visita de las tías—. Eso lleva años sin baterías.

Los gemelos se medio sonrieron nerviosamente.

—Lois —tía Fran me señaló con su enorme barbilla por encima de las cajas de cereales.

—Anda, si ésos ni siquiera saben qué es el sexo —replicó.

—¡Lois! —la reconvino tía Claire. Pero mi madre ya había añadido:

—Después de todo, son críos.

Y entonces, desde la puerta, mi padre exclamó:

33

—¡Ya está bien!

Todos lo miramos. Estaba ahí parado, con el abrigo azul marino puesto y el sombrero en la mano a medio camino hacia la cabeza, de modo que parecía que estuviera saludando a mi madre con él. Mi mensaje aún tenía que estar en el bolsillo; en cuanto metiera la mano, notaría el roce en sus dedos, un papel delgado como las notitas de la fortuna que salen en las galletas de los restaurantes chinos.

Cuando ahora recuerdo ese instante, la pausa se vuelve más espesa, verdosa y pegajosa. Una sombra pasa por delante de las ventanas de la cocina, oscureciendo la habitación. Desde una calle más allá, un perro comienza a ladrar. En el frío quieto de la mañana, el sonido llega nítidamente; se diría que está en nuestra cocina. Alguien le grita para que se calle, pero aúlla aún más fuerte. Mi padre sigue plantado en la puerta, con la misma actitud, que puede ser de despedida o de felicitación, o quizá de súplica, con el sombrero en la mano.

La sombra se desvanece; el sol vuelve a entrar por las ventanas a raudales; el perro cesa de ladrar. Mi padre mira a mi madre fijamente, y ella a él.

—Ya está bien —repite.

Y, con un tono razonable, casi agradable, ella asiente:

—Estoy de acuerdo.

Tres

Mi padre y tía Ada se delataron a causa de una de esas indiscreciones mínimas y deliberadas que parecen cometer las personas siempre que han hecho algo de lo que se avergüenzan. Mi padre tenía una mancha del tamaño de una ciruela en la piel de la cadera derecha, justo encima de la ingle. Era color rojo oscuro y parecía blanda, con la forma de un conejo con una sola oreja. Recuerdo haberme fijado en ella un día en que lo pillé saliendo de la ducha. Era una mancha de lo más inocente.

Un domingo por la tarde, mi madre, mi padre, Ada y tío Roger estaban sentados en nuestro salón tomando cerveza y viendo un especial informativo sobre el viaje de Nixon a China.

—Con este viaje comienza una nueva época —afirmó mi madre—. Por fin el mundo se va a unir.

—Espero que Nixon no se nos esté volviendo comunista —comentó tío Roger, que odiaba a los comunistas como en nuestros días se odia la contaminación atmosférica.

—Roger cree que a los comunistas habría que marcarlos con una letra C roja —explicó Ada, rozándole el muslo con la uña.

—He oído decir —anunció tío Roger— que los comunistas de verdad llevan un tatuaje que se enseñan unos a otros para demostrar que son leales al partido. Les pueden obligar a mostrarlo antes de dejarlos entrar en las reuniones.

Y mi padre le contestó:

—Roger, seguro que crees que todos los que tienen una marca de nacimiento son comunistas.

Por supuesto, en ese momento Ada tuvo que decir, con una risita:

—Como tú, camarada Larry.

—Camarada Larry —repitió mi madre, con la boca muy pequeña.

Pero yo no me quedo satisfecha con esta versión, aunque es la única que mi madre me contó sobre mi padre y Ada, y me la contó sólo una vez. A pesar de su habitual veracidad, mi madre ha exagerado algo. Está demasiado empeñada en verse en el papel de la idealista ingenua, a tío Roger en el de derechista iracundo, a mi padre en el de crítico social fracasado y a Ada como la adúltera achispada que se olvida de cerrar la boca. Así como acepto que los cuatro estuvieron sentados en el salón viendo a Nixon saludar con la mano desde la Gran Muralla China, y también que ése fue el día en que mi madre se dio cuenta de que había algo entre su marido y su hermana, no me creo que se percatase de ello tan bruscamente como ha decidido contarlo. Quizá le gustó esa historia porque es lo suficientemente complicada como para poder ser cierta, y porque Ada y mi padre resultan sórdidos; Ada en especial queda como una mujer chapucera e inconsciente, que nadie querría tener por hermana. Cualquiera que oiga la versión de mi madre se imagina a Ada con los pies en calcetines sobre la mesita del café. El salón parpadea con una luz azulada. Mi padre se arrellana en su butaca, con los primeros botones de la camisa desabrochados, enseñando el cuello de la camiseta. Tío Roger, repantingado en el sofá, mastica galletitas saladas y de vez en cuando le da un codazo a Ada para que le traiga otra cerveza. Mi madre, impasible, está sentada elegantemente en la mecedora de madera curvada. Si supiera hacer punto, estaría haciéndolo.

Ninguna de estas personas se parece mucho a las que yo conocí. Como en las caricaturas, algunos rasgos son reconocibles, aunque muy exagerados. Por lo demás, la historia de mi madre parece ya sabida, una narración que recogió en alguna parte, como los zapatos nuevos que se iba comprando, porque le encajaba bien y le hacía sentirse un poco mejor.

Como quiera que fuera que se enterase, el hecho es que lo supo. Tal como yo me lo imagino, mi madre apartó los ojos del televisor y se encontró con que mi padre estaba mirando a Ada. Mi versión también tiene su parte añadida, porque yo me figuro una mirada absorta, franca y sensual, como la que he sorprendido a veces en las películas entre un actor y una actriz que se desean y no pueden tenerse, y nunca, al menos en la película, podrán tenerse uno al otro. Creo que mi padre estaba mirando a Ada como un hombre conmovido por algo que le parece bello. Su mirada traslucía admiración, avivada por una corriente de deseo. El deseo en la cara de un hombre puede resultar repulsivo, pero el rostro de mi padre esa noche parecía casi puro. Allí estaba, un hombre asentado de cuarenta y dos años, con barbilla pequeña, gafas tipo aviador, espesas patillas largas y pelirrojas, y una frente despejada y pálida. Deseaba a Ada, y el deseo hacía que toda su cara se concentrase con una seriedad poco habitual, de modo que mi madre pudo ver huesos allí donde la cara se le había vuelto carnosa; pudo ver el contorno de su calavera, como si la fuerza del deseo hubiese comenzado a desgastarlo.

Lo que le reveló toda la verdad a mi madre no fue que mi padre jamás la hubiese mirado así a ella, sino el conocimiento de esa mirada, aunque hacía tiempo que no la había visto. Sabía cuál era su origen y que éste no era una fantasía, sino la expectativa de una experiencia real.

Nixon saludaba desde la Gran Muralla. Tío Roger se tomaba la cerveza. Mi madre se balanceaba en la mecedora. Finalmente miró hacia Ada. Ada no estaba mirando a mi padre; se estaba examinando las pulidas uñas, que esa tarde se había pintado de color perla.

Me imagino que mi madre soportó el resto de esa tarde de febrero en el comedor a base de prestar mucha atención a todo lo que se dijo en las noticias sobre la visita de Nixon. Se inclinó hacia delante con los ojos fijos en la pantalla, mientras los comentaristas discutían sobre en qué medida el comercio con China iba a afectar a nuestros asuntos internos. Se convirtió en su pasión en las semanas siguientes: la visita de Nixon a China y cómo estaba cambiando el mundo.

Los gemelos y yo también estábamos en el comedor esa tarde, tumbados en la alfombra con las barbillas apoyadas en las manos, mirando la tele, aunque me imagino que sin prestar mucha atención, ya que pensábamos que las noticias les ocurrían a los demás. En un momento, en una mirada, la vida nos cambió para siempre, y ni nos enteramos.

—Esto es historia —repetía mi madre una y otra vez ese año mientras leía en alto artículos de *The Post* o nos contaba lo que había oído en las noticias de la tarde de Walter Cronkite en la CBS. George Wallace, el gobernador de Alabama, herido de bala en un atentado en Laurel, en el Estado de Maryland, a media hora de nuestra casa; el principio del escándalo Watergate; el asesinato de once atletas del equipo de Israel en los Juegos Olímpicos de Múnich. Yo casi no le hacía caso—. ¡Esto es historia! —insistía, como si me estuviera presentando a alguien a quien yo ya debía conocer.

Una noche probó una receta de croquetas de pollo que le salió muy salada. Una semana después, los Chilton, nuestros vecinos de al lado, nos contaron que se mudaban a Rhode Island y que habían vendido la casa a alguien apellidado Green. Julie suspendió una prueba de matemáticas. Un canalón se cayó de uno de los costados de la casa. Estos incidentes también le parecieron históricos a mi madre. Tomó nota de todos con diligencia.

—¿Y ahora qué pasará? —preguntaba a menudo—. ¿Podéis decirme qué más va a pasar?

Yo misma no empecé a preguntarme qué más podía pasar hasta después de que mi padre se marchara y mataran a Boyd Ellison. La familia de Boyd vivía a sólo dos calles de nosotros, en una casa de los años cincuenta que tenía un arce japonés en el jardín delantero. Yo pasaba ante ella cada vez que iba a dar una vuelta en bici por el barrio. En la fiesta de Halloween del año anterior, había llamado a su puerta para pedir caramelos cuando ésta se abrió y apareció una mujer de pelo oscuro que me miró. En el Halloween de dos años atrás, Boyd había llamado a nuestra puerta disfrazado de televisor; llevaba una caja de cartón y una antena de verdad atada a la cabeza con hilo de lana. A menudo lo veía en el parque infantil, aunque él iba a otra escuela. Era un niño bajo y rubio que siempre te estaba pidiendo cosas: un mordisco del bocadillo, que le permitieras dar una vuelta en la bici. Una vez me exigió que le dejara ponerse mis gafas. Era un niño mandón y exasperante: a veces se portaba como un abusón. Demandaba las cosas que sabía que preferirías no darle o prestarle.

Steven, aunque tenía dos años más que él, había pasado un breve periodo en la misma agrupación de *Boy Scouts* que Boyd. Una tarde de domingo en que la agrupación se reunió en nuestra casa, Boyd estuvo sentado con las piernas cruzadas en el suelo de mi propio sótano, aprendiendo a hacer nudos marineros y tallando trozos de jabón. Había pedido una magdalena de chocolate más. Quiso probar un sorbo del café de mi madre. Se cortó el pulgar con su navajita y salió del cuarto de baño con la mano envuelta en una de las toallas buenas de mi madre, preguntándole si se la podía llevar a casa.

—No —le contestó de una forma más suave de lo que yo hubiera esperado, y le dio una tirita.

Aunque parezca una locura, a veces me pregunto si tanto pedir no habrá acabado teniendo algo que ver con lo que le sucedió. De alguna manera, Boyd parece haber andado buscándoselo, ese «lo» que siempre está ahí afuera, dispuesto a transformar tu vida en algo irreconocible. Porque ésa, también, es una de las formas en las que puede cambiar la vida: a lo mejor andas pidiendo que te pase lo que te sucede, sin saber que lo estás haciendo. Quizá eso es lo que se supone que es el destino.

Pero, por otra parte, el destino podría ser algo mucho más terrible: algo que se podría haber evitado. El destino podría ser tan sólo mala suerte: la mirada interceptada, la palabra que no se debió decir, la decisión de tomar un atajo en una tarde cálida de julio, por el bosque de detrás de un centro comercial.

Después de pasar cinco días con nosotros, tía Fran y tía Claire partieron juntas, las dos con dolor de garganta de tanto hablar y fumar y las dos deseando ver a sus familias, para relajarse cuidando de personas con cuyos problemas sabían lidiar. Las dos habían intentado que Ada se fuera a pasar unos días con ellas, pero ésta se negó.

—Soy feliz aquí, donde estoy —dicen que dijo. Pero antes de marcharse, cada una de ellas había pasado parte de un día con Ada, «intentando oír su versión»; desgraciadamente, ninguna de las dos sabía muy bien qué decir sobre la historia que había oído.

Debió de resultarles tremendo pensar que todos esos años habían imaginado que ella se sentía hermana de ellas del mismo modo que ellas se sentían hermanas de ella.

—Vaya, no es que sea distinta de como era antes —le dijo tía Claire a mi madre la última tarde. Las tres estaban metidas en la despensa, guardando nuestros platos de reborde azul—. Es que me da la sensación de que yo antes casi no sabía quién era ella.

Mi madre vio que yo estaba debajo de la mesa del comedor, a poca distancia de ellas.

—Marsha, vete. Estoy hablando con tus tías.

Me fui al salón y me senté detrás del sofá.

—Yo no creo que Ada quisiese que pasara esto —insinuó vacilante tía Claire en voz más baja—. Al menos, no me parece que pensara en que pasase.

—En mi opinión, no es más que sexo —sentenció tía Fran.

—Fran, ¡por favor! —saltó mi madre, irritada.

—¿Crees que llegarás a perdonarla? —preguntó tía Claire—. ¿Perdonarla de verdad? —Le alargó una copa de vino a mi madre para que la repasase.

Las tres sostuvieron las copas en alto, contra la luz, buscando rastros de gotas.

—Creo que Ada está celosa de ti —continuó tía Claire pasados unos momentos, ya que mi madre no decía nada—. Siempre ha querido lo que tú tienes.

—¿Y eso qué es? —preguntó mi madre, frunciendo el entrecejo.

—Hijos. Todo el montaje de «estar instalada». Que Larry tenga éxito en el trabajo, o al menos le vaya bastante bien. Esta casa. Siempre estás tan ocupada... ya sabes, como están ocupadas las mujeres que tienen una vida plena. La escuela, los recados, las fiestas de cumpleaños.

—Recados —repitió mi madre—, fiestas de cumpleaños.

—Escucha, te estoy intentando decir algo. Estoy segura de que a ella tu vida siempre le ha parecido tan... tan arreglada.

—Pues ahora sí que está arreglada, desde luego.

—No me haces caso, Lois. No tienes que dejarla que se lo lleve todo. Sigues teniendo a tu familia. Tienes a tus niños. No creo que Larry se quiera marchar.

Mi madre cogió otra copa y la puso boca abajo, asida por el tallo, balanceándola en el aire.

—Ya no me interesa lo que quiera Larrry —afirmó.

—No lo hagas, Lois —oí la intervención de tía Fran, y la súplica áspera que noté en su voz me impresionó; por eso he recordado siempre esta conversación—. No lo hagas —repitió.

A mi padre se le habría acabado pasando esa obsesión por Ada. Era un hombre fundamentalmente apacible, con una cierta debilidad por la pasión, un padre «de urbanización» cargado con el corazón de un héroe ruso, sin ninguna clase de gran intelecto o visión irónica del mundo para compensar. El anhelo en sí, y la imprudencia, eran lo que le atraían. Ada también tenía ese deseo de hacer algo dramático, grande, predestinado. Sus vidas eran muy corrientes, y ellos mismos eran lo bastante corrientes como para que se les ocurriera un sistema de lo más vulgar para que lo alterase todo.

Mi madre, por el contrario, no era nada corriente.

Muy pronto su dolor y su enfado se transformaron en algo menos personal: mi padre y Ada se convirtieron en su castigo por haberse sentido segura alguna vez. Tendría que haberlo visto venir. Había habido indicios, les contó a tía Fran y tía Claire: sonrisas prolongadas; una ayuda demasiado solícita al ponerle el abrigo en Navidad; que cada uno nombrase, por casualidad, el mismo restaurante en el mismo día. Ella no había puesto suficiente cuidado. De este modo, resultó que la culpa de la aventura la tenía ella. Era el castigo que se merecía por haber olvidado que el mundo es, y siempre ha sido, un lugar desastroso.

Mi padre se fue de casa un martes por la mañana, el día después de que se marcharan mis tías, en cuanto nosotros salimos para la escuela. Y, durante un tiempo, nuestras vidas parecieron no reflejar los enormes cambios que se estaban produciendo. Estábamos acostumbrados a llegar a casa y que sólo estuviera allí nuestra madre; casi nunca oíamos llegar el coche de mi padre hasta media hora antes de cenar, y muchas mañanas salía de casa para ver a un cliente antes de que yo me hubiese tomado el zumo de naranja. Así que todas las tardes, después de entrar por la puerta, quitarme el abrigo y dejar la cartera en el suelo, durante unos momentos casi me podía creer que no había pasado nada.

Al principio, mi padre se instaló en el motel Howard Johnson, cerca del nuevo hotel Watergate; unas semanas después, alquiló un estudio-apartamento en el bulevar MacArthur, no lejos de la inmobiliaria en la que trabajaba, y cerca del embalse. Desde la ventana del salón se veía un catillito de cemento construido en una esquina del embalse, probablemente para alojar cañerías o parte del sistema de filtrado. Muchas veces, cuando íbamos a visitarle, yo me arrodillaba en el nuevo sofá-cama y me quedaba mirando las cuatro torres almenadas, imaginándome cómo sería vivir allí.

Mi padre parecía incapaz de acabar de amueblar o decorar su apartamento una vez que hubo instalado ese sofá-cama. Se pasó meses comiendo de pie en una cocinita minúscula y vacía. Se compró un televisor pequeño, en blanco y negro, que puso sobre un cajón de botellas de leche. La ropa interior y los calcetines los guardaba en una maleta. Cuando íbamos de visita, nos sentábamos en el suelo de madera y tomábamos comida china o pizza directamente de los envases de cartón y bebíamos Coca-Cola en vasos de plástico, que mi padre lavaba para volver a usarlos. Por lo demás, no hacía ni el más mínimo esfuerzo por mantener el apartamento limpio, y cuando ya llevaba allí unas semanas, al abrir la puerta las bolas de polvo corrían por los rincones, y las telas de araña se balanceaban en las ventanas.

Mientras tanto, todas las tardes mi madre vagaba sola por nuestra casa, abriendo las puertas de los roperos para ver lo que había dentro, inspeccionando armarios, sacando cajones. En el sótano registró todas las cajas, debidamente etiquetadas, que contenían ropa de invierno, juguetes viejos o decoración navideña, para luego volver a guardarlo todo tal como estaba. Una tarde, al regresar a casa, descubrí que todas esas cajas estaban apiladas en el bordillo de la acera para que se las llevasen con la basura. Durante las semanas siguientes, tiró cajas de libros, cajas de fotos, cajas misteriosas en las que sólo ponía «desván» o «recuerdos». En algunas no ponía nada. Pasado un tiempo, creo que ya ni ella sabía lo que tiraba.

Por las noches, cuando nos habíamos acostado, limpiaba. A veces nos despertábamos al oír cómo corría los muebles del piso de abajo, o el zumbido del lavavajillas funcionando por segunda o tercera vez, o el estrépito de vaciar el cajón de la cubertería para poder cambiarle el papel del fondo. Limpió todas las ventanas, un trabajo que debió de llevarle días. Fregó a fondo el suelo de linóleo de la cocina, que era a cuadros amarillos y verdes. Una mañana, todos los amarillos se habían vuelto blancos.

Para andar por casa, empezó a ponerse una camiseta de béisbol de Steven y unas botas de baloncesto que a él se le habían quedado pequeñas; ya era tan alto como ella, pero calzaba dos números más. Resultaba sorprendentemente joven con esa ropa, a pesar de los surcos que le bajaban desde las aletas de la nariz a las comisuras de la boca, que se iban haciendo más profundos. Un día le dije que me gustaba más el aspecto que tenía antes. Me miró en silencio durante un rato largo; tenía una mancha de grasa en la frente. Después dijo:

—Pues qué le vamos a hacer.

Su proyecto principal durante esta época consistió en restaurar la mesa del comedor. Steven y ella la sacaron al porche y cubrieron el suelo con periódicos. Durante dos semanas, mi madre se pasó las noches en el porche, hiciese el tiempo que hiciese. Primero lijó a mano el tablero; después, las patas; luego le aplicó dos manos de tinte al conjunto, y por último una capa de barniz transparente. La mesa adquirió un precioso color cerezo que brillaba durante las noches en que ella decidía encender las velas. Llamaba a la mesa su *pièce de résistance*.

Durante las primeras semanas después de la separación de mis padres, tía Fran y tía Claire llamaban a mi madre todos los días.

—Ah, hola —les contestaba con una voz sin tono que me indicaba que se trataba de una tía, y que no hacía falta que sonara animada—. No, estoy bien.

Lo normal era que estuviese al teléfono con una u otra de ellas cuando yo llegaba de la escuela. Mientras abría la nevera, mi madre me miraba desde la silla de la cocina, con un codo en la mesa, dando vueltas al cable del teléfono como a una comba, haciéndolo sonar contra el suelo.

Si durante este tiempo se percató del pequeño altar de fotos que había encima de mi cómoda —instantáneas de mi padre trabajando en el jardín, mi padre comiéndose una hamburguesa en el restaurante de tío Roger, mi padre remando en una canoa—, jamás hizo ni la más mínima mención. Quizá había adivinado mi secreto: que me estaba empezando a costar imaginármelo cuando no estaba con él. Tenía que cerrar los ojos un instante, y entonces invocaba sus patillas pelirrojas, luego sus pequeñas orejas, después sus gafas de aviador, y finalmente conseguía enfocar su cara alargada, sonriendo como si pidiera disculpas, con los diminutos ojos azules poco definidos detrás de las lentes. Si me concentraba lo bastante, podía captar su expresión, que a veces era amable, a veces distraída y a veces algo fría.

En un intento por permanecerle leal, también procuraba recordar las cosas que le importaban, y las repasaba antes de dormirme. Por las mañanas, en la ducha, le gustaba interpretar a pleno pulmón alguna estrofa de *Cantando bajo la lluvia*. Le encantaban los calcetines gruesos y la luz melancólica de los atardeceres de final de verano. Cortar el césped le agradaba mucho, porque decía que así se liberaba el tierno olor de la hierba.

—Néctar y ambrosía —sentenciaba a menudo cuando se arrellanaba en la butaca antes de cenar con un vaso de whisky y una bolsa de cortezas de maíz. Disfrutaba de la satisfacción de las pequeñas necesidades y comodidades de una forma que te hacía pensar que casi cualquier nimiedad podía resultar extraordinaria si te empeñabas en ello.

Era un auténtico sibarita, en su modesta medida, con el ingenio necesario para hacer más llevadero el mundo que le rodeaba. Una vez que se hubo marchado en aquella fría mañana de martes, nuestra casa empezó a parecerme llena de corrientes de aire, superficies duras y olores rancios.

La separación fue difícil para él también. Un domingo, unas seis semanas después de que se hubiera ido, mi padre y yo estábamos sentados con las piernas cruzadas en el suelo de su apartamento comiendo uvas mientras él veía un partido en la televisión. Los gemelos estaban echados en el sofá-cama leyendo teleguías atrasadas, cuchicheando. Con el puritanismo de los adolescentes, habían tomado partido por mi madre casi desde el primer momento. Entre ellos habían empezado a llamarlo «papo» en vez de «papá», aunque se mostraban descortésmente educados cuando estaban con él.

Fuera, el cielo había adquirido el tono de un viejo molde de horno para hacer tartas. El viento agitaba las ramas desnudas de los castaños del otro lado de la calle y hacía correr palitos y envoltorios de caramelos por la acera.

Yo, mientras tanto, me imaginaba que éramos refugiados polacos y que el apartamento de mi padre era un vagón de carga. Nos llevaban hacia la frontera, había un sitio en donde mi padre iba a salvarnos a todos con un plan que había ideado, y hasta Julie le estaba agradecida. Por la tele, oí a unos espectadores del partido animando a su equipo, y me comí otra uva. Era la última de nuestras raciones. Me imaginé delgada y pálida, en brazos de mi padre, que me llevaba por la nieve.

—¿Qué tal si encargamos una pizza? —preguntó cuando pusieron los anuncios.

Alargué el brazo para darle un puñetazo en la pierna, sólo por tocarlo. Entonces levanté los ojos y me di cuenta de que tenía las mejillas mojadas. Le pregunté por qué lloraba y sentí cómo detrás de mí los gemelos dejaban de leer. Mi padre se enjugó la cara con la manga y dijo que el barniz que había usado la casera le causaba alergia.

Y mi madre, ¿vio a Ada durante esa época? Quiero pensar que tuvieron que encontrarse, al menos una vez. A pesar de todo su enérgico estoicismo, al fin y al cabo era humana también.

Seguramente habrían quedado para entrevistarse en el centro comercial, en algún sitio público, como hace la gente precavida cuando concierta una cita a ciegas. Mi madre no hubiera querido correr el riesgo de que se produjeran escenas de histeria, ni por su parte ni por la de Ada. De modos diferentes, las dos eran mujeres circunspectas. En lugar de llorar y arañarse, le dieron varias vueltas a la planta superior del centro comercial, dos mujeres altas con anoraks abultados y botas de piel, mi madre con un bolso que tenía la correa rota y que ella misma había arreglado con un viejo imperdible de pañales. Iban una al lado de la otra, codo con codo pero sin tocarse. Por lo demás, podían haber ido de rebajas. Pero hablaban en voz baja y se miraban a las botas, haciendo caso omiso de los picardías de encaje cuando pasaban por delante de la boutique Coy.

De vez en cuando sus codos se chocaban, haciendo que se separasen. Ada contemplaba la expresión de mi madre, buscando una apertura, una oportunidad para empezar a disculparse.

Nunca había tenido la intención de que las cosas llegasen tan lejos. Por lo que he llegado a intuir, Ada era la más prosaica y corta de miras de las Chicas Mayhew; la que, en compañía de la hermana a la que estaba traicionando, el marido al que estaba engañando, y el hombre con el que se estaba acostando, se mostraba auténticamente interesada por el estado del esmalte de uñas que llevaba.

—¿No podemos olvidarnos de todo esto y ya está? —hubiera sido capaz de preguntar, con un ligero tono quejumbroso.

Pero eso no encaja, lo de quejumbroso. Ada era también la más divertida de las hermanas, la que tenía la risa más fácil, la más dispuesta a perdonar un desaire. Todas las Navidades se regalaban pendientes unas a otras, pero mi madre y mis tías siempre los compraban de botón de perla, mientras que Ada les regalaba a ellas unos de tipo colgante, de plata y muy largos, con piedras de la luna o turquesas o jade. Ellas hacían molde de carne o carne guisada para las comidas en familia; Ada preparaba *curry* de cordero o chiles rellenos. «¡Eh, hola!», te gritaba Ada al verte, como si fueras alguien a quien tuviera muchas ganas de ver. Era casi hermosa, casi generosa. Era un alivio tenerla cerca.

Así que muy bien pudo decir con una ligera sonrisa: «¿No podemos olvidarnos de todo esto y ya está?». Porque ella creía en serio que era posible olvidar.

Pero mi madre siguió caminando. Quizá negó con la cabeza. Quizá hizo un gesto, como de cortar, con la mano libre, la que no llevaba agarrada a la correa del bolso. Quizá ella también sonriera ligeramente. Al fin y al cabo, para eso había acudido, para darse el placer de mantenerse en la negativa.

Las caras de las dos permanecieron pálidas. Cuando salieron del centro comercial se dirigieron cada una hacia su coche, en extremos opuestos del aparcamiento, pisando la nieve sucia. Cada una se quedó un rato sentada tras el volante antes de arrancar el motor y marcharse de allí.

Una tarde nublada de finales de marzo, regresé de la escuela antes que los gemelos y me encontré una nota clavada en la puerta. DE COMPRAS, ponía. En un par de letras, el bolígrafo había atravesado el papel. No era normal que mi madre no estuviera cuando yo volvía de la escuela, pero en las últimas semanas había hecho tan pocas cosas normales que ésta no me llamó la atención especialmente.

Acababa de darme la vuelta para ir a buscar la llave de repuesto que guardábamos escondida bajo los escalones de la entrada cuando el Escarabajo rojo de tía Ada aparcó en nuestra entrada de coches.

—¡Eh, hola! —me llamó.

Llevaba unas gafas oscuras y un jersey amarillo con aplicaciones de girasoles blancos en torno al cuello. Hacían juego con sus enormes pendientes de girasol de plástico blanco. La montura de las gafas también era de plástico blanco y casi cuadrada, lo que hacía que su cara pareciese una casa con ventanas oscuras.

—Eh —volvió a decir suavemente, mientras me acercaba al coche. Cuando vio que le miraba los pendientes, preguntó—: ¿A que son monos? —Se quitó uno y me lo dio—. Guárdatelo. Cuando nos volvamos a ver nos reconoceremos porque seremos las que lleven un solo pendiente.

Sus oscuras gafas cuadradas eran impenetrables, y olía mucho a perfume de lirios del que se vende en las farmacias. De repente se echó a reír.

—¡Venga, vamos, niña! No soy más que Ada. No soy tan mala.

En efecto, tenía toda la pinta de Ada, con sus ajorcas de plata y su pelo castaño rojizo igual que el mío; resultaba tan familiar que tuve que sonreír.

Me devolvió la sonrisa, y entonces sacó por la ventanilla un trozo de papel que estaba en el asiento.

—He hecho un dibujo. He venido hasta aquí sólo para enseñarlo.

Con carboncillo, había representado a una mujer que miraba por un telescopio. Lejos, en la distancia, una figurita minúscula se alejaba por un monte. Eso era lo que veía la mujer del telescopio.

—Ésa soy yo. —Ada asomó un dedo por la ventanilla para señalar a la mujer. Tenía la uña sucia; ya se le había caído casi todo el esmalte—. Y ésa es tu mami.

Yo me eché hacia atrás, apretando la cartera contra el pecho.

—Cariño, no quería asustarte. —Ada metió el papel en el coche otra vez, y luego suspiró y apoyó la cabeza en el respaldo. Tenía el cuello largo y pálido. Ahora que no me estaba mirando, le pude ver los ojos detrás de las gafas, y me parecieron más pequeños que antes; el pliegue del párpado superior le colgaba. Llevaba el pelo más corto y más oscuro. En general, sí que parecía diferente; no es que estuviera cambiada, sino que más bien era como si se hubiera hundido hasta una parte de su ser de la que yo no me había percatado nunca. Cerró los ojos, y el pecho le subía y bajaba lentamente. La cabeza se le ladeó. Me temí que se estuviera durmiendo.

Al otro lado de la calle, la señora Morris abrió la puerta de su casa y se plantó en los escalones de la entrada. Pero yo la saludé con la mano, y entonces se dio la vuelta y volvió a entrar en casa. Por fin, Ada abrió los ojos.

—¿Puedo pedirte un favor, Marsha? —Hizo una pausa, mirándose las manos apoyadas sobre el volante. Pasado un momento me dijo—: No le cuentes a tu madre que he venido esta tarde, ¿quieres? Me parece que lo que le pensaba decir no era tan buena idea, después de todo.

—¿Y qué le ibas a contar? —Puse un pie justo delante del otro, punta con tacón. Luego di dos pasos atrás; tacón, punta, tacón. Tenía ganas de que se fuera. Mi madre iba a volver en cualquier momento. Aunque yo no conocía todos los motivos de su distanciamiento, sabía lo bastante como para comprender que tía Ada no pintaba nada en nuestra entrada.

Como si lo hubiera entendido, de repente tía Ada puso el motor en marcha. Éste tardó un rato en coger revoluciones, como una segadora de césped vieja que se ahoga al arrancar. Hizo una mueca, apoyada contra el volante, y ahora tenía las mejillas enrojecidas y húmedas. Luego dijo algo que no pude oír por el ruido del motor.

Su cara resultaba asimétrica con un solo pendiente, aunque si te la hubieras cruzado, habrías tardado un minuto en darte cuenta de qué era lo que no estaba bien, como en uno de esos dibujos con truco en los que la niña sólo tiene cuatro dedos, o lleva un zapato con botones y otro con cordones. Pensé en perseguirla para darle el otro pendiente, pero antes de que me pudiera decidir el coche había recorrido media calle, y ya me iba a ser imposible alcanzarla. Así que entré en casa y lo escondí en el cajón de mi ropa interior.

Un par de noches después de la visita de tía Ada, tío Roger vino a nuestra casa, y mi madre y él se quedaron hablando en el salón hasta muy tarde. Tío Roger era griego. Su apellido era Doudoumopoulos; durante muchos años fue la palabra más larga que yo sabía deletrear. Tenía la frente alta y surcada de arrugas, unos ojos marrones de párpados pesados con venillas rojas junto a los lagrimales. Mi madre me había dicho una vez que había sido guapo de joven (de hecho, la palabra que usó fue «guapito») pero su florido bigote negro siempre me recordaba a las algas. Esa noche mandó un beso con un soplo hasta donde yo me encontraba, parpadeando en lo alto de las escaleras, pero no me dijo hola.

—Vete a la cama —me ordenó mi madre desde el descansillo, levantando la mano como un guardia de tráfico. Su talón desnudo fue lo último que vi entrando en el salón; me fijé en cómo se le salía de la parte de atrás del zapato.

Durante unos minutos oí el flujo y reflujo de sus voces, aunque no podía entender lo que decían. Pasado un rato percibí el asqueroso olor marrón del puro de tío Roger, algo que mi madre jamás había tolerado en su casa.

—Adiós —dijo mi madre cuando se marchaba tío Roger. Me desperté al oír la puerta del porche—. Si no te importa, preferiría que este episodio quedase entre tú y yo.

El «episodio», según descubrí mucho más adelante, consistía en que Ada y mi padre se habían escapado a pasar un fin de semana juntos.

Eso no me sorprende cuando lo pienso ahora. La gente que ha avanzado hasta cierto punto siempre va un poco más allá. Un paso en falso... y luego ya casi no importa qué otros se den. O al menos así se lo puede parecer a quien ha cometido la primera imprudencia.

Pero ya no estoy segura de comprender por qué vino Ada a ver a mi madre justo antes de marcharse a pasar el fin de semana clandestino con mi padre. Quizá buscaba que la convencieran para que no lo hiciera. ¿O tal vez contaba con que el resentimiento de mi madre la iba a espolear a llevar a cabo algo que en realidad ya no le apetecía?

Me la imagino subiendo por nuestra calle en su cochecito rojo, murmurando entre dientes, repitiéndose las frases que se hubiera preparado, con los nudillos blancos de tanto aferrarse al volante. Esos ojillos brillantes, esa boca desafiante, los hombros redondeados, ese cabello espeso y rojizo. No había tenido la intención de renunciar a su hermana tan fácilmente, o de que su hermana renunciara a ella. Pero luego, cuando llegó a nuestra casa, mi madre no estaba, y sólo me encontró a mí, agarrada a mi cartera. Y perdió el valor.

Valor, ¿para qué clase de enfrentamiento? Ésa es la pregunta que aún me intriga: si al final Ada se había convencido de que amaba a mi padre o de que odiaba a mi madre. Una de las dos posibilidades tenía que haberla impulsado.

¿O pudo ser que simplemente cometiese un gran error? Una vez consumado, ya no sabía cómo salir de esa situación. O a lo mejor se enamoró de su propia confusión: ahí estaba su gran pasión, por fin se le presentaba la manera de ser diferente, extraordinaria, de conseguir que sus hermanas dejasen de decir que la conocían bien. Por un breve espacio de tiempo, al menos, su error incluso pudo parecerle un acto de valentía.

Porque lo cierto es que donde la vida se manifiesta en su realidad es en los errores. Los errores suceden cuando nos vemos engañados y acabamos haciendo algo que jamás nos habíamos propuesto llevar a cabo. Los errores son esos momentos en que no sabemos qué vendrá después. Es una idea que resulta temible y a la vez estimulante. Y mientras andamos tonteando con ella, la vida oculta y dormida empieza a asomar de su agujero.

Así que mi padre y Ada agarraron al vuelo un par de días y se fueron a la playa, probablemente a Virginia Beach, porque quedaba cerca. Seguramente alquilarían una habitación en un motel con vistas al mar, con un balconcito de cemento en donde se podrían tomar una copa al atardecer. Llevarían los abrigos puestos, y una fría brisa marina les azotaría la cara mientras sus miradas iban y venían entre uno y otro y la arena. Verían cómo las olas rodaban hacia la orilla, y levantarían la vista por encima de las rompientes para contemplar una superficie llana y vasta. Esa distancia intermedia los alentaba; quizás les parecía un margen abierto entre ellos y el resto del mundo.

Cuatro

En abril los Chilton se mudaron de la casa de al lado, llevándose a su bebé bizco, que era un encanto, y dejaron atrás una mesa de camping rota y el césped lleno de mala hierba para el nuevo inquilino, el señor Green. Una mañana me desperté y me puse las gafas para ver un camión naranja de mudanzas aparcado en la calle, del que estaban sacando sillas y mesas.

—Alguien se ha mudado a casa de los Chilton —anuncié en el desayuno.

—¿Ah, sí? —comentó mi madre desde detrás del periódico. Había comenzado a sentarse en el sitio de mi padre; nadie se sentaba en el de ella.

—¿Y qué aspecto tienen? —preguntó al cabo de un rato, pasando una hoja.

—Normal —repliqué—. Es un hombre.

Me agradaba haber sido la primera que se había dado cuenta de que teníamos vecino nuevo; eso me daba cierto derecho sobre él. Por lo demás, sólo me percaté de que parecía soltero, lo que no era muy habitual en nuestra vecindad, pero a mí me pareció muy bien porque así no tendría que preocuparme por conocer a los niños nuevos, ni tendría que invitarlos a jugar al ping-pong en nuestro sótano. No se podía esperar nada de mí con respecto al señor Green, salvo que fuera cortés, así que le dije hola con la mano cuando Julie y yo llegamos a casa andando desde el centro comercial. Recuerdo que se paró y se apoyó una caja sobre la rodilla para poder responder al saludo con la mano. Era un hombre rechoncho con la cara rosácea, que me resultaba vagamente familiar, aunque en realidad no se parecía a nadie que yo conociese. Cuando agachó la cabeza, descubrí que tenía una zona calva, con forma de corazón.

—Tiene pinta de alelado —sentenció Julie.

Había llovido bastante en marzo y a principios de abril, y de repente empezó a hacer mucho calor. En pocos días, nuestro jardín delantero, que era bastante grande, pasó de ser una alfombra marrón a convertirse en un efervescente laberinto de colores. Salieron las lilas y la glicina, también las azaleas y el manzano silvestre. Tulipanes, narcisos y lirios brotaron como lanzas. El olor a florido saturaba el aire, entraba por las ventanas y por debajo de las puertas, y se agarraba a la tapicería del sofá. Los canalones se tupieron de flores de manzano; en los parabrisas de los coches se acumulaba un polen verdoso, amontonado en las escobillas.

Todo se vio infectado por una especie de anarquía. En la casa de al lado, nuestra vecinita Luann Lauder, que tenía ocho años, se decoró el cuerpo con pasta de dientes un domingo por la mañana, y salió corriendo por el césped llevando sólo las braguitas. Boyd Ellison apareció una tarde montado en una bicicleta de diez velocidades que según él era un regalo de cumpleaños, pero que era igualita a la que le habían robado hacía poco a nuestro vecino David Bridgeman. Los arrendajos azules se pasaban el día graznando. Hasta la hierba tenía un color verde que parecía artificial, como el que adquiere justo antes de una tormenta eléctrica, cuando el aire empieza a zumbar y los pelos se te ponen de punta.

Y sin embargo nuestra vecindad era de lo más ordenada. Con sus céspedes bien cuidados, sus arbustos meticulosamente podados y las cortadoras de hierba siempre zumbando, Spring Hill se me antoja el sitio más deliciosamente inofensivo del mundo cada vez que lo atravieso en el coche. Nuestra casa era la más antigua de la manzana, una construcción de tipo *bungalow* de cuando la gente pasaba el verano junto al río. Teníamos un porche de entrada protegido con mosquitero de tela metálica, árboles de sombra y un amplio jardín delantero. Estaba en lo alto de una colina, y desde allí se divisaba media calle.

En 1972, las urbanizaciones que había en torno a la ciudad de Washington eran lugares desaliñados y provincianos, como la propia ciudad. La autopista Whitehurst aún pasaba al lado de una vieja fábrica de cola que olía de tal forma a cascos de caballo hervidos que los conductores subían los cristales hasta en los días más calurosos. La autopista desembocaba en la parte trasera del Complejo Watergate, que por entonces sólo era conocido como un conjunto de elegantes bloques de pisos. Los saltamontes y las cicadas se estrellaban contra las puertas de tela metálica de las casas que hay en toda la subida al monte del Capitolio, en donde están los edificios del Congreso. La primavera anterior, millones de cicadas habían salido del barro tras un sueño de diecisiete años, se habían pasado una semana zumbando como locas y luego se habían muerto. Sus gruesos cuerpos marrones se amontonaban por los suelos, así que nos poníamos botas de agua para salir. En las noches de verano la ciudad entera quedaba invadida por un somnoliento zumbido de insectos, que irradiaba desde el asfalto hasta los árboles.

Por lo que yo recuerdo, el precio de la vivienda en las zonas próximas a la capital, Washington, no comenzó a subir hasta la era Reagan. Durante su presidencia, el dinero empezó a entrar a espuertas en pueblos que hasta entonces habían estado adormecidos y cochambrosos, y que a menudo no tenían más que un surtidor de gasolina, una iglesia baptista y la estafeta de correos. De repente, en cualquier villorrio aislado apareció un concesionario de automóviles de importación, una tienda de *delicatessen* y una sucursal de banco construida en ladrillo al estilo colonial. Los centros comerciales brotaron como hongos. En pueblos como Rockville se instalaron grandes bloques de oficinas; la industria informática se arracimó en torno a la autopista de circunvalación. Al otro lado del río Potomac, el municipio de Roslyn, lleno de sauces de color verde pálido, desapareció bajo una jungla de rascacielos.

En la carretera de Sagamore, los Mercedes y los Jaguar daban marcha atrás para maniobrar junto al parque de atracciones abandonado junto al río. Si mi padre se hubiera quedado de agente inmobiliario, nos habríamos hecho ricos. Las casas pequeñas se volvieron grandes, y las grandes se convirtieron en mansiones. Cuanto mayores se hacían las casas, menos parecían saber sus habitantes acerca de sus vecinos. Finalmente, acabaron por ser «zonas residenciales», lugares en los que podía aparecer asesinado alguien del bloque de al lado y uno ni siquiera sabía de quién se trataba.

Hoy día, en nuestro antiguo vecindario la mayor parte de los habitantes son jóvenes abogados; varios, analistas de sistemas informáticos, y quizá algún miembro de un *lobby* político y algún general de dos estrellas jubilado. Hace veinte años, la mayoría de los que vivían allí eran funcionarios de los niveles inferiores, así como agentes de seguros, empleados de farmacia y pequeños comerciantes. Tenían coches Chevrolet y rancheras Ford abolladas. Ponían las copas ganadas en los torneos de bolos encima de la chimenea, forraban las paredes del salón con madera e invitaban a los vecinos a tomar té helado con frutos secos mientras los niños jugaban en la «leonera». Aunque se rumoreaba que el edificio de ladrillo del Ministerio de Defensa, que estaba detrás del centro comercial, era en realidad el búnker subterráneo en donde se iba a esconder el presidente en caso de guerra nuclear mientras los demás nos desintegrábamos, ninguno de nuestros vecinos parecía especialmente inquieto por el futuro.

En cuanto a la política, en general les importaba poco y se mantenían más o menos en el centro. La mayoría había votado a Nixon; también había votado a Kennedy hacía dos legislaturas. Para ellos, como para el resto del país, el voto a Kennedy había sido una opción romántica. Nixon era más expeditivo. Se notaba en el sonido chato de su voz, cuando nos llamaba «compaaatriotas americaaanos». Los tiempos pedían pragmatismo. Había que tener en cuenta a los soviéticos, a los chinos, las protestas estudiantiles y la guerra de

Vietnam. Nixon, con esa cara que parecía una pala y esos ojillos infelices pero decididos, podía lidiar con todo eso. Era ahorrador y muy elemental. No tenía ilusiones. Era alguien en quien se podía confiar.

Claro que estoy hablando de principios de 1972. Nuestros vecinos llamaban a Nixon «Dick el tramposo», como todos los demás, pero bromear sobre los políticos corruptos era sólo una forma de parecer enterados; en realidad no pensaban que fuera peor que los otros. O, mejor dicho, todavía no habían llegado a creer que el buen gobierno no existe: sólo hay unos cuantos políticos malos. Tampoco echaban la llave a la puerta de entrada por las noches, ni se les pasaba por la cabeza usar la palabra «desestructurada» al hablar de las familias.

Vietnam les quedaba muy lejos a casi todos: poco más que unas imágenes de campos de arroz o de selva en las noticias de la tarde. La Guerra Fría parecía congelada en la distancia. El mayor grado de activismo al que habían llegado nuestros vecinos había sido firmar un escrito que había redactado mi madre en enero para evitar que el trozo de bosque que quedaba detrás del centro comercial se convirtiera en un aparcamiento cubierto.

En aquellos días a mí todavía me encantaba el aspecto de los chalets de los Morris y los Sperling vistos desde nuestro porche, con sus céspedes cuadrados y sus setos bien recortados. Me agradaba la visión de los cubos de basura metálicos alineados en la calle los miércoles por la mañana. Me gustaban los montones de hojarasca, y también el olor del líquido de encender y del carbón para barbacoa en los atardeceres de verano, cuando cada casa se convertía en un campamento, la calle se tornaba un río, y nosotros corríamos por oscuros jardines traseros oyendo el borboteo sinuoso de los televisores.

Y de repente mi padre se marchó, y unos meses después mataron a Boyd Ellison detrás del Centro Comercial de Spring Hill, y lo que ocurrió en nuestro vecindario empezó a parecerse cada vez menos a lo que pasaba en otros.

Mi profesora de quinto de básica, la señorita Sullivan, había empezado a leernos unas páginas de *El perro de los Baskerville* todas las tardes antes de que tocase el último timbre, mientras nosotros dibujábamos en los cuadernos o descansábamos con la cabeza apoyada en el pupitre. Esos páramos pantanosos y sulfurosos me obsesionaban como algo salido de un sueño recurrente; todas las tardes me hundía en ellos, con el pelo revuelto por el viento, los ojos llorosos de escudriñar la noche amarillenta, y sólo conseguía relajarme cuando, tras avanzar con paso cauteloso atravesando la niebla y la lóbrega y ventosa mansión de los Baskerville, regresaba a mi pupitre en la Escuela Primaria Clara Barton. Siempre que Sherlock Holmes se percataba de algún pequeño detalle, uno que yo sabía que luego iba a resultar importante, me aferraba al borde del pupitre y contenía la respiración. Una tarde se me debió de poner roja la cara, porque oí que alguno se reía. La señorita Sullivan levantó la vista y posó sobre mí sus virginales ojos de trucha.

—Marsha —me interpeló con tristeza—, ¿hay algún chiste que quieras compartir con el resto de la clase?

Me di cuenta de que el truco estaba en fijarse en todo.

Y por esa razón, el día después de que llegara el señor Green, nuestro vecino nuevo, empecé a llevar un cuaderno en el que documentaba mis viajes a través de nuestra casa. Tomé nota de las zonas desgastadas de la alfombra oriental del recibidor, de los roces en las escaleras, de la marca oscura que había producido la bombilla en la parte trasera de la pantalla de la lámpara del salón. La fina tela metálica se estaba desprendiendo de la puerta mosquitera, apartándose del marco y curvándose como una hoja. El botón del volumen del tocadiscos se había caído, dejando a la vista un muñón de metal bifurcado. Steven había derramado tinta china en el sofá, y si le dabas la vuelta al cojín izquierdo, te encontrabas con una mancha azul oscuro que recordaba la cornamenta de un alce.

Nunca me había dado cuenta de que había tantas cosas estropeadas en nuestra casa. Pronto tuve la sensación de que no podía mirar nada sin encontrar algún deterioro.

En la tapa del cuaderno escribí: «Pruebas Circunstanciales».

El señor Green no resultaba particularmente interesante, pero por esa época también empecé a fijarme en él, al principio de forma casual, mientras estaba sentada en el porche. Cada mañana salía de su casa llevando una bolsa con la comida y un termo de café. Se metía en el coche, ponía la marcha atrás, salía con precaución y luego se marchaba calle abajo, bien atento a los niños en bicicleta.

Por las tardes regresaba siempre a la misma hora. Las madres estaban llamando a sus hijos a través de las puertas mosquiteras para que entrasen a cenar; en mangas de camisa y con las corbatas aflojadas, los padres sacaban mangueras verdes al césped para regar las plantas. Yo creo que el señor Green debía de andar entre los cuarenta y cinco y los cincuenta. Su rasgo más característico, aparte de la zona calva, era una nariz larga que encajaba mal con el rosáceo anonimato del resto de su rostro. A este señor Green empecé a vigilarlo todas las tardes, y también por las mañanas cuando estaba sentada en el porche escuchando los chillidos de los tordos en nuestro manzano.

Generalmente se desplazaba de forma metódica de su casa a su coche, o de su coche a su casa. Sólo variaba este esquema cuando le tocaba segar el césped con una cortadora mecánica, que causaba una especie de algarabía al empujarla, o cuando se agachaba a arrancar unos hierbajos que brotaban junto a su porche, siempre en el mismo sitio. Los fines de semana por la tarde se sentaba en su sombreado jardín de atrás, en donde una enorme haya se alzaba como una tromba marina desde su piscina de tierra. Pero, aparte del saludo que me devolvió con la mano el día en que llegó, no habíamos intercambiado presentaciones.

Entonces, una tarde de sábado de esa primavera, estando yo agachada cerca de la valla de nuestro jardín trasero, oí la voz de un hombre que decía «Hola», y al alzar los ojos vi una sombra gris, y de repente apareció el señor Green, asomándose lentamente desde detrás de un arbusto de lilas.

Yo había estado cantando mientras construía con tierra un pueblo para hormigas en un rincón umbrío que siempre había considerado completamente secreto. Me dio un vuelco el corazón cuando me di cuenta de que alguien había estado mirando mientras yo edificaba casitas y bloques de apartamentos para hormigas, cantando *Where have all the Flowers Gone*, que siempre me hacía llorar, y por eso la cantaba.

—Hola —contesté, parpadeando al mirarle.

Nos observamos un rato en silencio.

—¿Qué estás construyendo ahí? —preguntó por fin, haciendo crujir los nudillos mientras las hojas de lila le rozaban la cabeza.

—Es un trabajo para Ciencias Naturales.

—Ajá —comentó, empezando a alejarse.

—Para la escuela. —Me sentí envalentonada por su falta de interés—. El año pasado estudiamos las amebas.

—Amebas —repitió.

—Sólo las puedes ver con microscopio, y aun así tienes que fijarte mucho. También miramos el ojo de una vaca a través de una lupa.

—Sí —dijo, como si eso ya lo supiera—. Bueno, pues adiós —añadió.

Y se volvió andando lentamente por su jardín de atrás, pasando junto a su haya y su silla de aluminio. Subió los dos escalones de la entrada trasera y se metió en casa. Ésta fue quizá la primera conversación privada que sostuve con un hombre que no fuera mi padre ni uno de mis tíos. Me dejó revoloteando una sensación peculiar que oscilaba entre la emoción y el desencanto, y algo más que, incluso ahora, no sé cómo nombrar. En realidad no fue propiamente un encuentro y, sin embargo, me resultó lo bastante perturbador como para que yo me preguntara si ese pequeño avasallamiento, esa suave intromisión, no fue lo primero que me predispuso en contra del señor Green.

Llegó junio. Terminaron las clases. El huracán *Agnes* arrasó la ciudad, arrancando ramas a los árboles, derribando el tendido eléctrico y dejando charcos del tamaño de lagos en las calles. Unos días después, los gemelos se colaron a ver una película de suspense clasificada para mayores de dieciocho en el cine MacArthur y después se pasaron días describiéndola gráficamente. Empezaron a interrogarse mutuamente utilizando linternas; uno ladraba las preguntas mientras le metía el haz de luz en los ojos al otro. «¿Cuándo fue la última vez que tuvo relaciones sexuales con una gallina? ¿Alguna vez ha comido testículos de cerdo? ¿El cerdo estaba vivo?».

Para entonces mi madre ya había eliminado de la repisa de la chimenea del salón la jarra metálica de cerveza conmemorativa de cuando mi padre acabó la carrera, y la había reconvertido en recipiente para la escobilla del váter del cuarto de baño de abajo.

Como ella le había prohibido venir a nuestra casa, mi padre a menudo nos citaba los sábados por la tarde en algún aparcamiento, a veces en una bolera o una pista de patinaje, y de vez en cuando en el centro comercial. Steven siempre se cuidaba mucho de darle la mano, y le contaba con excesivo desparpajo todo lo que había sucedido esa semana en un torrente de cháchara. Julie se mantenía un poco apartada, exhibiendo una sonrisita críptica que había estado ensayando en el espejo. Yo esperaba a que hubiese terminado con ellos para que me levantara en vilo y me abrazara a mí sola; apretaba la cara contra su limpia camisa blanca y le rodeaba fuertemente el cuello con los brazos.

Un sábado cálido, poco después del huracán, mi padre nos citó en el aparcamiento del centro comercial y nos regaló a cada uno un reloj de pulsera sumergible, con una correa de tela a rayas. Nos anunció que se iba de viaje de negocios, tal vez un par de semanas. A Delaware, concretó. Un congreso de inmobiliarias. Después, quizá se tomaría unas breves vacaciones. Tres semanas como mucho. Me entregó mi reloj y me dijo que el tiempo se pasaría «en poco tiempo».

—Es una broma, bonita —aclaró. Entonces tarareó unos compases de «El tiempo pasará», de *Casablanca*—. Marsha, marcianita —me dijo, agachado frente a mí en el asfalto—. Venga, no llores, cariño.

—Ay, santo cielo —murmuró Julie—. Ahórranos esto, Sarah Bernhardt junior.

Se había embutido, para fastidiar a mi padre, en un viejo vestido tubo de raso negro de nuestra madre, que tenía agujeros de polilla en el corpiño. Se había marcado los ojos con lápiz negro, y se había pintado un lunar del tamaño de una chincheta encima del labio superior.

—Creía que íbamos a ir a jugar a los bolos —añadió, con una mano apoyada en la cadera.

Mi padre se aclaró la garganta e intentó zafarse de mis brazos.

—Hoy no.

—¿Y entonces qué vamos a hacer hoy? —preguntó Steven.

—Hoy sólo vamos a hablar.

Yo di un paso atrás. Los gemelos gimieron y pusieron los ojos en blanco. Además Julie se puso la otra mano en la cadera.

—Quería deciros algo a vosotros. —Mi padre hizo una pausa, se puso en pie y luego se apoyó en su coche—. Hace tiempo que quiero decíroslo, explicaros que siento mucho que todo haya salido así. Ojalá hubiera sido de otro modo, pero así es como son las cosas.

—¿Cómo? —le preguntó Julie.

—¿Cómo que cómo? —replicó mi padre, sorprendido. Nos había estado mirando intensamente.

—¿Cómo son qué cosas?

—Nuestras vidas. Vuestra madre y yo... —Se sonrojó tras las gafas de aviador.

—Ah —cortó Julie—, eso ya me lo sé. —Separó las manos de las caderas y se dio la vuelta.

—Oye —se dirigió a Steven—, necesito algunas cosas de la farmacia.

—Pero eso puede esperar, ¿no? —terció mi padre.

—Papá —saltó Julie, perversa—, que estoy con la regla.

Steven se echó una risita.

—Bueno, venga —cedió mi padre, impotente.

—A mí también me ha venido —se atrevió a decir Steven, siguiendo a Julie y a su vestido tubo por el aparcamiento, aunque ya había dejado de soltar risitas, y de vez en cuando miraba hacia atrás, haciendo que se moviera su sedosa coletita de caballo.

Cuando hubieron desaparecido, mi padre y yo nos recostamos contra el coche. Pasó volando una gaviota, lo que era poco habitual tan tierra adentro. Le comenté a mi padre que debía de andar perdida.

—Escucha —me dijo por fin—. Este viajecito que tengo que hacer no es muy largo. Casi ni te darás cuenta de que no estoy. Todo saldrá bien. —Me acarició la cabeza suavemente—. Volveré pronto.

En ese mismo momento supe que me mentía.

Bueno, en realidad no es cierto. Me gustaría pensar que estaba preparada para lo que sucedió después, pero la verdad es que estaba acostumbrada a creerme lo que me decía mi padre, así que mientras andaba tras los gemelos camino de casa al final de esa tarde, mis pensamientos probablemente no eran mucho más angustiosos que los de cualquier niño cuyos padres se están separando y a quien sus hermanos mayores no le hacen ni caso.

Mi padre no ofrecía un aspecto especialmente preocupado esa tarde. No llevaba torcidas las gafas de aviador; no tenía el pelo de punta. En realidad, tal como hoy recuerdo ese día, sólo parecía sumiso mientras estaba agachado en el

aparcamiento del Centro Comercial de Spring Hill, sujetándome a la distancia de un brazo.
—Volveré pronto —me aseguró sin el menor titubeo.
En mi imaginación, una gaviota vuela en círculos sobre nosotros, y el sol de la tarde destella en sus alas extendidas. Mi padre se inclina hacia mí. Sus patillas me rozan suavemente la mejilla.
—Así son las cosas —me susurra.
—¿Qué cosas? —le pregunto susurrando también.
Camino de casa los gemelos y yo vimos a Boyd Ellison pasar montado en su bici. Iba pedaleando levantado, inclinado sobre el manillar, tan concentrado como un mago. Si nos saludó con la mano, no lo recuerdo ahora.
—Qué tío tan raro —comentó Julie cuando pasó como una exhalación.
—Me pregunto por qué papá nos habrá regalado estos relojes —dejó caer Steven.
—Qué más da —terció Julie—. El mío es espantoso.
Más avanzada esa misma tarde, para huir de los acentos afectados que ponían los gemelos al leer en voz alta su anuario del instituto («Mary Alice Neider estuvo absolutamente rutilante en la representación de *Trabajos de amor perdidos* que ofrecieron los alumnos del penúltimo curso»), trepé todo lo que pude por las ramas del manzano y me escondí entre las hojas de la copa.
Empezaba a caer la tarde. Había una radio encendida en casa de los Lauder, al lado, y pude oír retazos de palabras, en general relacionadas con resultados electorales. Era año de elecciones, e incluso yo entendía la diferencia entre demócratas y republicanos. Nosotros éramos demócratas. El aire se fue enfriando, y desde la rama en la que estaba sentada, arrancando liquen, podía oler a hierba recién cortada y asfalto, y oía a los niños de la manzana siguiente chillando las reglas de un juego de patio. Parecía que estuvieran invocando a la noche, que se acercaba cada vez más según los coches iban aparcando, las puertas mosquiteras cantaban y

daban portazos, y se iban encendiendo algunas luces. Hasta que de repente todo se volvió azul.

Mi madre salió al porche a avisarme para cenar. Se quedó mirando nuestro jardín, enroscándose el cabello con los dedos antes de volver a decir mi nombre. Pasados unos momentos, avanzó lentamente hacia el césped oscuro, llamándome:

—¿Marsha? ¿Marsha la marciana?

Pasó cerca de mi árbol, ahora tocándose el cuello de la blusa con los dedos de una mano. Pude vislumbrar su cuero cabelludo, blanco, a través de su pelo castaño, y también una mancha de *ketchup* que se le había quedado en el pálido interior del brazo, cerca del codo. Se le iban pegando briznas de hierba mojada en las sandalias. Si se hubiera girado hacia arriba y hacia la izquierda, me habría visto observándola a través de las hojas. Pero no miró. Se acercó al parterre de las azucenas y se quedó allí parada, alisándose la falda de algodón. Por fin la vi llevarse la mano al cuello de la blusa y ponérsela sobre la garganta.

Miró por encima del seto de nuestro vecino, hacia donde su coche Dodge, que parecía un barco, estaba anclado en la entrada. En la cocina de él se encendió una luz. «¿Marsha?», repitió mi madre, en tono más alto. Cuando dijo mi nombre, las notas metálicas de una melodía de jazz salieron por la ventana de la cocina del señor Green. Al otro lado de la calle, el regador automático de los Morris comenzó a salpicar agua. Un gato gris entró en el jardín llevando algo en la boca y luego se coló por el seto como una anguila. Mi madre se balanceó un poco junto a las azucenas, poniéndose de puntillas, con la falda rozándole las rodillas desnudas.

Al cambiar de postura en el árbol para verla mejor y apartarme las hojas de la cara, una tela de araña me rozó la mano como un fantasma, y, acto seguido, mi madre desapareció y yo me solté de la rama a la que estaba agarrada, y sentí cómo me deslizaba, y me di con otra rama en la cabeza, y me sentí caer, y me caí hasta el suelo.

Me quedé sin respiración, y durante un momento frenético y como de algodón pensé que estaba muerta.

Para cuando hube recuperado el aliento ya estaba mi madre agachada sobre mí, levantándome por debajo de los brazos.

—No te ha pasado nada —repetía, jadeando muy agitada. Empezó a darme golpes en la espalda, entre los omóplatos.

Sus labios formaron una O perfecta cuando me volví hacia ella. Pasaron varios minutos hasta que las dos nos dimos cuenta de que me había roto el tobillo.

Con la emoción de llevarme corriendo al hospital —en donde me hicieron una radiografía y luego me metieron el tobillo en una escayola blanca que me llegaba hasta la rodilla y que se endureció dándome un aspecto muy importante—, mi madre se olvidó del correo, y hasta el domingo por la tarde, cuando habíamos terminado de comer ensalada de atún con pan de centeno y pepinillos, y ella había fregado y guardado los platos, no miró el buzón. Allí se encontró la nota de mi padre, escrita a mano en un papel con su membrete, que ponía: «Lawrence Eberhardt, agente inmobiliario». La nota decía:

«Lois, para cuando leas esto yo ya estaré de camino. Ada y yo hemos decidido Intentarlo. Sé que te va a resultar difícil de Entender, pero en todo esto no hay ninguna intención de hacerte daño ni a Ti ni a los niños. Eso es verdad. Con cariño, Larry».

Así que mi padre no se había ido a Delaware a un congreso de inmobiliarias. Ni siquiera había vuelto a su apartamento del bulevar MacArthur después de vernos en el aparcamiento del centro comercial. No se presentó en su oficina el lunes por la mañana para sentarse en su escritorio de madera escandinava clara con su lámpara de falso bronce con pantalla verde y el bote de cristal lleno de caramelitos de menta. Ese sábado, después de despedirse de nosotros, mi padre recogió a Ada en Bethesda y juntos se fueron en el coche hasta el Estado de Connecticut, donde pasaron la noche. Al día siguiente entraron en el Estado de Maine y cogieron un ferry a Nova Scotia, en Canadá.

Todo esto lo descubrí más tarde. Me enteré de lo de la nota esa noche, escuchando desde la extensión telefónica del dormitorio de mi madre, con el pie apoyado en una almohada, mientras ella hablaba con mis tías, primero una y luego otra, por el teléfono de la cocina.

—¡Pero bueno, por el amor de Dios! —exclamó tía Fran cuando hubo oído la nota—. Ay, lo siento, Lois, pero esto es ridículo.

—Te parecerá ridículo a ti...

—Lo que no acabo de comprender —siguió tía Fran sin prestarle la más mínima atención— es por qué él la desea tanto. —Casi me pareció oírla añadir: o por qué ella lo desea a él.

—¿Sabes cómo me imagino dentro de diez años? —le preguntó mi madre—. Pues me imagino gordísima y viviendo en una caravana, con las persianas echadas. Nadie viene a visitarme y me paso el día comiendo patatas fritas. La única señal de que estoy allí es que de vez en cuando sale una bolsa vacía por la ventana.

—Lois, eso no te va a pasar nunca.

—¿Y tú cómo lo sabes? Nadie sabe lo que puede pasarme.

—Es que nadie sabe jamás lo que puede pasar —la riñó tía Fran.

Al otro lado de la calle se apagaron las luces en casa de los Morris. Cuatro casas más allá, David Bridgeman, que aún estaba de luto por su bici robada, practicaba la canción «Greensleeves» en su flauta dulce, emitiendo unos agudos temblorosos, mientras yo miraba las farolas y los charcos de luz que arrojaban sobre el césped. Tía Fran preguntó:

—¿Por qué crees que se ha marchado él?

Oí cómo mi madre se revolvía en el taburete de la cocina. Pasado un momento respondió:

—No lo sé. Siempre ha pensado que se estaba perdiendo algo. Alguna especie de gran destino o así. Y ella es igual. Ya sabes cómo es Ada. —Calló y emitió un ruido desde lo más profundo de su garganta.

Luego volvió a cambiar de postura en el taburete, haciéndolo sonar contra el suelo.

—¿Marsha? ¡Marsha! ¿Estás escuchando? ¡Cuelga ahora mismo!

Sentí latir el tobillo cuando lo quité de la almohada de mi madre.

—¿Me puedes dar algo para tomar? —pedí con voz débil y trágica—. Me duele el pie.

Más tarde, después de que me mandara a la cama con dos aspirinas Bayer con sabor a naranja, volví a levantar el auricular del teléfono de arriba mientras mi madre hablaba con tía Claire.

—Una vez me confesó que le resultaba odioso poder predecir cómo iba a ser el resto de su vida. Decía que le hacía sentirse como si ya se hubiera muerto.

—Pues desde luego esto sí que era impredecible —apostilló tía Claire.

—Es un auténtico romántico. Los románticos suelen ser unos hijos de puta, por si no te habías dado cuenta.

Mi madre casi nunca decía palabrotas, y la expresión dicha por ella parecía mal pronunciada. Tía Claire tosió y dijo: «Vaya». Desde el dormitorio de mi madre podía ver la luz azulada del televisor de los Lauder a través de las ventanas de su salón. Un escarabajo volador se estrelló contra el mosquitero.

—¿Crees que volverá? —murmuró por fin tía Claire.

—Yo qué sé.

—¿Crees que se ha ido esperando volver?

Mi madre no respondió. Tía Claire volvió a toser.

—Supongo que no regresará muy pronto. Está confuso —añadió suavemente tras una pausa—, y probablemente avergonzado. Tenemos que tener eso presente. Ada también es responsable. Siempre he dicho que te tenía celos. Puede que fuera ella la que le sugiriese esta idea a Larry.

Se oyó ladrar un perro unas pocas calles más allá. Luego, después de lo que me pareció una eternidad, mi madre anunció:

—Una semana antes de que Larry se marchase le dije que había pedido el divorcio.

—Bueno, ¿y él no lo quería también? —Por los hilos del teléfono, la voz de tía Claire sonaba metálica e insistente—. ¿Lois? —llamó—. Lois, ¿sigues ahí?

En la distancia sonó una sirena, una ambulancia que se dirigía al hospital Sibley. Los terrier de los Morris empezaron a aullar dentro de la casa. «¡Socorro!», pidió alguien en la tele de los Lauder, pero luego se oyeron las risas enlatadas, así que supe que se trataba de una comedia.

Mi madre estaba en el salón a la mañana siguiente, antes del desayuno, pulverizando limpiador sobre la mesita del café. Cuando llegué a la cocina, pude ver que ya había tirado las bolsas de papel de las compras del supermercado que teníamos metidas entre la nevera y la pared, había lavado a fondo el escurreplatos, repasado bien el fregadero y le había sacado brillo al tostador, además de sacudirlo para quitarle todas las migas de dentro. Incluso había lavado la estantería de madera para las especias, y había alineado los botes por orden alfabético.

—Hola, Marciana —me saludó—. ¿Los gemelos siguen durmiendo? —Iba vestida con una blusa corta color naranja y una falda caqui; nunca le había visto esa ropa puesta.

—He hecho un poco de repostería. —Sacó del horno una bandeja llena de panecillos dulces en forma de caracol y la dejó encima del fogón. Me dio una palmadita en el hombro—. Bueno, que no te entre hipo. ¿Quieres un café?

Jamás en la vida me había ofrecido café: decía que me impediría crecer. Pero mientras yo la miraba boquiabierta, echó un poquito en una taza y la rellenó con leche casi hasta el borde. La dejó en la encimera y me sirvió un panecillo en un plato. Luego me sujetó las muletas mientras yo me encaramaba a uno de los taburetes y se sentó a mi lado mientras me tomaba el desayuno.

—Oye, ya sé que estabas escuchando por el otro teléfono anoche —afirmó cuando me hube acabado el panecillo.

Su cara parecía aún más delgada y tenía los ojos enrojecidos, pero se esforzaba por parecer serena.

—Bueno, no pasa nada, pero, por favor, no lo conviertas en costumbre. Ahora te voy a hacer una sugerencia: te sentirás mejor si tienes algo en qué ocuparte. Te aconsejo que te busques alguna actividad para este verano.

—Tengo un experimento con moho —la informé—. Estoy haciendo crecer tres clases distintas en unos botes.

—Bueno, pues ya es un comienzo. —Se levantó y se sirvió una taza de café.

Esa tarde limpió todas y cada una de las habitaciones de la casa, incluido el ático, y luego lavó el coche. Cada mañana de esa semana horneó dulces distintos para el desayuno. Tarta de café, pastel de arándanos, bollitos de piña y pacana.

Mientras tanto, los gemelos organizaban torneos de *backgammon* en el porche, en los que sólo me permitían participar a veces y nunca me dejaban ganar. Mi madre lavó la alfombra con espuma. Hacía la colada y reponía los botones a nuestra ropa si veía que faltaba alguno. Nos llevó con ella a hacer la compra y se trajo ocho bolsas de comida, que tuvimos que ayudar a descargar y colocar. Cada noche probaba alguna receta del libro de cocina de *Casa y Jardín*, o les dejaba a los gemelos que escogiesen los platos que les sonaban más divertidos. Una tarde decidieron hacer *Gambas a la criolla en molde circular de arroz y Ensalada de topitos de melón.*

—¡Rodney, eres un *gourmet* de muerte! —exclamó Julie. Ella y Steven se solían llamar Rodney y Felicia, lo que les parecía muy aristocrático.

Los dos llevaban delantales, y discutían con sus vocecitas británicas y se apartaban el uno al otro a codazos. Mi madre estaba arriba, echada. Yo me quedé sentada en la cocina y los miraba enredar en torno al fregadero, primero haciendo bolas de melón y luego picando las gambas con un cuchillo y tirando las cáscaras por la trituradora de basura. Si la desaparición de mi padre les había afectado, desde luego a mí no me lo iban a decir. Pasaban cada vez más tiempo siendo Rodney y Felicia, hasta tal punto que empezaba a parecer que los gemelos también se habían marchado del pueblo.

—No les estáis quitando el cordón a las gambas —les advertí.

—Y tú qué sabrás de eso —saltó Julie.

—Es caca de gamba.

—Oh, cielos —exclamó Julie—, ¡qué desagradable!

—Ya habrás oído, ¿no, Mancha?, que si mamá y papá se divorcian, seguramente a ti tendrán que darte en adopción.

—Ha salido una ley nueva. —Julie se sacudió el pelo de los ojos con un movimiento de cabeza—. Dice que todos los menores de doce años pasan a la tutela del Estado si sus padres se separan.

—No es verdad.

—Pues me temo que sí, Manchita, vieja amiga —añadió Julie—. Muy triste, ciertamente.

—Mala suerte, muchacha —completó Steven.

—¡Que te calles! —le grité.

—Claro, que puede ser que nadie quiera adoptarte. —Tiró una servilleta de papel a la basura—. En ese caso tendrás que ir a un orfanato.

—¿Has leído *Oliver Twist*? —me preguntó Julie, acercándose. Tenía unos dedos como tenazas, y te podía dejar una marca que duraba horas si te daba un pellizco.

—¡No! —chillé—. ¡Que os calléis ya!

—Un caso lamentable, Felicia —comentó Steven.

—Verdaderamente espantoso, Rodney —suspiró Julie, retrocediendo.

Yo salí cojeando de la cocina y subí dificultosamente las escaleras hasta la habitación de mi madre. Estaba tumbada boca arriba en la cama con un paño de cocina sobre los ojos.

—Mami —empecé—, Julie y Steven...

—Calla —me ordenó con enojo, sin mover la cabeza—, estoy pensando.

—¿Y en qué estás pensando?

Mi madre se quitó el paño de la cara.

—En nuestra supervivencia —respondió.

Cinco

Una semana y media después de que desaparecieran mi padre y Ada, mi madre decidió vender nuestra casa.

Aunque yo nunca lo he entendido, su resolución sí que resulta comprensible. Por dos veces, un hombre la había dejado sin la más mínima previsión para el futuro; al menos en esta ocasión tenía algo que valía dinero: una casa con todo lo que contenía. La escritura estaba a su nombre porque, irónicamente, mi padre pensaba que sus inversiones estaban más seguras así, en caso de que algún día lo demandase un cliente.

Un cartel de «Se vende» pintado en blanco, rojo y azul apareció solitario y hostil en nuestro jardín, junto al suave césped y los rododendros. Para vender la casa mi madre llamó a un agente de la propia inmobiliaria de mi padre, un hombre cadavérico llamado Harold McBride, que tenía los dedos largos y descoyuntados, de modo que podía echarse el pulgar hacia atrás hasta tocar la muñeca.

—Siento mucho lo que te ha pasado, Lois —le dijo la primera vez que vino, trayendo a remolque a una pareja de japoneses que llevaban chaquetas azules idénticas—. Lo siento mucho. Si hay algo que pueda hacer...

—Lo siento mucho —dijeron a coro los japoneses, que estaban detrás de él, con expresión confusa.

—No, no pasa nada —dijo mi madre, y les abrió la puerta.

Tantos años de pasarles el polvo a figuritas de porcelana de niñas cuidadoras de ocas, y de despreciarlas, le volvieron a la memoria, junto a los olores entremezclados de la boutique Coy: mantén la boca cerrada. Ponte camiseta y también sostén. Estate preparada. Como su propia madre, con cuatro hijas sin padre después de la guerra, se las arregló.

Tan deprisa como si estuviera destripando un pescado, vació las cuentas conjuntas, la corriente y la de ahorros, y abrió una nueva que puso sólo a su nombre. Nos quitó la paga semanal, cosa que yo acepté, pero los gemelos protestaron mucho y Julie amenazó con vender toda su ropa.

—Pues véndela —le contestó mi madre—, pero me llevo el cincuenta por ciento, que para eso te la compré yo.

Cuando le pregunté si teníamos dinero, me contestó:
—Suficiente. Por ahora.

Empezó a llamar a los teléfonos que había señalado con un círculo en las ofertas de trabajo del periódico. Redactó un turno de tareas para todos y lo pegó en la puerta de la nevera. LUNES: Marsha, poner la mesa. Julie, fregar los platos. Steven, la basura. Lois, compra/cena. MARTES: Marsha, barrer. Lois, colada/cena...

El primer trabajo de mi madre fue a tiempo parcial, de vendedora por teléfono de suscripciones a revistas.

Desde mediodía hasta las cinco de la tarde, todos los días de semana, se sentaba a la mesa de la cocina con los tobillos muy juntos y hablaba con extraños de todo el país. Según marcaba cada número, ponía una cara como si acabara de morder una hoja de lechuga llena de tierra. Pero se notaba cuando el posible cliente cogía el teléfono porque los ojos se le agrandaban y se le levantaban las cejas.

—Bue-nas tar-des. Soy Lois Eberhardt de Distribuciones Editoriales Peterman-Wolff. ¿Conoce nuestra oferta especial para el verano que consiste en dos, sí, sí, dos revistas populares que usted desee por el increíble precio de...? ¿No? ¿De veras no la conoce? —su voz expresaba sorpresa y se le arrugaba la frente.

Seguía un guión básico, además de una hoja con datos para disponer de respuestas alternativas según las preguntas del cliente. Decía que «se la podía cargar» si se apartaba una sola línea del guión. Los supervisores de Distribuciones Editoriales

Peterman-Wolff podían tener nuestro teléfono pinchado; informarían de ella incluso si preguntaba «¿Y qué tal tiempo hace en Sandusky?». Esta regla le parecía bien a mi madre.

—Cuando se da con una fórmula que funciona —nos decía—, no hay que cambiarla. Eso es ley de la naturaleza.

Su propio plan para esos días variaba muy poco. El desayuno a las siete y media en punto en el porche, con la radio encendida para oír las noticias, sobre la mesa plegable preparada allí la noche anterior. Zumo de naranja, cereales, café para ella, leche para mí, refresco de pomelo bajo en calorías para Julie, que estaba a dieta, y nada para Steven, que normalmente seguía durmiendo. Nos sentábamos en sillas plegables, como de director de cine. Aunque a mí se me permitía desayunar en camisón y Julie se ponía una camiseta y unos pantalones cortos de gimnasia muy viejos, mi madre ahora siempre bajaba con pendientes y los labios pintados, incluso cuando no tenía que salir a una entrevista, y se vestía pulcramente con blusa, falda y sandalias. Una vez acabado el desayuno y fregados los platos, repasaba las ofertas de empleo, o hacía la lista de la compra, o ponía la lavadora. Jamás nos reveló que, para entonces, tío Roger ya había localizado a mi padre y tía Ada en un puertecito de Nueva Escocia, llamado Annapolis Royal, en donde habían alquilado una habitación. Yo lo descubrí mediante mis escuchas telefónicas.

Las mañanas de los lunes y los miércoles las había reservado para las entrevistas de trabajo; lo de vender suscripciones era, como ella decía, «un parche». Ese verano acudió a entrevistas para trabajos de secretaria, de auxiliar administrativa, de mecanógrafa, de dependienta y de recepcionista. Se presentaba a ellas con uno de sus trajes. Tenía dos: un conjunto color cereza de Woodward y Lothrop y otro casi igual pero en un tejido crudo color salmón. Luego se pasaba media hora mirándose en el espejo del dormitorio, intentando verse desde todos los ángulos posibles.

—¿Qué aspecto tengo? —le preguntaba a Julie, separando los brazos del cuerpo—. ¿Resulta profesional?

Siempre regresaba a casa sobre las once y media para almorzar antes de comenzar las llamadas telefónicas. Las comidas eran tan invariables como los desayunos: zanahorias peladas cortadas en tiras y sándwiches de queso. Los domingos, mi madre preparaba veinte sándwiches —dos rebanadas de pan, dos lonchas de queso, un poco de mantequilla— y los metía en el congelador. Cada mañana sacaba cuatro para que se fueran descongelando. Decía que teníamos que ahorrar.

—¿Cómo te ha ido? —le preguntaba Julie, si había acudido a una entrevista.

—Bah, ya sabes —contestaba, mirando hacia el plato—. Es un proceso largo.

A las cinco en punto colgaba el teléfono, se pasaba veinte minutos anotando las ventas del día en un cuaderno especial con tapas de vinilo que le daba Peterman-Wolff, y luego se volvía a pintar los labios y salía a sentarse al sol que aún quedara en el jardín, junto a Julie y a Steven, que estaban cubiertos de aceite como sardinas y repantingados en dos tumbonas que habían arrastrado hasta detrás de los rododendros. Habían empezado a fumar cigarrillos ese verano, y justo antes de que mi madre apareciera en el jardín se producía un gran ajetreo para esconder las colillas entre las plantas. Julie abanicaba el aire con una revista. Steven sacaba pastillas de menta para los dos.

—Como te chives —me advirtió Julie desde debajo de su gorro de tenis—, te pongo cera de depilar en las cejas cuando estés dormida.

Pero yo no tenía intención de decir nada. Lo de que fumaran me parecía atrevido y maduro, y en el fondo me encantaba oírles decirse «¿Un cigarrito, cariño?» con voces bajas, arrastradas y nasales.

Aunque el desayuno y la comida eran espartanos, la cena cada vez se volvía más elaborada. Yo echaba de menos el ritual de la hora de antes de cenar, cuando me ponía de pie al lado de mi padre, que estaba sentado al piano, y le pasaba las páginas de la partitura cada vez que asentía con la cabeza. Pero mi madre intentó compensar esta pérdida silbando canciones de Cat Stevens mientras cocinaba. No sólo vestía la mesa con la vajilla y la cubertería de las grandes ocasiones, sino que sintonizaba una emisora de música folk-rock, encendía velas y ponía flores recién cortadas en un jarrón. Hacía sopa fría de pepino y ensaladas con corazones de alcachofa. Disponía platos con aceitunas. Una tarde, por el cumpleaños de los gemelos, asó un par de pulardas de Cornualles y las sirvió espolvoreadas con coco rallado, lo que hacía que parecieran cabezas reducidas.

A veces en la mesa hablábamos de política, que era el nuevo tema favorito de mi madre.

—A ver qué os parece esto —nos informaba un día—. ¿Sabíais que John Mitchell ha dimitido como jefe de campaña de Nixon?

Julie miraba fijamente su plato; Steven se tocaba los dientes con el tenedor.

—Claro, él alega que no tiene nada que ver con lo de las escuchas. Dice que se lo ha sugerido su mujer. —Mi madre alzó una ceja—. ¿Sabéis qué pienso yo? Que los hombres no dejan sus empleos porque se lo pidan sus mujeres.

Había empezado a tomar vino blanco, cosa que no había hecho jamás. A medida que avanzaba la cena, sus especulaciones políticas se iban volviendo más alarmantes.

—Este país se está volviendo loco —musitó una noche con lúgubre entusiasmo—. Ya nada funciona bien. Nada ocurre como tiene que ocurrir. Probablemente mañana nos vuelen a todos.

—Mamá —le advirtió Julie—, que estamos comiendo.

Por lo que se refiere al asunto Watergate, que ella había seguido desde el principio con la misma avidez con que las otras madres del vecindario veían series como *Hospital General*, la conclusión principal de mi madre era que venía a demostrar que el Gobierno era más tonto que criminal.

—Esos que entraron fueron unos imbéciles —opinó en más de una ocasión—. Los pillaron por un error estúpido. Un error, eso es lo que fue. Si no hubieran cometido esa equivocación, nadie se habría enterado y todo habría seguido como antes.

Era como si eso fuera para ella una verdad dolorosa y devastadora.

—Ya veréis, hijos —nos anunció una tarde, no mucho después de la visita de la pareja japonesa a nuestra casa—, esto del allanamiento de Watergate se va a convertir en un desastre. A veces los asuntos de este tipo empiezan siendo pequeños, pero acaban fuera de control. Eso es lo que pasa. En poco tiempo, un error estúpido llega a ser un delito.

«Querido Papá», escribí en mi cuaderno de Pruebas Circunstanciales:

> ¿Cómo estás? Yo bien. El programa que más me gusta de la tele es *La familia Partridge*. Creo que sería estupendo que fuéramos la familia Partridge y viajar por ahí en un autobús escolar para hacer actuaciones. Tú podrías tocar el piano y cantar. Yo tocaría la guitarra. ¿Sabes una cosa? Tengo hipo. Hoy ha llovido muchísimo. Julie y Steven se están portando como cerdos, como siempre. En la farmacia me regalaron un rompecabezas. ¡Es difícil! Bueno, la verdad es que no tengo mucho más que contar. Así que lo diré con pocas palabras. ¡Adiós, papi!

Lástima que no tuviera su dirección. Algunas de mis cartas me parecían muy conmovedoras.

Sobre mediados de julio —el 20 de julio, concretamente, tres semanas y media después de que mi padre y tía Ada desaparecieran— yo estaba sentada en el porche con el cuaderno en las rodillas mientras leía *Las aventuras de Sherlock Holmes*. De vez en cuando escudriñaba la calle con unos prismáticos de plástico rosa que me habían regalado en Navidad. Desde la cocina, la voz de mi madre variaba según hacía sus llamadas telefónicas, a veces severa y a veces cordial, hablando el lenguaje de Peterman-Wolff, como si fuera portugués. Julie y Steven se habían ido al centro comercial a hojear revistas y, puesto que les habían cancelado la paga semanal, a robar paquetes de chicle.

De vez en cuando levantaba la vista de la página que estaba leyendo y vigilaba la calle para asegurarme de que nada había cambiado desde la última vez. El gato de los Sperling, gordo y de color carey, andaba acechando por su jardín. Unos momentos después apareció la menuda señora Sperling con su bebé Cameron en brazos. Avanzó hasta el centro del césped y lo levantó en el aire con el culito envuelto en pañales hacia arriba. «¡Aúpa!». Luego estornudó, y el pelo, castaño y liso, le tapó los ojos. El gato se revolcó por la hierba. Pasó flotando una nube. Desde algún lugar próximo al centro comercial, se oyó un silbato.

A las 4.44 de esa tarde, justo cuando miraba hacia arriba con los prismáticos para localizar una ardilla a la que oía hacer «chuc, chuc» y protestar en lo alto de uno de los cornejos, vi pasar el coche del señor Green, dos horas antes del momento en que solía regresar del trabajo. Reconocí la matrícula.

El vehículo no se metió en su entrada, sino que siguió adelante y luego giró a la izquierda en Ridge Road. Unos minutos después, mi madre se tomó un descanso del teléfono y salió al porche abanicándose con una revista de Peterman-Wolff.

—Debe de hacer casi cuarenta grados —se quejó—. Estoy hecha polvo.

—Hace treinta y uno y medio —puntualicé—. ¿Sabes? Acabo de ver pasar el coche del señor Green.

Dejó de abanicarse y se inclinó sobre las begonias, para quitarles las hojas secas con la mano.

—Debe de haber salido del trabajo pronto.

Pasó un coche lleno de adolescentes que gritaban algo ininteligible Mi madre cogió la regadera y le echó agua al ficus que estaba en una maceta en una esquina, y luego lo examinó en busca de insectos parásitos.

Por el otro lado de la calle, apareció la anciana señora Morris con su sombrero de tela vaquera desteñida, paseando a sus terriers. La señora Morris era inglesa; no británica del modo en que lo eran Felicia y Rodney: probablemente ni había oído hablar de Evelyn Waugh. De vez en cuando me invitaba a tomar el té en su comedor mientras los perros se gruñían uno a otro bajo la mesa. Siempre sacaba galletas Lorna Doone servidas en platitos de porcelana con filete dorado, y tomábamos té con bastante leche en tazas de porcelana tan finas que la luz pasaba a través de ellas. La señora Morris me contó que las tazas eran todo lo que quedaba del juego de porcelana de hueso de su madre. Por uno de esos malentendidos surrealistas que hacen de la niñez algo tan interesante, yo creí que estaban hechas con los huesos de su madre. Yo sostenía la taza delicadamente con las puntas de los dedos, y me preguntaba qué hueso estaría tocando. ¿Un fémur? ¿Un tobillo?

—¿Un poquito más de té? —ofrecía la señora Morris, con su voz seca y cadenciosa, levantando la tetera—. ¿Otra galletita? —Yo asentía, pero me sentía húmeda de sudor y un poco cansada en ese comedor umbrío, con sus macetas de cintas y sus pequeños retratos ovalados, y el sonido de los suaves ronquidos del señor Morris que llegaba desde el salón.

La señora Morris saludó con la mano y mi madre le devolvió el saludo.

—El señor Green siempre vuelve del trabajo a la misma hora, todos los días —le expliqué—. Exactamente a la misma hora. Las siete menos veinte de la tarde.

—¿Por qué te interesa tanto el señor Green? —Mi madre arrancó una hoja de ficus y luego me apuntó con la regadera—. ¿Y qué has estado escribiendo? En cuanto me doy la vuelta, ya estás escribiendo algo. ¿Es un diario? —Hizo un gesto con la mano como si me fuera a coger el cuaderno en el que yo había estado tomando notas, estilo Sherlock Holmes, sobre todo lo que sucedía en la calle.

—No es un diario —repliqué, y protegí el cuaderno contra el pecho.

—No seas tan susceptible. La intimidad es algo que yo respeto, y espero que tú también —me soltó.

Las tablas del suelo crujieron mientras se iba por el porche. La oí descolgar el teléfono en la cocina; un minuto después, carraspeó un poco y su voz comenzó a formar el bucle habitual: *Bue-nas tar-des. Soy Lois Eberhardt.* Yo seguí vigilando la calle.

Esa tarde, diez minutos antes de la hora habitual, el morro del coche del señor Green quedó aparcado a diez centímetros del canalón de su casa. Tenía el rostro amarillo verdoso cuando salió del coche, se le veían algunas magulladuras en torno a la boca y una tirita en la barbilla. Como de costumbre, avanzó por el camino que llevaba a su puerta, parándose a saludar a la señora Lauder, quien, plantada en los escalones de entrada de su casa, miraba a Luann hacer el pino en la hierba. El señor Green esperó a que la señora Lauder le contestara con la mano, y en recompensa pudo ver las braguitas blancas de la niña cuando el vestido marinero le cubrió la cabeza.

—¡Luann! —le gritó la señora Lauder—. Deja de hacer el ganso y entra ya.

El señor Green subió los escalones de su entrada y alargó la mano por detrás del arbusto de azaleas para abrir el regador. Se puso en marcha haciendo *¡pffft!* y lanzó unas gotas que alcanzaron hasta uno de nuestros cornejos.

Cuando se agachó para ajustar el grifo, pude contemplar su calva. Se había echado el pelo hacia atrás para ocultarla. Me lo imaginé de pie en el cuarto de baño frente a un espejo sucio mientras se ponía gomina en el cabello ralo y se lo peinaba, volviendo la cabeza a uno y otro lado. La calva la tenía quemada por el sol, lo que le daba un aspecto blando.

Dos semanas antes, yo había estado observando al señor Green cuando empezaba a construir una barbacoa en el jardín de atrás. Aquel sábado por la mañana, salí al porche después de haber ayudado a mi madre y a Julie a arreglar la casa en previsión de una nueva visita del señor McBride, y pude ver una pila de ladrillos junto a la mesa de camping. El señor Green estaba preparando cemento en una gran cubeta metálica.

Ya apretaba el calor y se había quitado la camisa. Recuerdo que me sorprendió la vista de su pecho desnudo. Era mucho más ancho de lo que yo hubiera imaginado, y más musculoso. En el brazo derecho, justo por debajo del hombro, donde se le marcaba el bíceps, lucía una sirena con los pechos al aire. A medida que trabajaba, la sirena se ondulaba, como mecida por corrientes submarinas.

Se arrodilló en el suelo y utilizó una paleta para echar cemento sobre la media luna de ladrillo que había construido. Estuve mirando cómo, cuando su brazo subía y bajaba, asomaba una mata de pelo oscuro que le brillaba en la axila. Y de repente mi madre apareció detrás de mí, parada en la puerta de la casa. Ella también miraba el brazo del señor Green que bajaba y subía para recoger cemento como si fuera nata muy pesada y extenderlo por los ladrillos. El pecho le brillaba de sudor. Pasados unos minutos, en los que no dijimos nada ninguna de las dos, el señor Green se sentó sobre sus talones y se apartó el sudor de la frente con el dorso de la muñeca.

Mientras recobraba el aliento, mi madre, de improviso, le gritó con voz cantarina:

—Si le apetece algo frío para beber, tenemos limonada.

El señor Green se echó hacia delante y parpadeó mirando hacia nuestra casa. Entonces tanteó a su alrededor en busca de la camisa, se la puso torpemente y se la abotonó con prisa. Forzó la vista para mirar hacia lo que le debía de parecer un bulto oscuro bajo una masa de hojas en nuestro porche recubierto por la enredadera.

—Creo que no nos hemos presentado debidamente —dijo mi madre alzando la voz, y se acercó a la puerta mosquitera—.

Ésta es mi hija Marsha. —Abrió la puerta e hizo un gesto hacia mí—. Y yo soy Lois. Eberhardt —añadió—. Como los lápices. Eberhard Faber, ¿le suena? Pero con una «t».

El señor Green se puso de pie y se sacudió las rodillas desnudas una fracción de tiempo más de lo necesario. Llevaba unos pantalones cortos azules manchados y unas zapatillas viejas de lona. Era la primera vez que lo veía mal vestido.

—Hola —replicó, sin mencionar su propio nombre, tal vez suponiendo que ya lo sabíamos. Dio unos pasos hacia delante y alzó la mano para protegerse los ojos del sol. Luego se paró, se registró el bolsillo de atrás, sacó un peine negro y en dos movimientos rápidos y fugaces se lo pasó por el pelo hacia atrás para cubrirse la coronilla. Antes de que nos diéramos cuenta, se lo guardó, rodeó el seto y entró en nuestro jardín.

—Debe de estar muerto —le dijo mi madre mientras él se acercaba a los escalones de nuestro porche. Una expresión de repentino sobresalto apareció en el rostro del señor Green, y ella añadió, fuerte—: De sed. Hoy hace un calor espantoso.

—No, estoy bien —aún se mostraba alarmado—. Muchas gracias.

—Bueno, ¿quiere un vaso de limonada? —Mi madre había avanzado hasta el primer escalón, y lo imitó sin querer al protegerse los ojos con una mano.

—Muchas gracias —volvió a repetir, y se le movió un tendón del cuello.

—Es limonada tropical —aclaró mi madre un poco inquieta. Debió de recordar en ese momento que yo había teñido la limonada de color lavanda con un colorante alimentario azul esa mañana. Me pareció que la limonada color lavanda resultaría refrescante en un día tan caluroso.

El señor Green esperó en el césped, junto a los escalones, mientras mi madre entraba en la cocina. Me miró a través del mosquitero sin decir nada, y yo le devolví la mirada. Le había empezado a salir una erupción en el cuello a causa del calor, y el sudor le goteaba por las mejillas.

Mi madre regresó con una bandeja de mimbre en la que había servido dos vasos altos de limonada de lavanda con trozos de hielo que tintineaban. Se produjo un minuto de tensión mientras ella permanecía indecisa con la bandeja dentro del porche y el señor Green vacilaba fuera junto a los escalones. Por fin mi madre me pidió:

—Marsha, échame una mano con esto. —Y el señor Green se abalanzó hacia la manivela de la puerta.

Yo me quedé sentada en el columpio mientras mi madre le acercaba la bandeja al señor Green. Él miró los vasos fijamente un momento, pero cogió uno sin hacer comentarios.

—Es un capricho —le explicó mi madre.

—Gracias —replicó él.

—Marsha —me llamó con voz severa; cuando llegué cojeando a la puerta mosquitera me tendió la bandeja vacía—. Llévate esto dentro, bonita. —Sonrió por encima de mi cabeza.

Después de iniciar sin éxito varias líneas de conversación —el tiempo, las próximas elecciones—, mi madre pasó rápidamente al tema del césped. El señor Green había conseguido maravillas con el suyo. Seguro que se le daba bien la jardinería. El de ella parecía que tuviera la lepra.

—Mire qué manchas marrones —le dijo, abarcando nuestro césped con un gesto amplio.

Obediente, el señor Green se dio la vuelta para examinar dos o tres pequeños parches que amarilleaban en medio de la hierba. Pero justo cuando mi madre se disponía a criticar a los cornejos, los rododendros y el traicionero manzano del que yo me había caído cuando me rompí el tobillo, él dijo un poco a regañadientes, como si lamentara tener que confesarlo:

—Yo es que soy de campo. A veces cuando miro hacia su jardín noto algo que me da la sensación de estar en el campo.

Mi madre pareció impresionada por la franqueza de este comentario.

—Vaya —murmuró. Después hizo una pausa y se dedicó a observar nuestros árboles y arbustos desde el punto de vista de alguien que añorase un paisaje rural.

—Creo que ya lo veo —concedió por fin—; entiendo lo que quiere decir. No debería quejarme.

El señor Green se acabó la limonada empinando vigorosamente el vaso, algo más bruscamente de lo que pretendía, porque parte de la limonada de lavanda se le derramó por la barbilla y la camisa blanca. Bajó la mirada para ver lo que había hecho, y mi madre hizo como que no se había dado cuenta. La ocasión de ofrecerle una servilleta de papel se pasó. Los ojos del señor Green se volvieron hacia su pequeño túmulo de ladrillos y luego regresaron a la cara de mi madre, que iniciaba un panegírico sobre la vida rural.

—No, no hay nada igual —sentenció, como si estuviera inmersa en un debate prolongado—. Habitar en la ciudad hace que nos olvidemos de que la vida de verdad es la que transcurre en el campo. Y en las urbanizaciones residenciales. —Aquí se detuvo para lanzar una mirada al otro lado de la calle, a los arbustos en forma de cubos que tenían los Morris—. Estas zonas no son ni una cosa ni otra. Es más —añadió, ya casi sin aliento—, a veces me parece que son una distorsión.

El señor Green carraspeó y agitó un poco el vaso vacío que tenía en la mano. Una abeja zumbó un momento entre los dos. Mi madre le lanzó un manotazo, y abrió la boca para iniciar un tema nuevo. El televisor de algún vecino comenzó a parlotear.

—¡Mamá! —me levanté violentamente volcando la caja de las botellas de leche y zarandeando las begonias—. Me pica el pie.

—Marsha es la más pequeña —informó mi madre al señor Green, sin darse la vuelta—. Como ya habrá visto, se ha roto un tobillo.

El señor Green miró a través del mosquitero del porche y me dedicó una leve inclinación de cabeza.

—¿Usted no tiene hijos?

—No, señora.

—Son... —me di cuenta de que mi madre quería decir una frase ingeniosa—. Son todo un reto —afirmó por fin, frunciendo el entrecejo.

El señor Green volvió a menear la cabeza.

—Sabe, no me he quedado con su nombre de pila.

—Alden. Alden Green. Junior —añadió. Le tendió el vaso—. Muchísimas gracias.

—¿Como John Alden? —Mi madre le cogió el vaso y se quedó con él en la mano, casi debajo de la barbilla—. Ése fue uno de los Padres Peregrinos, ¿no?

A él le brillaba la sudorosa frente bajo el sol; se la iba secando con el dorso de la mano. Mi madre le preguntó qué le parecía «este asunto de Watergate». Al otro lado de la calle, el Buick de los Sperling enfiló su entrada. La pareja de terriers empezó a ladrar desde el interior de la casa.

—Los perritos —explicó mi madre—. Yippi y Yappi.

El señor Green esbozó una sonrisa de compromiso.

—Bueno —concluyó ella con un suspiro—, tendré que dejarle que vuelva al trabajo.

El señor Green agachó la cabeza y le volvió a agradecer la limonada. Luego se dirigió a su jardín con paso cansino y se arrodilló de nuevo entre los ladrillos.

—Siempre está bien conocer a los vecinos —comentó mi madre cuando entró en el porche—. Toda precaución es poca. —La puerta mosquitera se cerró con un golpe. Cuando se inclinó para coger la bandeja, vi que tenía las mejillas arreboladas y los ojos brillantes, y llevaba puesta la misma sonrisa de lavanda que le debía de haber estado dedicando al señor Green.

Durante toda esa semana mi madre estuvo muy atenta a saludar con la mano al señor Green si ella estaba en el jardín cuando su coche llegaba a casa, o bien cuando él salía a cogerlo. Siempre le gritaba algo, generalmente un comentario sobre su césped o la irregular fila de caléndulas que había plantado en torno a su porche.

—¿Qué hace para evitar que las babosas se le coman los capullos de las caléndulas? —le interrogó una tarde.

Él acababa de salir del coche; ni siquiera le había dado tiempo a cerrar la puerta. La pregunta le hizo girarse sobresaltado, como si alguien le hubiera tocado en el hombro desde atrás. Ella se levantó la visera de la gorra de béisbol de Steven, que ahora también llevaba fuera de casa, y exhibió una sonrisa como si acabase de preguntarle cómo quería el café.

—Las babosas —repitió él. La camisa blanca se le pegaba al pecho y marcaba el contorno de la camiseta. Agarró más fuerte el asa de su cartera y la subió un poco más para que le cubriese el vientre.

—Me están decapitando las caléndulas —proclamó ella, avanzando hacia el seto que separaba nuestro jardín delantero de la entrada de coches del señor Green.

Él se volvió a mirar las suyas, y luego hacia mi madre otra vez, con la cara húmeda e hinchada por encima del cuello blanco de la camisa.

—Bicarbonato —contestó con su voz suave y nasal.

—Bicarbonato —repitió ella, y balanceó el escardillo que llevaba en la mano.

—También se les puede echar sal encima —añadió a regañadientes—; así se resecan.

El escardillo se quedó parado. Creo que a ella se le debió de ocurrir, al mismo tiempo que a mí, que eso era precisamente lo que había hecho el señor Green: esperar fuera con el salero, buscando rastros plateados a la luz de la luna.

Ese domingo lo pilló sentado en la silla plegable de aluminio, leyendo el periódico. Esta vez pareció que estaba preparado y se levantó en cuanto ella lo llamó desde detrás de la puerta mosquitera de nuestro porche.

Llevaba su típico atuendo de fin de semana, pantalón corto de madrás y camisa color caqui, lo que le hacía parecer un híbrido de turista veraniego y Marlin Perkins, el explorador ecologista que presentaba *Reino Salvaje*. Se había peinado meticulosamente para que el cabello le cubriese la calva, y se había dado brillantina: signo de clase baja, había objetado mi padre una vez que un peluquero se la había aplicado a Steven después de cortarle el pelo. Mi padre lucía una cabellera fuerte y resistente que se le apartaba de la frente en rizos. Además, era larguirucho y tenía un modo desgarbado de andar que resultaba agradable, no como el señor Green, cuya densa pesadez hacía que, incluso a pesar de tener la cara rosada, pareciese una aceituna negra.

—¿A que hace un calor espantoso? —gritó mi madre. Casi no se podía creer el calor que hacía; le parecía que si subía más la temperatura se iba a cocer como un huevo duro.

Enrollando el periódico para formar un cilindro bien apretado, él asintió un par de veces con la cabeza mientras avanzaba hacia el seto, y luego añadió otro par de cabezazos para poner mayor énfasis. Ella abrió la puerta mosquitera.

—Quizá llegue un tornado —dijo, según bajaba los escalones—. Un tornadito rápido nos iría muy bien.

La cara del señor Green, que hasta ese momento había ido mostrando indicios de estar alerta, volvió a caer en su habitual expresión vacía. Evidentemente, ni entendía ni podía entender para qué quería mi madre que hubiera un tornado, sobre todo cuando ya nos había llegado un huracán muy adelantado.

No era el primero que se veía sorprendido por el modo que tenía mi madre de domesticar los desastres. Recuerdo que de niña me llevé un susto espantoso la primera vez que la oí anunciar que se iba a caer muerta después de haber pasado el aspirador por las escaleras. También me ocurrió la primera vez que afirmó que alguien estaba «intentando matarnos» cuando otro coche cambió de carril bruscamente y se metió delante del nuestro en la autopista de circunvalación. Tuvo que pasar bastante tiempo hasta que sus experiencias al filo de la muerte, sus roces con el caos y sus descensos hasta la locura mientras buscaba un sitio donde aparcar, o un libro de la biblioteca, o la tapa de la mostaza, me dejasen impertérrita.

Hacía tiempo que ella había decidido que la única manera de soportar los peligros de la vida era convertirlos en rutina. Nunca pareció comprender que a las demás personas esa actitud les podía resultar desconcertante.

—¿No sería estupendo deshacernos de tanto aire caliente? —preguntó con un deje melancólico—. Nada más que un tornadito que lo eche todo hacia el mar.

La sonrisa del señor Green regresó, distorsionando sus músculos faciales. Y, sorprendentemente, se rió, pero se rió como los personajes de los dibujos animados, enunciando las palabras: «ja, ja, ja».

—Ja, ja —repitió mi madre, abanicándose con la mano.

Estoy segura de que se habría quedado atónita si en ese momento le hubieran dicho que estaba coqueteando. ¿Pero qué estaba haciendo si no? ¿Y quién, quitándome a mí, se lo hubiera podido reprochar? Incluso Julie y Steven seguramente lo habrían aceptado, si se hubieran molestado en percatarse de ello. Por supuesto, todavía me pregunto si yo habría hecho lo que hice en caso de que mi madre se hubiese mostrado menos amistosa esa tarde, y como consecuencia el señor Green hubiese permanecido en su silla, con la calva guiñándole tan sólo al cielo.

Para entonces hacía ya tres semanas que Ada y mi padre se habían escapado. No habían llamado, ni enviado una carta, ni siquiera una postal. Podían regresar en cualquier momento, o no hacerlo nunca. El marido de tía Fran, que era abogado, ya había redactado los papeles del divorcio, y mi madre esperaba el regreso de mi padre para enviárselos. Pasados unos meses, pensaba ser la única madre soltera que conocía. A estas alturas ya se imaginaba que las demás madres de la calle la vigilaban estrechamente, para calcular si era posible que se convirtiese en una robamaridos. Años después, Julie me contó que ese verano la señora Guibert y la señora Bridgeman habían invitado a mi madre a tomar café una mañana, y, en la pulcra cocina de la señora Guibert, con su linóleo estampado de ladrillo y su nevera color aguacate, le informaron suavemente de que nuestra calle era «una calle de familias».

—¿Ah sí? —les preguntó—. ¿De las familias de quién?

Así que mientras mi madre esperaba a ver qué más le iba a suceder, consumía los días recitando sus anuncios para Peterman-Wolff. Por las noches se quedaba levantada hasta bastante tarde y bebía Chablis mientras leía novelas inglesas del diecinueve en las que todos acababan casándose y residiendo en una casa señorial rodeada de álamos de Lombardía. O bien murmuraba por teléfono con tía Fran o tía Claire e intentaba convencerlas para que no volvieran a visitarla.

Pero allí fuera, en el césped, el aire vibraba.

—Es que hace un calor... —se quejó mi madre con voz temblorosa—. Creo que se me están derritiendo los sesos.

—Ja, ja —se rió el señor Green, y se dio unos golpes con el periódico en la palma de la mano.

Ella bajó la cabeza modestamente, ya ocupada en idear otra ingeniosidad.

—No, en serio —comenzó—, hace tanto calor que...

Un reactor atronó los cielos, tomando altura desde el Aeropuerto Nacional. La frase de mi madre se perdió.

Antes de que pudiera repetirla, el señor Green la interrumpió. Al parecer ese día tenía una afirmación propia que enunciar. Ahora bien, no le iba a resultar fácil hacerlo. Desde el porche pude ver cómo su rostro enrojecía progresivamente mientras se debatía entre la duda y la determinación. Los labios le temblaban, los ojos le parpadeaban y se tambaleaba ligeramente tras el seto, con la frente bañada en sudor, colorado hasta las puntas de las orejas. Al fin consiguió abrir la boca lo suficiente como para decir:

—Quiero.

Se echó un poco para atrás, tragando saliva, y se tironeó la parte delantera de la camisa caqui. Justo cuando ya parecía que iba a desistir y a hacer como que no había dicho nada, añadió, de forma vaga:

—Me preguntaba. —Volvió a parar para tomar aliento y se aferró al periódico como un náufrago a un clavo ardiendo. Pero ahora ya había empezado y tenía que terminar como fuera—. Preguntaba... me pregunto si querría venir a mi casa a hacer una barbacoa.

Mi madre lo miró fijamente y él se puso aún más colorado, y hundió la barbilla en el cuello.

—Una barbacoa —volvió a decir.

—¿Una barbacoa? —repitió ella a su vez. Yo ya podía ver que estaba dándole largas.

—Sí. —La pechera de la camisa caqui ya estaba empapada en dos franjas verticales, pero él apretó la mandíbula.

—Ah. —Ella sacó a relucir la mejor de sus sonrisas inexpugnables.

—He terminado la obra —señaló con el periódico.

—Ay, ya lo veo, ¡ha quedado precioso! En serio; yo no sería capaz de construir una cosa así. De hecho hasta me cuesta hacer tostadas. ¿Qué día ha dicho?

—¿Un domingo? ¿Quizá algún domingo dentro de dos o tres semanas? —Parecía remiso a comprometerse con una fecha, como si ahora que ya había logrado anunciar su intención de celebrar una barbacoa, le sorprendiera que se esperase algo más de él.

—¿Dentro de dos o tres domingos? —Mi madre sonrió. Ladeó la cabeza, como si consultara un calendario colgado justo detrás de la cabeza de él. Los compromisos previos eran casi visibles según pasaban zumbando por el aire: visitas a primos; fiestas de piscina; una excursión al zoo. Siempre podíamos marcharnos en el coche a pasar el día y dar una vuelta por las cataratas de Great Falls, o por Silver Spring. Tener hijos resultaba muy conveniente; la gente te creía si afirmabas que tenías que hacer algo por tus niños.

El señor Green, que no le había quitado ojo, asintió con la cabeza y desvió la mirada.

—He pensado —dijo de forma hosca— que podría invitar a algunos vecinos.

—Vaya —comentó ella.

Se puso a jugar con la correa metálica del reloj, apartándosela de la muñeca y dejando que el elástico la hiciera volver a su sitio. Desde el porche, con los prismáticos de plástico pegados a los cristales de mis gafas, podía ver cómo las secciones de metal recubierto de níquel le pellizcaban la carne. ¿Pasar una velada con el señor Green, de color carne cruda, y verlo enredar en su parrilla toda la noche? Imposible. Me lo imaginé ofreciéndole un tembloroso plato de cartón y vino en un vaso de plástico pegajoso, mientras bajo su manga se movía la sirena tatuada.

Los ojos de mi madre se entrecerraron. Su sonrisa se estiró, y se volvió transparente. El señor Green tragó saliva y arrancó una hoja del seto.

Pero entonces, con un tono suavemente irónico, reservado para desanimar a los pretendientes decepcionantes y defenestrar a los maridos infieles, ella le dijo:

—Pues claro, Alden. Estaré encantada de ir.

Seis

Un hombre adulto bajó corriendo por nuestra calle a las siete de la tarde del 20 de julio, cuando la mayoría de las familias se sentaba a cenar. Se dirigió primero a la casa estilo Tudor de los Guibert, en la esquina, y empezó a gritar y a aporrear la puerta. Apareció el señor Guibert y, desde mi casa, a media manzana de allí, pudimos oír sus voces excitadas. Luego el hombre galopó hasta casa de los Reade y también les golpeó la puerta. Maridos, mujeres y niños se asomaron mientras el hombre corría en zigzag de casa en casa. Nosotros, aún con las servilletas en la mano, nos acercamos a mirar por las ventanas.

Cuando hubo llegado a casa de los Bridgeman, los Morris y los Sperling ya habían abierto sus puertas mosquiteras y salían a sus jardines. Se podía oír el chirrido de los muelles de las puertas por toda la calle, como si fueran ranas en un estanque. Los vecinos se gritaban unos a otros por encima de las vallas y los setos, preguntándose qué era lo que pasaba, si había ocurrido algo, qué decía ese hombre.

—Ha desaparecido un niño —era lo que decía—. Díganselo a los vecinos. Ha desaparecido un niño.

Había llegado corriendo desde Buena Vista, donde vivían los Ellison, y había llamado a todas las puertas para pedir a los hombres adultos que hubiera que se reunieran frente a la casa de éstos, en el número 26. Su mujer, que se había quedado con la señora Ellison, le había dicho que reuniera a cuantos hombres pudiera. Habían llamado a la policía, pero no se podía hacer nada hasta que hubieran transcurrido veinticuatro horas. Seguramente andará con un amigo, les habían dicho. Ésa era la policía que teníamos.

Ha desaparecido un niño. Ha desaparecido un niño. Y así corrió la noticia por todo el vecindario.

Todos los hombres menores de setenta años y todos los muchachos adolescentes de nuestra calle se ofrecieron para ayudar en la búsqueda: el señor Sperling; el señor Lauder; el señor Bridgeman y su hijo, el gordo David Bridgeman con sus ojos saltones; los hermanos Reade, Mike y Wayne, que me gustaban muchísimo por su pelo rubio y lacio y sus ojos rasgados, y por la gracia desabrida con que jugaban al baloncesto en la entrada de coches de su casa; el calvo señor Hollowell; el señor Guibert, un canadiense francófono que tenía unas fosas nasales enormes y a veces les gritaba «¡Merde!» a los Morris si dejaban que los terriers se agachasen en el césped de su jardín. Avisaron a todos menos al señor Green. Por lo que puedo recordar, nadie contó con él.

En menos de media hora, desde que ese hombre se saltó nuestra casa y la del señor Green y se paró en cambio en la puerta de los Lauder, los hombres de nuestra calle ya se habían reunido en el césped de la casa de los Ellison, y sus esposas habían cerrado todas las puertas y ventanas, a pesar del calor, y habían reunido a sus niños en los sofás de los salones, donde todos esperaron a ver las noticias de las diez en la televisión.

Todo el mundo sentía una tensa emoción, como suele sucederle a la gente cuando es posible que algo horrible le haya sucedido a otro. Claro que todos esperábamos que se encontrase al niño, pero también que no lo encontraran, al menos no enseguida, y que cuando apareciese hubiera que realizar un rescate espectacular, con escaleras de cuerda, perros y el equipo de emergencias médicas.

Durante varias horas el vecindario se retrajo: todos menos mi madre cerraron las puertas con llave, echaron los pestillos de las ventanas y registraron los sótanos. Es posible que algunos niños pequeños llorasen cuando sus padres cogieran una linterna y salieran corriendo por la puerta, pero la mayoría de los hijos seguramente quedó impresionada por la repentina importancia que cobraban sus padres, y anheló poder acompañarlos adentrándose en la luz arcillosa y rosácea del crepúsculo. Se mantuvieron sentados en silencio, recostados contra sus madres, viendo cómo pasaban las figuras por la pantalla de la tele. Los ventiladores giraban. Los niños chupaban polos. Finalmente se durmieron. Y entonces, desde las cocinas, las madres empezaron a llamar a todos sus conocidos.

Nadie nos había avisado, probablemente porque estaban enterados de que mi padre ya no vivía allí. Todos parecían haberse dado cuenta de eso incluso antes de que se marchara. Pero nosotros habíamos oído los gritos, e igual que los demás nos habíamos asomado al porche para ver qué pasaba.

—Entrometidos —murmuró mi madre, cuando los Lauder y su hija Luann, y después los Morris, aparecieron en sus puertas. Luego salieron también los Sperling, ella meciendo al bebé en sus brazos mientras el moreno señor Sperling saludaba con la mano al viejo señor Morris. Parecía que fuese a pasar un desfile. Los terriers empezaron a ladrar.

—Yo salgo a ver —anunció Steven.

—Y yo —le secundó Julie.

—Ni hablar. A cenar todo el mundo. —Mi madre se puso en jarras, y luego se dio la vuelta con tanto ímpetu que tropezó con mis muletas.

—Anda, Ma —insistió Steven.

—Nunca, pero que nunca, me llames «Ma» —le advirtió, con cierta incoherencia. En esa última semana había empezado a tomarse una copa de vino en la cocina mientras hacía la cena, otra en la mesa y una más después, mientras leía en el sofá. Según regresaba hacia la mesa, subió el volumen de la radio.

—La gente civilizada —añadió cuando nos volvimos a sentar— no se dedica a contemplar las desdichas de los demás.

—Ya, claro —apostilló Julie.

Había sido un día caluroso y sin viento, lleno de hojas anchas y verdes que apenas se movían, y las aceras estaban húmedas. Una de esas jornadas que te recuerdan que Washington, la capital, es una ciudad sureña. Durante toda la tarde las cicadas estuvieron zumbando en los árboles, y los gatos de la vecindad se pasaron horas tumbados en la misma postura en cualquier porche que encontrasen que les pareciera un poquito más fresco.

Mientras las otras madres de nuestra calle empezaban a cerrar las puertas y ventanas, y Julie y Steven, enfadados, se metían en el salón a ver la tele, mi madre me ordenó que la ayudase a fregar los platos, las dos juntas de pie frente a la ventana abierta de la cocina, con el vapor que subía de la pila arremolinado en torno a los codos.

Seguíamos allí cuando sonó el teléfono. Era la señora Lauder, la vecina. Vi cómo mi madre sujetaba el teléfono con el hombro mientras secaba una fuente de ensalada. Levantó las cejas y las volvió a bajar.

—¡No me digas! —exclamó. Se acercó al comedor, tirando del cable del teléfono.

—¿Pero quién es? ¿Se sabe quién es? —Hubo una pausa—. Sí, claro, yo me encargo. Bueno, Mavis. Gracias por llamarme.

Apenas había colgado y metido la fuente en el armario cuando volvió a sonar el teléfono. Sólo le dio tiempo de decirme: «Se ha perdido un niño» antes de contestar. Esta vez era la señora Sperling, que lloraba porque le daba miedo quedarse sola, sin más compañía que su bebé.

—No te preocupes —le recomendó mi madre, con un cuenco en la mano—. No corres ningún peligro. Estoy segura de que lo van a encontrar. Verás cómo todo va a salir bien. —Su tono decidido me indicó que eso lo decía para mí tanto como para la señora Sperling—. En serio, creo que te has dejado llevar por los nervios, Dolly. No hay motivos para tener miedo. Probablemente a estas alturas ya lo habrán encontrado.

Pasados un minuto o dos colgó, y por su expresión al mirar el paño de cocina supe que se había dado cuenta de que tendría que haber invitado a la señora Sperling a que viniera a esperar con nosotros. Un momento más tarde marcó el número de los Sperling, que figuraba en un papel pegado a la nevera con cinta adhesiva, en el que teníamos, además, los números de los bomberos, del centro de toxicología y de algunos otros vecinos. El teléfono de tía Ada, que en tiempos fue el primero de la lista, por delante de los de tía Fran y tía Claire, había sido eliminado recortándolo con tijeras. Los Sperling comunicaban. Pasados unos minutos, llamó la señora Morris.

Mientras mi madre hablaba con ella, yo salí hasta el porche apoyada en una sola muleta y me senté, con el cuaderno preparado sobre el regazo, además de mis prismáticos y un bolígrafo Bic nuevo que había robado del cuarto de Julie.

Últimamente había empezado a escribir con tinta negra, porque me parecía que daba un aspecto más serio. El gato carey de los Sperling atravesó sigilosamente su césped. Poco después, la silueta encorvada del señor Morris pasó por detrás de la cortina cerrada de su salón, como en una película de Hitchcock. Yo apoyé la escayola en la mesa de mimbre llena de revistas de Peterman-Wolff y, por la fuerza de la costumbre, miré hacia la casa del señor Green. El regador de su césped describía arcos de ida y vuelta. Aparte de eso, el único movimiento que vi fue el de las hojas de haya por encima de su tejado.

Mientras en casa todos nos habíamos acostado, la búsqueda se amplió y llegó más allá del centro comercial, según me enteré después, hasta el parque de atracciones abandonado junto al río, en donde los grupos de buscadores iluminaron con sus linternas las piscinas de niños, vacías y resquebrajadas, y los bajos de la vieja montaña rusa, que crujía y gemía y, vista en escorzo, parecía el esqueleto medio derrumbado de un dinosaurio. Había tantos sitios en donde esconder a un niño, o su cuerpo: entre los herrumbrosos engranajes del viejo carrusel, detrás de la barraca del tiro al blanco, en uno de los torreones comidos por las termitas del Castillo Encantado. El aire tenía un aroma de secreto, mezclado con el olor del agua del río y una antigua corriente subterránea de palomitas de maíz. Gritaron su nombre una y otra vez. Alguien encontró un foco como los del cine, consiguió conectarlo a la corriente, y de repente el parque se iluminó, fantasmal, más pequeño. Hubiera resultado apropiado hallar una pesadilla en ese lugar de pesadillas, el abandonado jardín de los juegos. Pero el niño no estaba allí.

Mi madre se mantuvo toda la velada dentro, sentada en el sofá del salón, pasándole las páginas a una revista. Durante las últimas semanas, la compañía Peterman-Wolff nos había enviado todos los números de todas las revistas que mi madre tenía que vender, por si acaso le pedían información más detallada en alguna de las llamadas. Esa noche, mientras los gemelos, desafiantes, veían una película de terror japonesa, ella permaneció sentada en una esquina del salón hojeando las revistas que acababa de recibir, molesta y cansada.

—Bla, bla, bla —decía de vez en cuando, y tiraba la revista al suelo—. No es más que eso: bla, bla, bla. —Después de unos minutos en los que se dedicaba a contemplarse las manos, recogía la revista y seguía leyendo.

Yo me negué a irme del porche incluso después de la segunda vez que me anunció que ya pasaba de la hora de acostarme. El teléfono sonó para Julie. Luego, para Steven; después para Julie otra vez. Yo seguía pronunciando esta frase: *se ha perdido un niño.*

Se ha perdido un niño. La construcción gramatical del enunciado me dejaba perpleja. ¿Quién había perdido al niño? ¿Se había perdido él a sí mismo? ¿Se podía perder un niño igual que se extravían las llaves del coche? Entonces yo ya era bastante determinista, como lo suelen ser la mayoría de los pequeños; pensaba que las cosas desaparecían por alguna razón. Quizá Dios coleccionaba objetos perdidos para su propio beneficio y los guardaba hasta que te murieras, y entonces te devolvía todo lo que habías echado en falta. Me imaginaba el cielo lleno de estanterías, una casa de empeños celestial. Sólo hacía falta un descuido momentáneo, me decía, y podías perder cualquier cosa. No entendía lo que implicaba esta observación, pero recuerdo el escalofrío que me subió por la espalda, producido sobre todo por la satisfacción de saber que me encontraba, al menos de momento, en el lugar en donde previsiblemente me buscaría mi madre.

Años después, en una de nuestras escasas visitas, le conté a mi padre cómo fue esa noche, y cómo los gemelos y yo habíamos visto desde el porche que todos los otros padres se reunían en la calle y hablaban con los brazos cruzados.

—Teníamos miedo. Te necesitábamos —le dije, aunque para entonces ya no estaba tan segura de que eso fuera cierto— y no estabas.

—Sí, ya lo sé. —Se quitó las gafas para limpiarlas con una servilletita de papel. Parecía triste y pensativo. Pero cuando se volvió a poner las gafas me dijo—: Pero conseguisteis pasar el mal rato, ¿a que sí?

Había luz en casi todas las ventanas de todas las casas, desde el ático hasta el sótano. Cuando ladró un perro detrás de nuestra casa, pareció que todo el vecindario dio un respingo. No obstante, mi madre se negó a cerrar la puerta con llave.

—Yo no creo en el coco —afirmó. Y siempre me he preguntado si esa noche sólo pretendía mostrarse terca y temeraria, o si sentía una oscura sospecha.

La luz de la cocina del señor Green se apagó a las nueve y media, y después la de su dormitorio, a las diez, como de costumbre. Su casa fue la primera de la calle en quedarse a oscuras.

A la mañana siguiente no sabíamos nada más que la noche anterior, salvo que nuestra madre nos dijo que el niño perdido era Boyd Ellison. No salió nada en las noticias de la noche, ni en el periódico de la mañana. Después de esa serie de llamadas de la tarde, nuestros vecinos nos dejaron que cavilásemos solos, incluso una vez que empezaron a llegar noticias de los hombres que habían salido a la búsqueda.

Era viernes. Cuando me desperté y miré por la ventana, el señor Sperling estaba de pie en los escalones de la entrada de su casa, vestido con unos pantalones cortos a cuadros y zapatos náuticos en lugar de llevar el traje oscuro habitual, y en vez de meterse en el coche para ir al trabajo, se estaba tomando un vaso de té helado.

—Frank —oí a la señora Lauder llamando a su marido en la casa de al lado—, ¡Frank, Frank!

El señor Green se marchó a las ocho menos cuarto, como hacía siempre. Bajó los escalones con su cartera de piel sintética, que parecía vacía, y cuyos cierres plateados sonaban al andar, abrió la puerta del coche y se inclinó para sentarse al volante.

Cuando sacaba el coche marcha atrás, me acordé de lo que le había dicho a mi madre la semana anterior, aquello de que era del campo y que nuestra casa le recordaba su lugar de origen. Intenté imaginarme su cara pegada encima de un peto vaquero y una camisa a cuadros, de pie en nuestro jardín con un azadón. Pero me resultaba imposible separarlo de su camisa blanca y su corbata, o hacerlo salir de sus ligeros mocasines para meterlo en unas botas amarillas de granjero. Parecía claro que le correspondía estar en otro lugar, pero no podía imaginarme dónde.

En el cuaderno apunté: «Salió de casa a la hora habitual».

Mi madre, Julie y yo oímos las noticias juntas después de desayunar, y justo entonces llegó muy apresurada la señora Morris con sus terriers y nos tocó el timbre.

—¿Lo habéis oído? —se estremecía bajo el ala de su sombrero de tela vaquera cuando mi madre le abrió la puerta del porche—. ¿Os han contado lo que ha sucedido?

Como ninguna le contestamos, tiró de las correas de los perros, acercándoselos a las borlas blancas de sus calcetines tobilleros.

—Lo han encontrado. —Se le movía la cabeza como siempre, con un suave temblor que me recordaba a una muñeca de porcelana que tuviera un muelle en el cuello—. Han encontrado al niño.
—¡Ay, gracias a Dios! —exclamó mi madre.
—No —replicó ella, tiritando—. No, no.
Al ver a la señora Morris mover la cabeza, me acordé de una vez, hacía dos años, en que Steven se había quejado de que Boyd Ellison había robado dinero de una recogida de papel usado que habían realizado los más jóvenes de los *Boy Scouts*. «Asqueroso», lo había llamado, plantado en la cocina con los pies separados y la cara enrojecida. Me acuerdo perfectamente de cómo lo dijo, de pie junto a la nevera, colérico y agraviado, con el pelo castaño que le salía de la frente como un cepillo.
—¿Puedes demostrarlo? —le había preguntado mi madre. Steven pareció sorprendido; se le quedó la boca abierta.
—Pero sé que fue él —afirmó—, estoy seguro.
—¿Y cómo lo sabes? —Steven no pudo contestar. Bajó la cabeza con una mueca de disgusto.
—Nunca me crees. No te crees nada de lo que te digo.
—No me creo acusaciones que no se pueden demostrar —le espetó mi madre, abriendo el grifo—. Estamos en Estados Unidos.
Yo procuré evitar repetir *asqueroso, asqueroso*, estremecida al ver cómo movía la cabeza la señora Morris; los perros daban saltos intentando separarse de sus tobillos, con las uñas patinándoles en el cemento de los escalones; un cuervo se posó en el manzano y mi madre, parada en la puerta, movía la cabeza al compás de la señora Morris.
Intenté evocar la cara de Boyd Ellison; quise recordar qué aspecto había tenido el día que me pidió que le permitiera ponerse mis gafas. *Déjamelas. Sólo quiero ver qué se siente.*
Bajo el ala de su sombrero, los labios de la señora Morris se fruncieron y se separaron, mostrando sus dientes iguales y algo marrones.

—Frank Lauder cuenta que lo encontraron detrás del centro comercial. En ese bosque. Estaba inconsciente. Eso creía Frank. No estaba seguro. Luego supieron que estaba muerto. Pero era él, era el niño, y lo habían...

Aquí la señora Morris se detuvo, y miró por detrás de mi madre a donde yo estaba agazapada en el columpio, con la pierna buena doblada contra el pecho.

—Marsha, entra en casa —me ordenó mi madre, dándose la vuelta—. Julie, llévatela dentro.

—Mamá... —objetó Julie.

—Ahora mismo. Por favor.

Julie me arrancó de mi asiento, me puso las muletas bajo los brazos y sujetó la puerta para que pudiera entrar cojeando en el salón. Nos sentamos en el sofá y nos dedicamos a mirar hacia la chimenea; intentábamos distinguir sus voces bajas y susurrantes que entraban por la ventana de detrás del sofá. A lo lejos, oí sonar una sirena.

—Boyd Ellison —dijo Julie, cogiéndose el pelo de una ceja. Se estremeció. Esa mañana se había puesto unos pantalones naranja acampanados y muy ajustados y un top floreado; llevaba el pelo, castaño, largo y liso, peinado muy tirante hacia atrás y sujeto con un pasador de cuero, lo que le daba a su cara un aspecto muy redondo y muy desnudo.

Oímos a Steven abrir la ducha en el piso de arriba. Me pregunté qué iba a pensar cuando se enterase de que habían matado a un niño al que él había acusado de ladrón, el mismo que quizá hubiera robado la bici de David Bridgeman. Por otra parte, no era el único de la vecindad que robaba. Pero no podíamos pensar que, de todos nosotros, a quien le había de suceder algo tan terrible iba a ser él.

Eso era lo que nos parecía entonces, que la muerte estaba predestinada, pero no la persona, y que la víctima podría haber sido cualquiera de nosotros. Que hubiera sido Boyd Ellison de repente le confería una importancia nueva y sobrecogedora. Casi de inmediato, el niño rubio de cabeza cuadrada al que yo intentaba evitar en el parque infantil adquirió una especie de encanto. Sin querer, empecé a desear haber hablado más con él, y que hubiese venido a nuestra casa más de una vez. Ojalá le hubiera dejado las gafas cuando me las pidió.

En el exterior, la señora Morris dijo algo, y luego otra cosa que sonó como si tosiera para expulsar una espina de pescado.

Por fin oímos a mi madre preguntar:

—¿Quiénes son «ellos»?

—La policía —explicó la señora Morris. Pasó una furgoneta de reparto, y atropelló las palabras siguientes.

—¿A interrogarnos? —preguntó mi madre. En la casa de al lado, el coche de los Lauder se puso en marcha.

—¡Luann! —gritó ella; se oyó el golpe de la puerta del coche. La voz de la señora Morris empezó a subir en espirales—: No le hizo caso a su madre. Se fue por el atajo. Se metió en el bosque. No le hizo caso; no se lo hizo. Se metió por el bosque.

—¡Rediós! —se le escapó a Julie.

Mi madre intentaba apaciguar a la señora Morris, pero su tono de voz siguió subiendo, y dejó de temblar.

—Ese bosque que algunos de vosotros no queríais que talasen. Pues menudo error, ¿no? Ahora cortarán todos los árboles, supongo. Harán desaparecer ese sitio, me imagino.

—Vieja zorra —masculló Julie.

Me di una vuelta en el sofá y me alcé sobre la rodilla buena para mirar por la ventana. Al otro lado de nuestro jardín, el coche de los Lauder daba marcha atrás hacia la calle, y dentro se veían sus tres caras, muy pálidas. Las palmas de las manos de Luann estaban pegadas contra el cristal subido de la ventanilla y miraba al exterior como un buzo atrapado en un acuario. Los Sperling habían aparecido en su puerta. Ella apretaba al bebé contra su pecho y lo mecía de acá para allá, mientras él bajaba los escalones lentamente hacia el césped.

La señora Morris cesó de gritar. Apoyándome en el respaldo del sofá y pegando bien la mejilla contra el extremo del cristal, alcanzaba a verle el codo, que asomaba de una manga blanca con estampado de margaritas, y el trasero, que abultaba bajo su falda caqui bien planchada. La mata de glicina y el borde del porche me impedían verla entera. Mi madre habló con un tono claro y automático, como si estuviera recitando el juramento de fidelidad a la bandera. Era cierto; había sido ella la que había preparado y puesto en circulación el escrito para salvar el bosque. Incluso había fabricado una pancarta de cartón en la que había escrito, con pintura: «Salvemos el bosque — No al aparcamiento», y la había colocado en nuestro césped, cerca de donde ahora teníamos el cartel de «Se vende». En aquellos días había sentido un gran afán por salvar cosas.

Apareció un pie de la señora Morris, con el calcetín tobillero blanco, metido en una zapatilla de tenis también blanca. Luego asomó la pantorrilla, y después apareció completa en el jardín, con el pelo gris rizado bajo el sombrero, balanceando suavemente la cabeza.

—Ya sé que estás sola aquí, Lois —decía, y la voz había vuelto a cobrar su tono trémulo—. Que sepas que podéis llamarnos si os sentís asustados. Cualquiera de vosotros.

Mi madre, invisible, replicó:

—Gracias, Edna.

La señora Morris recogió las correas de los perros, cruzó la calle y se dirigió a su casa, en donde se podía ver la forma borrosa de su marido con una gorra de golf que la esperaba en el porche, detrás del mosquitero.

Yo me dejé caer de nuevo sobre los cojines del sofá, dejando que el pelo se me enganchase en la cretona, de modo que se quedara hacia arriba. Pasados unos momentos, mi madre entró en el comedor.

—No quiero que salgáis de casa hoy. —Puso énfasis en cada una de las palabras, de modo que por un momento flotaron en el aire como globos entre nosotras—. Ya me has oído —le advirtió a Julie. Luego suspiró y se puso la mano sobre los ojos. Pero un momento después la había retirado y se dirigía a la cocina para empezar con sus llamadas telefónicas.

Siete

Hoy día es cada vez más frecuente que la gente viva en lugares en donde se ha producido un asesinato. Por ejemplo, yo sigo en el Estado de Maryland, actualmente en una zona algo cara, no muy lejos del elegante pueblo de Chevy Chase, una vecindad llena de casas de estilo colonial y cornejos en flor en donde la mayoría de los vecinos tiene quien le siegue el césped. Pues bien, en el último Día de Acción de Gracias, a cinco manzanas de mi casa, una mujer apuñaló a su hermano en el cuello con un cuchillo de carne, mientras su compañero asaba el pavo en la cocina y en la calle los hijos de los vecinos, vestidos de fiesta con ropa de marca, se perseguían bajo el frío sol de noviembre. Nadie sabe por qué lo mató.

Aquí, en la ciudad de Washington, el índice de asesinatos ha aumentado tanto que los periódicos recogen las noticias de estas muertes violentas en columnas de diez centímetros y ya no como tragedias dignas de la primera página. Esto seguramente tiene sentido. El profesor de Lengua y Literatura que menos me gustaba afirmó una vez:

—Edipo es una figura trágica. Richard Nixon es otra. El vecino de la calle al que asesinan no lo es. —Cuando la clase comenzó a murmurar al oírlo, cruzó los brazos y dijo—: La tragedia tiene que ser atractiva. Al mundo entero le interesa Richard Nixon. ¿Quién se preocupa por el vecino de la calle?

—Su mujer —aventuró alguien.

El profesor sonrió y se quitó sus gafitas ovaladas para limpiarlas, de pie junto a la pizarra.

—¿Y a quién le interesa su mujer? —preguntó con un sagaz parpadeo.

Pero deben comprender que hace veinticinco años un asesinato en un barrio residencial como Spring Hill aún resultaba un suceso sorprendente, tanto que durante mucho tiempo quienes vivían allí se siguieron sintiendo responsables, como si hubieran debido prever algo tan imprevisible. Igual que mi madre, se sentían culpables por haber creído que estaban seguros.

Casi inmediatamente después de que mataran a Boyd Ellison, nuestros vecinos empezaron a ver siluetas extrañas entre los rododendros, a oír gritos humanos en cualquier riña de gatos y a perder peso.

Los vecinos de varias calles más allá de la suya mandaron flores a la familia, y un hombre absolutamente desconocido, de Bethesda, se ofreció para pintarles el garaje. Se hicieron colectas, y en una asamblea en el auditorio de la Escuela Primaria Clara Barton se propuso plantar un árbol dedicado a su memoria. Un mes más tarde, los Ellison pusieron en venta la casa por menos dinero del que les había costado (a pesar de que acababan de reformar la cocina, cambiar la calefacción e instalar aire acondicionado), pero pasó mucho tiempo hasta que apareció alguien dispuesto a comprarla.

A las pocas horas de la visita de la señora Morris, la señora Lauder se pasó por nuestra casa, y llamó a la puerta del porche con los nudillos. Se quedó sentada en el borde del sofá del salón. Al parecer, lo único que quería era oír a mi madre decir lo triste que resultaba esto, qué tragedia tan espantosa, y repetir ella misma similares palabras.

—¿Ya sabes quién era? —preguntó. Intercambiaron sus narraciones sobre cómo y cuándo se habían enterado de la noticia, y al hacerlo se llevaban la mano a la garganta. Mi madre le ofreció té helado, pero ella no lo aceptó.

—Venga, no te quedes al margen —le dijo según salía por la puerta.

Por lo demás, parecía que la gente nos dejaba a un lado, o al menos esa sensación tenía yo, sentada en el porche, al ver cómo los vecinos se iban congregando unos en los jardines de otros. A lo largo de la mañana flotó en el aire una extraña sensación de día de fiesta, pues la mayoría de los vecinos estaban en la calle, los padres no habían ido a trabajar, y todos hablaban de lo mismo. Hasta los gemelos prescindieron de sus acentos británicos y vagaban por la casa con el lúgubre aspecto de ser más abordables que de costumbre.

Las primeras versiones que se barajaron ese día eran contradictorias y retorcidas. Fueron describiendo distintas circunvoluciones hasta que cada familia pareció concretar su propia descripción de lo sucedido. Y todas ellas empezaban por: «Me han dicho...».

Entre los detalles que oí desde mi puesto en el porche, y que fui apuntando en el cuaderno con el Bic de Julie, se cuentan las siguientes: Boyd Ellison estaba vivo y se lo había contado todo a la policía. Lo había atacado un motorista. Lo había atacado un hombre con barba. Era un barbudo con acento extranjero, quizá holandés o turco. Era un *hippy* drogado. Boyd estaba en coma. Boyd había dicho el nombre de su madre. No sabía quiénes eran sus padres. Estaba muerto. Estaba vivo. Estaba agonizante. Había muerto.

Más adelante, esa misma mañana, me dediqué a escuchar desde la ventana de mi cuarto la conversación que sostenía la señora Bridgeman con la señora Lauder delante de la casa de ésta, y oí pronunciar varias veces una expresión que no entendí: abusos deshonestos.

Los padres del vecindario se habían pasado el día hablando en corrillos delante de sus garajes, sin quitar ojo de las fachadas de las casas. Las madres aparecían en las puertas con cierta regularidad, y casi todas retenían a un niño con una mano sobre el pecho para que no saliese. De vez en cuando, hacían incursiones rápidas de una casa a otra para llevar noticias: corrían a la vez que se ajustaban las faldas-pantalón al cruzar las calles, y las suelas de madera de sus sandalias del Doctor Scholl producían golpes secos sobre el asfalto recalentado.

Cada vez que mi madre se tomaba un descanso entre series de llamadas, los gemelos se lanzaban al teléfono para sostener conversaciones susurradas con sus amigos, es decir, con los que no se habían ido de campamento. Todos sabían quién era Boyd Ellison, aunque al parecer ninguno lo conocía a fondo. No le había caído muy bien a nadie. Aparte de tener fama de ladronzuelo, era un abusón con los niños más pequeños, pero les hacía la pelota a sus hermanos mayores en cuanto aparecían. Era regordete y el béisbol se le daba mal. Se reía cuando los otros niños se caían de los columpios o se rasguñaban las rodillas. Pero sin embargo, se había convertido de repente en lo más parecido a un famoso que habíamos conocido.

—¿Os acordáis de cuando lo llevé en la bici? —preguntó Steven. Tenía los codos apoyados en el mostrador de la cocina, y llevaba el pelo castaño recogido en la coleta de siempre. Vistos desde atrás, él y Julie resultaban casi idénticos—. Fuimos hasta el centro comercial.

—Una vez me senté a su lado en el autobús. —Pensativa, Julie se arrancó unas cuantas hebras de los flecos de sus pantalones.

—¿Quién querría matar a un crío así? —se preguntó Steven, que casi parecía estar celoso.

De hecho, en los días siguientes se volvió envidioso; nos pasó a todos, al mismo tiempo que estábamos horrorizados aunque de un modo tenso e inquieto. Intentábamos tener miedo porque nos dábamos cuenta de que ésa era la respuesta esperada, y no haberlo tenido podría indicar que algo dentro de nosotros no estaba bien; pero la verdad es que el miedo no formaba parte de nuestros sentimientos en esos primeros días. Nos sentíamos emocionados. Nunca nos había sucedido algo tan tremendo ni tan llamativo como un asesinato. El escalofrío que suscitaba era el de nuestras historias favoritas, las que nos contábamos en los servicios de la escuela o cuando nos quedábamos a dormir unos en casa de otros. Teníamos celos de Boyd Ellison, no porque lo hubieran matado —claro que no; jamás nos habíamos sentido tan vivos— sino porque le había ocurrido algo novelesco, y él mismo se estaba convirtiendo en leyenda.

—Si yo hubiera sido Boyd y se me acerca ese tío... —empezaba Steven en la comida, o en la cena. A continuación esbozaba varios sistemas de defensa, que iban desde astutas maniobras de distracción hasta ganchos bien dirigidos a la mandíbula.

—Yo le habría dado una patada en las pelotas —concluyó Julie una noche.

—Un rodillazo en la entrepierna —la corrigió mi madre, mientras nos servía coles de Bruselas en los platos.

Steven explicó:

—Si yo soy Boyd, agarro esa piedra y... —Cogió su cuchara y le sacudió a una col de Bruselas hasta que saltó fuera del plato.

—Sí, hombre —le replicó Julie—, como que el tipo te la iba a dejar.

—No, ya: primero le hubiera dado un puñetazo —cerró el puño— para que soltara la piedra. Y luego me pondría detrás de él como una exhalación y le arrearía una patada detrás de las rodillas.

Mi madre levantó la vista con enojo.

—No seas idiota —le respondió—. No tienes ni idea de lo que harías. —Cuando Steven abrió la boca para replicar, descargó un manotazo sobre la mesa—. No quiero oírlo. Nadie es un héroe antes de tiempo.

Lo que más recuerdo sobre las teorías que circularon por la vecindad el primer día no tiene que ver con lo descabelladas o exageradas que fueran. Lo que se me quedó grabado es que a nadie parecían sorprenderle de verdad. Toda esa tarde, larga y pesada, me la pasé sentada en el porche, arrancándome trocitos del borde de la escayola, y oyendo las opiniones de los vecinos.

—Apuesto a que ha sido un negro —le decía a la señora Lauder el señor Morris, ese anciano seráfico, de pie y un tanto rígido en la entrada de coches, con unas podaderas de seto en la mano. Perteneció de joven al ejército británico, y no había perdido la costumbre de ponerse firme, a pesar de que ya pasaba de los ochenta y padecía artritis.

—Bueno, puede haber sido cualquiera —comenzó a decir ella, pero luego se detuvo y se llevó una mano gordezuela a la frente.

—Apuesto a que es uno de ésos de la Panteras Negras —continuó él, sin hacerle caso—. Cuando lo pillen, apuesto a que tiene un historial de aquí a California.

Mientras mi madre se tomaba un descanso conmigo en el porche, apareció la diminuta señora Sperling con un vestido de estar por casa floreado y con su enorme bebé en brazos. El pobre Cameron tenía hipo. Los Sperling habían llegado a nuestra calle en noviembre, y al principio ella se sentía tan sola en casa con ese bebé gigantesco que prefirió enfrentarse al carácter reservado de mi madre y empezó a pasar todas las tardes, sin ser invitada, a hacerle preguntas acerca de la fiebre y las escoceduras, los pañales y los microbios, que mi madre contestaba lo mejor que podía, y así casi habían llegado a hacerse amigas. Últimamente, parecía que recurría más a la señora Lauder en busca de consejos.

—Hola, Marsha —me dijo alegremente. Luego se recató y se volvió hacia mi madre para confiarle en un susurro—: Ay, Lois. Ese pobre niño murió en brazos de su madre. Creo que eso es lo que me han dicho.

Se estremeció, y el bebé lanzó un hipido y le llenó el brazo de leche regurgitada.

—¡Ay, cariño! Mira lo que has hecho. Qué porquería. —Le pasó el niño a mi madre y sacó un pañal para limpiarse. Cuando acabó, se lo echó por encima del hombro y alargó los brazos para coger al bebé otra vez.

—La madre trabaja, ¿sabes? —añadió—. Sé que no debería decir esto, pero no puedo callarme: no puedo evitar pensar que esto es lo que pasa cuando las mujeres no se quedan en casa. Tanta liberación de la mujer... ¿no te pone un poco mala a veces? Dejar a los niños solos en casa y salir a ganarte la vida. —Una vaga expresión de desagrado le pasó por el rostro redondeado. Se apartó un mechón de pelo de la frente—. Lo que yo digo es que tiene que haber un límite, ¿no?

—A lo mejor su madre estaba en casa.

—Dicen que no. Dicen que es recepcionista.

—Pues entonces igual necesitaba trabajar, Dolly. Quizá su madre hacía todo lo que podía por él, y aun así no fue suficiente.

—Ah.

—Es que la cosa puede ser más complicada de lo que te parece a ti.

La señora Sperling esperó a que el bebé soltara otro hipido. Cuando se produjo, comentó:

—Ya veo lo que dices, Lois. Es horrible. Pobre mujer.

—Sus ojos marrones se llenaron de lágrimas. Parpadeó mirando al niño durante un rato, y luego pidió disculpas y le dijo a mi madre que nunca había tenido tanto miedo en su vida.

Para cuando regresó a casa el señor Green esa tarde y aparcó su coche a los habituales diez centímetros del canalón, ya sabíamos que la policía del condado de Montgomery había usado cinta amarilla brillante para cercar el sitio en el que se había encontrado el cadáver de Boyd, y que estaban conteniendo a una multitud de personas que se acercaba a la parte trasera del aparcamiento del centro comercial.

Dos inspectores de policía ya habían visitado todas las casas de nuestra calle para preguntar si alguien había notado algo extraño el día anterior. Nadie había visto nada, aunque la señora Morris afirmó que durante todo el día había tenido la sensación de que «algo iba mal».

—Sentía un malestar espantoso —le confió a la señora Lauder—. Pensé si no sería una fuga de gas de la cocina. Se me había levantado un dolor de cabeza insoportable.

Mi madre se mostró tan acogedora con el inspector de mentón enorme que llamó a nuestra puerta, que debió de resultarle un poco sospechosa ella misma.

—Pase, pase, inspector. ¿Le traigo un vasito de agua o una Coca-Cola? Hace un calor horrible en la calle.

Cuando le preguntó si habíamos visto a algún extraño por las calles en las últimas veinticuatro horas, hizo una pantomima poco convincente; se giró hacia mí para consultarme, esperó a que yo dijera que no con la cabeza y luego se volvió hacia el inspector para anunciarle que ninguna de las dos había visto a nadie. Logró llegar al mismo tono agudo de charla que a veces empleaba con los vecinos; intentaba obligar al inspector a sentarse en una de las sillas tipo director de cine, y le empezó a hacer preguntas sobre su trabajo hasta que la cara larga y morena del policía pareció aplanarse y convertirse en una página en la que se estaban apuntando toda clase de observaciones terroríficas. Tenía acento de Baltimore, y usaba algunas palabras de esa zona. Se llamaba inspector Robert Small, lo que no dejó de hacerme gracia, porque, a pesar de que su apellido quería decir «pequeño», era tan alto que tuvo que agacharse para pasar por la puerta. Una o dos veces apuntó algo en un cuadernillo del tamaño de la palma de la mano.

—¿Oyeron algún grito o algo parecido? —preguntó—. ¿Quién vive al lado?

Finalmente, cuando salía del porche, nos recomendó muy educadamente que mantuviéramos «una vigilancia estrecha», y pidió que lo llamásemos enseguida si nos acordábamos de algo que pudiera ser útil para la investigación.

—Tú, ándate con cuidado —me dijo a mí justo antes de bajar los escalones, y me dio la sensación de que me trataba como a una sospechosa, alguien que en cualquier momento podía dar un paso en falso y delatarse, y no como a una niña que corría peligro.

Ándate con cuidado: es un consejo que me he tomado muy en serio. Mi marido suele decirme que soy excesivamente timorata, que pienso demasiado en las desgracias que nos pueden suceder. Yo me defiendo argumentando que tengo mucha imaginación, lo que me permite figurarme las calamidades con todo detalle. Pero la verdad es que tengo cuidado porque nunca estoy segura de que no vaya a hacer algo desastroso yo misma. «Lo que soy es precavida», le digo.

Cuando el señor Green abrió su aspersor esa tarde, los hombres del vecindario ya se habían congregado en el césped de los Morris y se habían formado parejas para recorrer la manzana. Igual que yo, habían descubierto la virtud de ser precavidos. Se denominaron la Patrulla Nocturna Vecinal, y tenían la intención de vigilar nuestro barrio hasta que se hubiera detenido a un sospechoso.

Al pensarlo ahora, creo que nadie le pidió al señor Green que se uniera a la Patrulla Nocturna porque no contaron con él, del mismo modo que habían olvidado llamar a su puerta la noche anterior o pedirle que ayudase en la búsqueda. No llevaba mucho tiempo en la vecindad; era un hombre tranquilo y modesto, casi irrisoriamente prescindible. Pero también cabe la posibilidad de que no lo avisaran porque alguna especie de eco tribal les indicaba que sólo los casados debían montar guardia en el vecindario. Fuera cual fuese la razón, lo cierto es que el señor Green se quedó en casa esa noche, escuchando una emisora de jazz en la radio de la cocina, mientras que el señor Lauder y el señor Sperling, y todos los demás hombres de la calle, hicieron turnos de dos horas dando vueltas y vueltas a la manzana. Lo mismo ocurrió la noche siguiente, y la otra, y todas las noches durante semanas.

Imaginar lo que le sucedió a Boyd Ellison en la tarde del 20 de julio es algo que he intentado una y otra vez, pero nunca lo consigo. Se supone que la memoria nos proporciona datos que no sabíamos que guardábamos hasta que nos sentamos a recordar seriamente, pero en este caso los hechos desaparecen en cuanto intento retenerlos el tiempo suficiente para examinarlos. En realidad, lo que se desvanece no son ni siquiera datos; son impresiones, o construcciones mentales, y al final lo único que queda es esa arenilla dura que es el propio suceso.

Para mí, todas las escenas mentales de ese día se terminan en la media distancia, con la imagen de un muchacho en pantalón corto y camiseta parado en la esquina de una calle. Veo las piernas, desnudas y rechonchas, acabadas en calcetines de atletismo blancos y botas de baloncesto negras, medio desatadas. Veo el pelo rubio despeinado por el viento, la cara angulosa girada en un perfil de tres cuartos mientras él, un buen *Boy Scout* a pesar de lo que pasase con aquella recogida de papel, fuerza la vista para averiguar si viene un coche calle abajo.

Frente a él se extiende una gran zona solitaria: hay robles, pinos blancos y enredaderas; en el suelo, botellas de cerveza rotas y colillas desparramadas por todas partes: es el atajo hasta el centro comercial por el bosque. Pero por ahora, es un bosque verde, una oscuridad tentadora. No olvidemos que se ha pasado la mañana leyendo *La llamada de la selva*. Mirando los pinos y los arbustos, oye él mismo esa llamada, que llega ululando desde los helados Territorios del Noroeste hasta un municipio de la costa este de los Estados Unidos, en pleno mes de julio. El sol brilla sobre Spring Hill ese día, y hace treinta y un grados.

Una mujer mayor que lleva un vestido de estar por casa color rosa pasa con un dogo pequeño sujeto con una correa de cuero roja con falsos diamantes incrustados. Le sonríe al niño, que se agacha para acariciar al perro y tocarle la cola enhiesta. A la derecha se alza la mole del edificio de Defensa, misterioso e indefinido detrás de la valla de tela metálica, tachonada de carteles con forma de escudo que ponen, en blanco, rojo y azul: «Prohibido el paso». También hay un cartel que anuncia: «Propiedad del Gobierno de Estados Unidos». La mujer y el perro siguen su camino.

Pero ahora, cuando el niño se dispone a cruzar la calle, sí que aparece un coche. Un coche marrón, cuyo parabrisas lanza un destello bajo el sol. Aminora la marcha y se detiene junto al niño. La puerta del pasajero se abre con un gruñido metálico; alguien se inclina desde el asiento del conductor. Una mano de hombre hace un gesto de invitación. Acércate. El niño se acerca. Se agacha para escuchar.

¿Qué clase de llamada podría haber persuadido a Boyd Ellison para que se acercase a ese coche y olvidase un instante el encargo de comprar alfileres y sorbete? ¿Qué se le pidió aquel día a ese niño tan aficionado él mismo a pedir cosas?

Quizás tan sólo direcciones. Cualquier otra pregunta lo hubiera impulsado a salir corriendo hacia su casa. Al fin y al cabo, estamos en 1972, en una época en que —aunque era más inocente que la actual— ya se había enseñado a los niños a no hablar con desconocidos. De modo que él se aparta y vuelve a la seguridad de la acera. Todo esto lo confirmó la señora del perrito. La puerta se cierra de golpe y el coche arranca; gira en un cruce. Media manzana más allá, el perrito gime y se le manda callar; la correa brilla al sol. Y Boyd Ellison, con la imaginación aún llena de ventiscas y lobos grises, cruza la calle y se interna en el bosque cochambroso y mágico que queda por detrás del centro comercial de Spring Hill.

Tal vez el hombre que llevaba el coche marrón pensaba irse directamente a casa ese día. Tal vez no era el más malo del mundo. Tal vez vivía en un vecindario lleno de niños, con césped bien cuidado y caléndulas naranja en torno a la entrada de su casa, que compraba boletos para las rifas benéficas y te prestaba los cables de arranque si te quedabas sin batería. Un hombre que —si no te fijabas bien— podía parecerse a cualquier otro vecino. Tal vez tenía sus propios sueños románticos, sueños que no eran perversos, que no causaban daño a nadie.

Tal vez, tal vez... esa expresión dudosa. ¿Quién podría decir qué fue lo que se torció en los minutos siguientes? Boyd Ellison entró en el bosque y el hombre del coche marrón rodeó la manzana y se fue al aparcamiento del centro comercial. Estacionó en un lugar alejado y empezó a subir la colina. Un paso, dos, tres. Crepitan las ramitas al quebrarse; suena una lata de cerveza, apartada de un puntapié. Arriba, las ramas se mecen contra un cielo azul. Una pausa. Aún hay tiempo. Tiempo para volverse atrás, para detenerse, para reflexionar. Pero luego, un paso más, y otro. Las ramas se mecen; se quiebra otro palito. Un paso más. Y allí está, un niño extraviado en el bosque de las ensoñaciones de otra persona.

Después de eso, sólo consigo ver a Boyd Ellison ya muerto; el cabello manchado de sangre, los ojos en blanco y entreabiertos, entreabiertos también los labios azulados. O me imagino que baja por la calle, sumiéndose para siempre en esa media distancia. Me gustaría pensar que mi incapacidad para imaginarme nada más tiene que ver con algún criterio moral, pero soy tan *voyeur* como cualquiera, y posiblemente más. Cada vez que, apoyada en las muletas, pasaba por delante de la casa de los Ellison ese verano, pensaba en el cuerpo de Boyd abandonado en la colina. Me imaginaba la cabeza torcida hacia un lado, el brazo doblado bajo el cuerpo, la camiseta subida, el vientre pálido que asoma.

Un vientre resulta extraño y vulnerable, especialmente el de un niño. Es como algo que ha quedado inacabado.

—«Según el sargento James McKenna, portavoz del Cuerpo de Policía del condado de Montgomery, el asesinato no parece responder a un ritual. "Tenemos algunos objetos recogidos en el lugar del crimen, que estamos analizando", nos indicó McKenna. No quiso facilitar más detalles mientras no se concluya la investigación».

Mi madre hizo una pausa, y luego prosiguió:

—«Sin embargo, una fuente nos reveló que algunas manchas de sangre halladas en la ropa del joven no se corresponden con su grupo sanguíneo. La policía piensa que se resistió a su atacante, al que tal vez arañó o mordió».

Durante los días siguientes, nos leyó en voz alta los artículos del periódico sobre Boyd Ellison, de forma parecida a lo que había hecho meses antes con las noticias sobre el viaje de Nixon a China, de modo que pudiéramos captar la historia mientras nos estaba sucediendo. Quizás pensó que ya era hora de que nos diéramos cuenta de que la vida estaba llena de crímenes, además de errores, y que sólo ocasionalmente se producía algún triunfo.

También nos leía artículos sobre lo que la gente empezaba a llamar «las escuchas de Watergate». Convencida de que se trataba de algo importante a juzgar por el interés de mi madre, pegué en mi cuaderno una noticia titulada UN ALLANADOR DE WATERGATE COBRÓ DE LOS FONDOS DE CAMPAÑA.

Creo que, de un modo confuso, había empezado a relacionar el abandono de mi padre con el asesinato de Boyd Ellison e incluso con lo que quiera que fuera el asunto de Watergate. Aunque entonces hubiera sido incapaz de explicarlo, a mí me parecía que la marcha de mi padre había desgarrado profundamente el orden doméstico, no sólo en nuestra casa, sino en el vecindario y, por extensión, en todo el país, ya que en aquellos tiempos mi vecindario era mi país. Mi padre se marchó para encontrarse a sí mismo, y un niño se perdió. Esa era la impresión que yo tenía.

Hasta entonces habíamos llevado una vida razonablemente tranquila en una calle apacible, en la que nunca ocurría nada extraordinario, o al menos no a la vista. La gente tenía niños e iba a trabajar y por la tarde jugaba con sus hijos o veía la televisión. Al hermano menor del señor Reade lo habían matado en Vietnam; recuerdo cómo se lo contó a mi padre una tarde mientras, parados en la acera, miraban cómo jugaban al baloncesto Steven y los hermanos Reade. Pero aparte de eso, nadie hablaba de las tragedias que les pudieran suceder. Era, de un modo que hoy día ya no es posible, un vecindario tranquilo. Así que, de manera muy extraña, empecé a echarle la culpa de la muerte de Boyd Ellison a mi padre.

Esa corazonada fue aumentando a medida que pasaban los días y la policía no detenía a ningún sospechoso, y mi padre no nos escribía. Esperó demasiado. Cuanto más lo aplazaba —ya fuera por vergüenza, o confusión, o por la creencia equivocada de que ya no querríamos saber de él—, más difícil le debía de resultar coger la pluma o levantar el teléfono. Poco a poco cruzó la frontera, y pasó de ser alguien a quien siempre había conocido a ser alguien a quien ya casi no podía recordar. Y supongo que lo mismo le sucedió a él con nosotros.

La foto que apareció en el periódico el día después del asesinato era la de un niño rubio y fuerte con los ojos bastante juntos. Se le notaba una sonrisa forzada, pero no resultaba poco natural. Era uno de esos retratos que se encuentran en la repisa de la chimenea de cualquier salón de cualquier familia de clase media en Estados Unidos. Las solía tomar, en el salón de actos de la escuela primaria, un fotógrafo de mediana edad, sudoroso, que iba indicando a los niños que pasasen de uno en uno y se sentasen en un taburete frente a un fondo azul. «Sonríe», decía, y sonreían todos, deslumbrados por la bombilla del *flash* dentro de su concha de aluminio y por la insondable lente negra que los miraba, y también por la pasajera importancia de quedar retratado como persona, como cuerpo humano.

Pero yo recuerdo a un niño de aspecto distinto al de la foto. Recuerdo que a menudo bizqueaba. Recuerdo que olía a corteza de pan de sándwich. Recuerdo la forma confianzuda en que puso la mano sobre el brazo de la butaca de mi madre, con la otra mano ya alzada hacia la taza de café que se estaba tomando.

Pero lo que más recuerdo es esto:

Una mañana, a finales de abril del año anterior, cuando el barro de la primavera ya se había endurecido y podíamos salir sin zapatos, los gemelos y yo estábamos en el jardín delantero construyendo una choza con ramas caídas y una caja de embalaje vieja, para que fuera la sede de un club. Era un raro privilegio que me permitieran ayudarlos en alguna de sus empresas, y aunque yo sabía que me expulsarían del club en cuanto estuviera terminado el local, me afanaba por todo el jardín, con mi peto a rayas, arrastrando trozos de madera y lanzando sugerencias. En un momento dado, los gemelos entraron en casa a pedirle cinta adhesiva de embalaje a mi madre y me dejaron «de guardia».

Fue entonces cuando me percaté de que dos niños habían detenido sus bicis una al lado de la otra justo delante de casa de los Sperling. Sostenían algo entre los dos, y lo estaban mirando con tanta atención que crucé la calle para ver qué habían hallado.

Era una mantis religiosa. Aunque creo que nunca había visto ninguna, tuve un reflejo de reconocimiento al ver ese insecto, de color verde savia, con unos enormes ojos compuestos sobre una cabeza triangular pequeña. Perecía un ser extraterrestre.

El primer niño, al que no conocía, se había quitado la gorra de béisbol y, con la mano dentro de ella, sujetaba la mantis entre los dedos, aplastándole las alas, que eran como de gasa, y trabándole las patas delanteras. El insecto se revolvía; sus extremidades traseras, articuladas y de aspecto mecánico, se movían en el aire, mientras que la cabeza, que giraba libremente, parecía mirarnos a cada uno de los tres.

—Es un bicho malísimo —dijo ese niño—. Es capaz de arrancarse su propia cabeza de un bocado.

Lo apretó más. Luego el otro niño se acercó. Vi un destello metálico, y con el corazón latiendo cada vez más rápido, contemplé cómo Boyd Ellison, concentrado como un cirujano, intentaba seccionar el abdomen de la mantis con un cortaplumas.

Casi sin respirar, me incliné para ver cómo apretaba la punta de la hoja contra ese extraño cuerpo abultado, turgente como una vaina de guisante. Presionó firme y lentamente,

121

haciendo que se abollase el vientre verde y liso, hasta que por fin lo perforó. Salieron unas entrañas blancas; parecía el filtro de un cigarrillo. Las patas de la mantis subían y bajaban débilmente. Luego se convulsionó el cuerpo y salió un líquido lechoso por la herida. Las patas seguían moviéndose, seis patas. Las dos delanteras, que ahora estaban libres, terminaban en unos garfios crueles, con pinchos, que casi parecían manos.

Con el estómago revuelto, me acerqué más aún a observar; quería ver el interior de esos ojos de alienígena. Lo que sentí, al mirar ese insecto mutilado, no fue compasión; era más bien una palabra perdida, entre repulsión y deseo. Quería meterme esa mantis en la boca.

Ninguno de los tres se inmutó; estábamos serios como científicos o exploradores, mientras contemplábamos cómo la mantis seguía moviendo las patas.

Los gemelos habían salido de casa y se dirigían hacia nosotros. Oí a Steven gritar algo detrás de mí, y luego me tiró del brazo. Me empujó hacia Julie y se inclinó por encima de los dos niños menores, encorvados sobre los manillares de las bicis.

—¡Qué cosa más asquerosa! —exclamó, casi chillando—. ¡Fijaos en lo que habéis hecho! —La voz le sonaba muy aguda y muy fuerte, como la sirena de incendios de la escuela. Me imaginé a todos los vecinos corriendo a asomarse a las ventanas para ver qué cosa asquerosa habíamos hecho.

El niño que sujetaba la mantis la dejó caer al suelo, junto al bordillo, donde se quedó panza arriba, agitando las patas con el abdomen destrozado. Debajo del insecto apareció una mancha húmeda en el asfalto.

—Sois unos morbosos. —Steven se dio la vuelta para incluirme. Luego se bajó a la calle y aplastó cuidadosamente al insecto moribundo con el tacón.

—Largaos de aquí —ordenó cuando hubo terminado. Miró fijamente a Boyd Ellison, que todavía tenía el cortaplumas abierto en la mano—. Largaos de una puta vez.

En ese momento, al percatarme de la tremenda indignación de mi hermano, y con la perspectiva del desprecio y la furia de mi madre cuando se enterase de este episodio, odié a Boyd Ellison más de lo que había detestado a nadie en mi vida. Al verlo montarse en la bici y marcharse pedaleando, enseñando las banderitas azules de la marca en los talones de sus deportivas, deseé haber tenido una piedra para tirársela; quería darle de patadas, reventarle esa cara cuadrada y tirarlo al suelo. Quería hacerle pagar por haberme enseñado lo que tanto deseaba ver.

Milagrosamente, Steven no dijo nada. En vez de eso, mientras se alejaban los niños, me dio un sopapo justo encima de la oreja.

—Quedas expulsada —anunció—. Gilipollas.

—Nunca fue socia —precisó Julie.

Durante varias semanas acudí a contemplar esa mancha verde en la calle, hasta que se secó y se volvió marrón, y un día desapareció arrastrada por el aire.

Ahora, en la cocina, contemplé la foto de Boyd Ellison en el periódico por encima del hombro de mi madre, y comprendí que no me daba pena que hubiera muerto. En realidad, me resultaba imposible creer que alguien, cuya presencia física era tan consistente, pudiera existir un día y haber desaparecido al siguiente. No me podía imaginar mi propia muerte. Con sentimiento de culpa, intenté mirar más allá de los puntitos que formaban su imagen en la foto y procuré persuadirme de que sentía remordimientos.

Pero lo que descubrí era peor que el remordimiento. Supe que me habían calado. Boyd Ellison me había reconocido como un espíritu hermano, una preguntona, una pedigüeña, alguien que estaba siempre al acecho por si veía algo nauseabundo, la visión más repulsiva del mundo: el dolor innecesario. Después de todo, yo había llegado a conocer bien a Boyd Ellison.

—¿Pero qué te pasa? —me preguntó mi madre cuando levantó los ojos del periódico—. ¿Eh, Marsha Marciana?

—Y me puso una mano fresca sobre la frente.

Ocho

La investigación policial siguió su curso. Durante varias semanas, las autoridades recibieron un torrente de llamadas telefónicas de personas que habían visto a un hombre con calvicie incipiente al volante de un turismo marrón. Un vidente les anunció que encontrarían al asesino en una caravana en el pueblo de Schenectady, Estado de Nueva York. Varias cartas anónimas acusaban al vicepresidente de la nación, Spiro Agnew, del asesinato. Un niño de Baltimore afirmó que se le había acercado un hombre en la parada del autobús y le había ofrecido cinco dólares si se montaba en su coche. Pero se trataba de un vehículo rojo y el conductor llevaba barba. En Nueva Jersey, una niña pequeña desapareció del jardín delantero de su propia casa.

A partir de la descripción que hizo la señora mayor que paseaba al pequeño dogo, se trazó un retrato robot que se envió a todas las comisarías del país. Uno de los carteles apareció también en el tablón de anuncios del centro comercial de Spring Hill. Era un dibujo a lápiz en el que se veía a un hombre de mediana edad, de cara redonda y con rasgos poco llamativos; tan poco definido, que podía encajar con la imagen preconcebida de cualquier clase de criminal que pudieran tener muchos ciudadanos. Tenía aspecto de ser de ese tipo de hombre que hoy día nos parece fácil identificar con alguien que abusa de los niños, porque se nos ha dicho infinidad de veces que quien comete esa clase de delitos puede ser cualquiera: el vecino de al lado, o incluso tu propio padre. Pero en aquel entonces, el hombre del dibujo resultaba muy corriente.

A mí me pareció que era igual que el señor Green.

En el cuaderno pegué este artículo que apareció en *The Washington Post*:

> Los policías encargados de la investigación sobre el rapto y asesinato del niño de 12 años Boyd Arthur Ellison, de Spring Hill, piensan que el autor puede ser alguien que vive en la zona, según fuentes próximas a los investigadores.
> La misma fuente indicó que la policía cree que el asesino es zurdo, a juzgar por el ángulo de incidencia de los golpes que presentaba la cabeza del muchacho. El portavoz del Cuerpo de Policía del condado de Montgomery, Joseph McKenna, se negó a revelar si la policía tenía ya una lista de sospechosos, pero instó a los residentes de la zona a que tomaran precauciones y a que dieran parte de cualquier movimiento fuera de lo normal. «Estamos siguiendo algunas pistas. No puedo dar más detalles», concluyó.
> Mientras tanto, los habitantes de Spring Hill siguen expresando su horror por este asesinato. Varios han indicado que no están seguros de si continuarán viviendo allí. «Es un vecindario muy agradable», nos dijo Carel Humphries, de 44 años, madre de dos hijos, que vive en la casa de al lado de los Ellison. «Todos compartimos los mismos valores. Por eso vivimos aquí, porque sabes lo que puedes esperar. Suponíamos que tragedias como ésta nunca iban a suceder aquí».

A lo largo de las semanas siguientes, la Patrulla Nocturna se convirtió en algo habitual en el barrio, e incluso llegó a atraer la atención de la prensa. Un reportero del *Post* vino a entrevistar al señor Lauder, y unos días después apareció un breve en la sección metropolitana, que llevaba el titular de

PATRULLA LOCAL TRANQUILIZA AL VECINDARIO, e incluía una foto de los señores Lauder y Sperling, junto con otros más, todos cruzados de brazos delante de la casa de los Morris. Guardé la foto en el cuaderno de Pruebas Circunstanciales. Parecían una cuadrilla de mudanzas.

La señora Morris había confeccionado unos brazaletes de color naranja con letras de fieltro negro, PN, para los hombres.

—Pero esto, ¿qué es? —exclamó mi madre la primera vez que los lucieron. A mí, en cambio, me parecía que les daban un aspecto muy oficial.

Empecé a quedarme sentada en el porche después de cenar hasta la hora de irme a la cama. Esperaba a que la patrulla pasase por delante de casa para cronometrarlos, a partir de las siete y media, que era cuando empezaban, y así contaba cuántas vueltas daban en un turno de dos horas. Los más rápidos eran el señor Reade, el padre de Mike y Wayne, y el señor Lauder: su mejor marca estaba en veintiséis minutos. Yo contenía la respiración cada vez que pasaban, del mismo modo que lo hacía cada vez que Sherlock Holmes hacía algún descubrimiento pequeño pero fundamental. Los más lentos eran los señores Gilbert y Bridgeman, que se dedicaban a discutir sobre la agencia tributaria. El señor Bridgeman era inspector de Hacienda, y a veces se paraba para explicar algunos entresijos del código fiscal. La ronda que hacía la Patrulla Nocturna cubría unas diez manzanas, e incluía el aparcamiento del centro comercial, en donde a veces sorprendían a adolescentes que se estaban besando o tomando unas cervezas metidos en sus coches. El lugar se había vuelto aún más frecuentado desde el asesinato. El último turno acababa a las doce y media de la noche.

La mayoría de las parejas hablaba mientras patrullaba, y a mí me encantaban el murmullo sosegado de sus voces y el olor a humo de cigarrillo que dejaban al pasar. Era algo con lo que yo contaba durante aquellas largas semanas de julio y agosto: la visión del señor Lauder y los otros padres de la calle, que pasaban tan regularmente, con la luz amarillenta de las farolas reflejada en las correas metálicas de sus relojes y en los tubos de sus linternas plateadas. Me impulsaba a convertirme en objeto de su protección. A medida que se iban acercando sus camisas blancas de manga corta, se me hacía un nudo en la garganta y se me ponía la espalda rígida, y me embargaba el sentimiento más parecido al patriotismo que he tenido en mi vida. Me enamoré de todos ellos. Soñaba con que cada uno me cogiese en sus brazos, abrazada a su pecho, mientras me iban pasando por una larga cadena de padres hasta ponerme a salvo.

Como el tornado que tan insensatamente había deseado mi madre, una ráfaga violenta de aire había barrido la pequeña cuadrícula de nuestras calles, alterándolo todo. Pero en aquellos días se pensaba que uno se podía equipar para las catástrofes. Para eso existían los sótanos contra huracanes. Por eso la gente compraba botiquines para emergencias médicas y, unos años antes, se construía refugios nucleares en el jardín de atrás. A nosotros nos habían pillado desprevenidos, y uno de nuestros niños había muerto. No estábamos preparados y, como consecuencia, lo que había sido una agradable extensión de jardines, céspedes y entradas de coches se había convertido, de repente, en un territorio invadido por las sombras, lleno de escondrijos, esquinas lóbregas y ramas que crujían. Al mirar atrás, me parece que esos padres gallardos pretendieron, mediante el esfuerzo físico, volver a convertir nuestro barrio en lo que en realidad nunca había sido.

El que el señor Green no fuera incluido en la Patrulla Nocturna hizo que yo primero le tuviera pena y luego pasase a odiarle. Mis recuerdos de su fuerte torso y de su brazo de herrero se fueron desvaneciendo, sustituidos por imágenes aisladas: el señor Green que desaparecía como una rata por la puerta de su casa; el señor Green vestido atildadamente con sus pantalones cortos de madrás, escondido tras un arbusto. Me imaginaba escenas en las que le pedían que se uniera a la Patrulla Nocturna, pero se negaba. En ellas, el señor Lauder y el señor Sperling le suplicaban que participase, que les ayudase a velar por la seguridad del vecindario.

—¿Y para qué voy a perder el tiempo en una empresa tan fútil? —les respondía con desdén.

En estos intercambios verbales siempre hablaba con acento alemán y un mechón de pelo grasiento le caía sobre la frente. Cada vez que el periodista Walter Cronkite nombraba a los allanadores de Watergate en la televisión, yo me imaginaba al señor Green con un pasamontañas. Ahora, cuando le veía entrar o salir de su casa, me lo figuraba en situaciones denigrantes: sentado en el váter o hurgándose la nariz.

Cuando yo pasaba cerca del seto, le echaba basura en el jardín: trocitos de cuerda o entradas de cine usadas; a veces escupía el chicle en su entrada de coches, con la esperanza de que se le pegara a los mocasines. Una mañana preparé una nota con palabras y letras recortadas del periódico y pegadas en una hoja de cuaderno. Decía: «soY gREEn. OdiO a los NIÑOS. voy a Por voSOtroS». En un momento en que no pasaba nadie por la calle, la dejé en los escalones de su entrada, en donde duró una hora antes de que se la llevara el viento.

Unos días después de que encontrasen a Boyd Ellison asesinado, todas las casas del vecindario recibieron su propia nota de advertencia, una octavilla impresa en papel amarillo que les dejaron sujeta bajo los limpiaparabrisas de los coches. UN NIÑO DEL VECINDARIO FUE ASESINADO BRUTALMENTE POR UN AGRESOR DESCONOCIDO EL JUEVES 20 DE JULIO. SE ADVIERTE A TODOS LOS PADRES. SEPAN EN TODO MOMENTO DÓNDE ESTÁN SUS HIJOS. EVITEN A LOS EXTRAÑOS. TENGAN CUIDADO. Iba firmada LA PATRULLA NOCTURNA VECINAL. Me guardé la nuestra para pegarla en el cuaderno.

Esa tarde, la señora Lauder le anunció a mi madre que su marido y los demás iban a interrogar a todos los hombres desconocidos que se encontrasen durante la ronda.

—Van a exigirles que digan a qué han venido. Y si el tipo no puede explicar por qué está ahí, se lo van a llevar en coche a la comisaría.

—Me parece que eso es anticonstitucional —le contestó ella. La señora Lauder pareció sorprendida.

—¿No te importa la seguridad de los niños? Eso es lo que ellos quieren preservar.

La señora Lauder era una mujer corpulenta, con una mata de pelo moreno, corto y rizado, peinada en torno a las orejas como si fuera un gorro de baño. Nunca le vi puesta una blusa que no le tirase en los botones, y la barra de labios no siempre le coincidía con el contorno de éstos; sin embargo, era una persona extrañamente rigurosa. Su hermano era sacerdote metodista en Alexandria, en el propio Estado de Maryland, y este parentesco parecía haberla predestinado a actuar como la Buena Samaritana del vecindario. Se enteraba de todo lo que les pasaba a todos. Siempre que algún vecino tenía un hijo o perdía a un familiar, ella te sabía decir cómo se iba a llamar el niño o de qué había muerto el pariente. No obstante, era difícil sostener la mirada de sus escrutadores ojillos azules sin tener la sensación de ser culpable, incluso si uno no había hecho nada malo. No se trataba de que te estuviera acusando, exactamente; más bien parecía que esperaba que te portases mal. Y sin embargo era una mujer amable, alegre, empeñada en ayudar a los vecinos. Desde que se marchó mi padre, había cogido la costumbre de pasar por nuestra casa una o dos veces por semana para ver cómo andábamos mi madre y yo.

—¿Cómo va la cosa? —nos preguntaba invariablemente—. ¿Necesitáis algo? —Parecía decepcionada cada vez que mi madre le decía que estábamos bien.

La misma tarde en que nos dejaron la octavilla, amarilla como un limón, en los escalones de la entrada, la señora Lauder atravesó nuestro jardín delantero llevando a Luann a remolque. Mi madre acababa de arrastrar la manguera al jardín para regar los rododendros.

—La madre de ese niño no ha dicho ni una palabra desde que sucedió. Ni una sola. —Siempre comenzaba a conversar sin saludo ni introducción—. Supongo que es la impresión. Probablemente sea una bendición, en ese estado.

—Puede que sí —replicó mi madre.
—Me han dicho que ahora vive con ellos la abuela. A cualquiera que llama a la puerta le dice que se vaya, en suizo o en francés o en algún idioma así. Va toda de negro. Estuvo en el acto de recuerdo que hubo en el instituto esta tarde. ¿Tú has ido, Lois?

Mi madre negó con un gesto. La señora Lauder se abanicó con nuestra octavilla, que se había caído al suelo. Luann se apartó y se fue junto al baño para pájaros, donde se dedicó a contemplar sus playeras rosas.

—¿Por qué no entras a jugar con Marsha? —le sugirió su madre—. Anda, ve, cariño.

Luann abrió la puerta del porche y pasó lentamente, dejando que la aprisionara contra el quicio al cerrarse. Por fin se zafó y se quedó pegada a la puerta mosquitera, un poco agachada para poder rascarse la pierna. Me examinó la escayola.

—¿Todavía no te la ha firmado nadie?

Dije que no con la cabeza.

—Bueno, pues al menos ese trago ya se ha pasado —se oyó la voz de su madre—. ¿Pero ahora qué vamos a hacer? ¿Y si no dan con él?

—Es terrible —comentó mi madre con un tono lejano en la voz, como si lo que había sucedido fuera decepcionante más que terrible.

—Una se pasa el día velando por la seguridad de sus hijos. Sube el limpiacristales y el desatascador a lo alto de la nevera para que no se los beban, va a recogerlos al autobús escolar todas las tardes y, a pesar de todo, luego sucede algo así. —Se pasó el dorso de una mano regordeta por la frente y se apoyó en la barandilla del porche—. Será la voluntad de Dios, pero te juro que no es justo. Da la sensación de que hoy en día o estás constantemente alerta, o tienes que desistir y dejar de vigilar del todo.

—Sí, te entiendo bien —respondió mi madre con el mismo tono de lejanía. Abrió el grifo al máximo y pulsó el gatillo de la pistola metálica en que terminaba la manguera. Las hojas del rododendro se agitaron violentamente; bajó el caño y regó el suelo en torno a cada arbusto, creando pequeños pantanos de barro y hierba.

Al otro lado de la calle se puso en marcha un cortacésped. Luann se sentó en el suelo sobre las manos y comenzó a balancearse.

—Si yo llevara una escayola —me miró con cierta superioridad—, le pondría pegatinas de esas de los *hippies* y las flores.

El cabello descolorido le colgaba en torno a la cara como una cortina de ducha. Entre los pliegues asomaba una carita morena y digna. Como resultado de un accidente de coche llevaba una dentadura provisional en lugar de sus propios dientes delanteros, y era capaz de sacársela de la boca, o bien retraerla con la lengua. A los ocho años ya era conocida por esta proeza, que llevaba a cabo si se le pedía, y también por su valor. No mucho antes de que lo mataran, yo había visto a Boyd Ellison lanzarse directamente contra ella con su bici de diez velocidades (posiblemente robada), cosa que le gustaba hacer para asustar a los pequeños, y ella no movió un músculo. Siguió sentada en la acera jugando sola a las tabas, mientras la rueda delantera le pasaba a escasos centímetros de la rodilla. Sabíamos que se negaba a bañarse. Era la única niña que conocía capaz de coger una lombriz. Cuando le ladraba un perro desconocido, se lo quedaba mirando fijamente hasta que el animal se callaba.

Yo nunca la había tratado mucho. A pesar de su fama de saber guardar la compostura, sólo tenía ocho años, y los gemelos se reían de mí si nos pillaban jugando juntas. Nos llamaban «El dúo infantil» y emitían unos horribles sonidos que pretendían ser arrullos.

Además, aunque me daba rabia admitirlo, yo le tenía un poco de miedo. Quizá era por la dentadura provisional y su cansado aire de haber sobrevivido a lo que a los demás todavía no nos había llegado.

En el porche, Luann no me quitaba ojo desde el suelo. Yo fingí que no me daba cuenta y me dediqué a mirar intensamente las begonias de mi madre, a las que se les había acumulado polvo en las hojas. Por fin, echándose el fino pelo hacia atrás, preguntó:

—¿Sabes una cosa?

—Una cosa —contesté descortésmente.

—Cuando tenía seis años me metí un aro de cereal del desayuno por la nariz, y se me quedó atascado y tuvieron que llevarme al hospital. El médico, con unas pinzas enormes, lo sacó, pero me salió sangre. —Después de esperar una respuesta educadamente, continuó—: Sí, luego me compraron un granizado. —Se balanceó otra vez.

—Pues qué bien.

Luann me volvió a observar desde abajo.

—Dice mi mamá que tu padre se largó. Dice que ha cometido adulto.

—¡No es cierto! —siseé, con la cara ardiendo.

—Mamá dice que sí.

—Tu madre es una cerda gorda —contraataqué.

En el jardín, la señora Lauder comentaba:

—Sabes que el funeral fue ayer —hizo una pausa—. Los padres tampoco asistieron.

Mi madre asintió, y se giró para regar las azaleas, y luego los lirios.

—Yo casi no puedo dormir por pensar en ese pobre niño —siguió nuestra vecina. Durante unos segundos cerró los ojos y se los frotó con el índice y el pulgar de una mano. Luego alzó la vista—. ¿Quién sería capaz de hacer semejante cosa?

En ese preciso momento el señor Green metió el coche en su entrada. Ella dejó de hablar mientras lo acercaba lentamente al canalón y paraba el motor. La portezuela chirrió al abrirla. Al ver a mi madre con la señora Lauder, él hizo su puntual saludo con la mano, esperó a que le respondieran de igual modo, y empezó a subir por el camino hacia la casa.

Se paró al llegar a la puerta y luego sacó la octavilla que le habían dejado enrollada y sujeta en el picaporte.

Cuando hubo acabado de leerla, dobló el papel en cuatro y se lo metió en el bolsillo de la camisa. Después abrió con la llave y desapareció en el interior de la casa.

La señora Lauder miró hacia su jardín como si esperase que ocurriera algo más.

—Y tú, ¿cuál crees que será su coartada? —preguntó por fin.

—Cualquiera sabe —suspiró mi madre, mientras enrollaba la manguera, de la que caían briznas de hierba embarrada que le manchaban manos y piernas—. Pero seguro que la tiene, igual que los demás.

—¡Luann! —la llamó su madre—. Tenemos que irnos.

En el porche, Luann, que estaba espiando a través del mosquitero, se me encaró de repente:

—¿Quieres que te cuente un secreto?

Como no contesté se vino hasta mí. Se me acercó tanto que me humedeció la mejilla con el aliento.

—¡Luann! —repitió su madre.

—¿Quieres que te cuente un secreto? —exigió otra vez, y me lanzó una mirada como las que les echaba a los perros que le ladraban.

—Bueno, vale —cedí finalmente.

En el exterior nuestras madres se volvieron hacia nosotras. Sus caras suaves y cansadas parecían peonías en la luz decreciente del atardecer.

—Parece un dedo pulgar grande —me dijo al oído, casi besándome la oreja—. La cosa de un chico.

Ahora me resulta extraño reconocer que, en los días y las noches que siguieron al asesinato de Boyd Ellison, en realidad nunca me sentí asustada. Creo que fue porque no acarreó ningún cambio en mi vida que no hubiera experimentado ya. El peor de los crímenes, el asesinato de un niño, había ocurrido en mi vecindario. Era un niño de mi edad, al que conocía, y, sin embargo, seguíamos yendo a la compra y al médico; Julie y Steven aún jugaban a ser miembros de la frívola sociedad británica y seguían sin hacerme caso, igual que continuaban robando chicle en la tienda y fumando tras los rododendros. Mi madre proseguía la venta de revistas desde el teléfono de la cocina; por la noche, aún lavábamos los platos, los secábamos y los metíamos en el armario.

Ahora intento imaginarme a la madre de Boyd Ellison lavando los platos después de cenar, con la pila llena de agua jabonosa. Se mira reflejada en el cristal oscuro de la ventana mientras friega los cuencos y aclara plato tras plato. La tarea repetitiva seguramente la calmaría. Es posible que, una vez limpia toda la loza, volviera a sumergirla en el fregadero. La recuerdo alta y delgada desde la vez en que fuimos a pedir caramelos a su casa en Halloween; alta y delgada, sola en el umbral, con un paño de cocina en la mano y un vestido azul. Su cabello era oscuro, y también los ojos. Tengo la impresión de que se asemejaba algo a mi propia madre.

Mi padre me confesó mucho después:

—Todo ese verano me lo pasé pensando en vosotros, en mis hijos. Pero durante un tiempo ya no me parecía que fuerais mis hijos. Era como si pertenecierais a otra existencia en la que yo ya no tenía cabida, y la vida que llevaba entonces parecía ser la única que tenía. Íbamos a pescar y a dar largos paseos todos los días. A veces comíamos en un bar de nuestra calle. Salíamos al campo en el coche. Eso es lo que hacíamos, casi siempre.

Incluso en las peores etapas, hay momentos en que la vida parece normal, y entonces te empiezas a preguntar qué clase de instantes —los terribles o los normales— son los de verdad.

—Intenté escribiros —me explicó—, pero creía que no tenía nada que explicar que os pudiera parecer comprensible.

Eso sentíamos todos con respecto al asesinato. No nos quedaba mucho por decir que resultara comprensible, de modo que, una vez pasado el trauma inicial, mientras esperábamos a saber quién lo había hecho, y por qué, la verdad es que no hablábamos demasiado de ello. Eso sí, mi madre seguía leyéndonos artículos en voz alta, y yo los pegaba en mi cuaderno.

Durante los primeros días después de que se descubriera el cadáver, el vecindario quedó cubierto por una manta de silencio. Los coches de policía, pintados de blanco y negro, patrullaban lentamente o permanecían aparcados delante de las casas con aspecto de enormes zapatos bicolores. Únicamente los adultos paseaban solos por las aceras, y la mayoría de la gente no salía. Los aparatos de aire acondicionado zumbaban y goteaban. De vez en cuando se veía correr un perro por medio de la calle. De noche, tan sólo salían las parejas de vecinos que hacían la ronda de vigilancia.

La policía carecía de pistas. Lo único que decía era que pensaba que el asesino habitaba en la zona; posiblemente fuera alguien que conociera a Boyd y al que todos podíamos haber visto a menudo.

Para cuando llegó el domingo, los padres habían empezado a permitir que sus hijos volviesen a salir a jugar. La mañana transcurrió tranquila; desde nuestro porche yo oía el tono vivaz pero anodino de las voces de los dibujos animados, como un zumbido de abejas. Esa tarde ya empezaban a pasar bicis por la calle. Steven se fue a la otra parte de la manzana a tirar canastas con Mike y Wayne Reade. Julie se encerró en el cuarto de baño a depilarse las cejas, y salió colorada y con aspecto furioso. Al otro lado de la calle, en el jardín de los Sperling, dos niñas pequeñas con bañadores color rosa que estaban de visita correteaban y lanzaban gritos entre los chorros del aspersor, mientras la señora Sperling y su madre las miraban sentadas en los escalones, con los codos apoyados en las rodillas desnudas.

Fue por esas fechas, tres días después del asesinato (la torre de revistas de Peterman-Wolff que había encima del televisor me acababa de sobrepasar en altura), cuando mi madre les pidió a tía Fran y tía Claire que dejaran de llamarla.

Desde su última visita, las tías habían telefoneado dos o tres veces por semana. Opinaban que mi madre debía empezar a jugar al golf; habían leído que el ejercicio era un buen «estimulante anímico», expresión que motivó que Julie se atragantase con un bocado de pollo cuando mi madre la repitió en la cena. Creían que tenía que apuntarse a un grupo de encuentro de mujeres. Enumeraban las ventajas de hacer punto, del yoga, de las sesiones de autoconsciencia feminista, de los largos baños de espuma.

—¿Has sabido algo? —preguntaban invariablemente. Después del asesinato, mis dos tías empezaron a llamar todos los días.

—Debéis dejar de llamar —le espetó mi madre a tía Claire una noche—. Me podéis creer cuando os digo que estoy bien.

Desde el salón, yo podía ver sus muecas mientras paseaba de acá para allá en la cocina, haciendo que se tensase el cable del teléfono.

—Escucha —continuó—, os agradezco el interés, pero conseguís que me sienta como si estuviera enferma.

Finalmente se paró junto a la nevera, con el cable colgándole por detrás.

—¿De qué te sirve esto a ti, Claire? —le preguntó con un tono plano que nunca le había oído.

Una noche lluviosa de esa misma semana fuimos los cuatro al cine, y al regresar a casa nos encontramos al señor McBride que estaba señalando la escalera del sótano a una pareja de jóvenes iraníes bien vestidos, para enseñarles la caldera. Mi madre cerró suavemente al entrar, y se quedó en el recibidor con la espalda apoyada contra la puerta, ruborizada. Julie y Steven se evaporaron y, de puntillas, subieron corriendo a sus cuartos.

—Sigan, sigan, por favor —le instó mi madre al señor McBride que, con su traje oscuro y las cejas enarcadas, tenía el aspecto de un encargado de pompas fúnebres ante un cliente que resucita—. Como si no estuviéramos. Entren donde quieran; cuartos de baño, roperos, lo que sea. Nosotros sólo estamos... sólo estamos...

Pero no se le ocurría qué era lo que «sólo estábamos» haciendo en nuestra propia casa, de modo que se dirigió a la pulcra parejita iraní, con sus crujientes y pálidas ropas de lino, que estaba detrás del señor McBride.

—Vamos a vender la casa. Claro, eso ya lo saben —calló y se rió sin saber qué hacer—. Mi hija Marsha... ésta es Marsha.

Los iraníes se miraron, y luego se volvieron al señor McBride. Mi madre, que se dio cuenta, añadió apresuradamente:

—Si tienen alguna pregunta, o quieren algo... estamos aquí mismo.

Exhibió una de sus más amplias sonrisas. El cinturón de la gabardina se le había caído al suelo, a sus pies, un gran bolso negro le colgaba de un hombro, y traía los zapatos manchados de barro. La pareja nos escrutó con gran curiosidad durante un momento, como si fuéramos unas criaturas extrañas y sombrías a las que esperaba no volver a encontrarse. Luego se dieron la vuelta en silencio y bajaron por la escalera del sótano. Desde el recibidor, vislumbré el destello de la bombilla desnuda sobre sus cabellos brillantes y azulados cuando se acercaron a la mesa de ping-pong.

—Hola, Lois —saludó el señor McBride, y se revolvió dentro de su traje color cuervo—. No he oído el coche.

Mi madre sonrió aún más.

—¿Has sabido algo de Larry? —preguntó pasado un rato, mirándose la larga nariz, dubitativo—. Ha dejado la empresa, sabes. O sea, de modo oficial. Se ha despedido. Nos escribió una carta.

Mi madre mantuvo la sonrisa un momento más y luego le dio la espalda.

—No lo sabía.
—En fin, cualquier cosa que yo pueda... Dinero. Si necesitas...
—No. —Mi madre se volvió rápidamente y lo miró—. Vamos bien de momento, gracias, Harold. ¿No deberías acompañar a...? —Señaló con la cabeza hacia el sótano.
—Ah —musitó el señor McBride—, ah, claro.
Mi madre se dejó puesta la gabardina, como si la visita no invitada fuese ella, y fingió que repasaba el correo atrasado que había en la mesa del comedor. Unos minutos después, la pareja iraní apareció en lo alto de la escalera seguida del señor McBride. Los zapatos de charol les brillaban al cruzar el parquet del recibidor. Apostada junto al armario, mi madre pidió disculpas dos veces por molestarles.
—Espero que hayan visto todo lo que deseaban —les dijo—. No tengan prisa por nosotros.
La miraron sin verla. Luego el hombre se adelantó a abrir la puerta para dejar salir a su mujer, y, un poco sobresaltada, mi madre se apartó de un saltito.
—Siento haberte sorprendido de esta forma, Lois —farfulló el señor McBride. Luego alzó los hombros y siguió a los iraníes.
—Nada, nada, es culpa mía. *Mea culpa* —le replicó alegremente. Dijo adiós con la mano desde la puerta cuando los iraníes se hubieron metido como un par de guantes en el Oldsmobile negro del señor McBride, que parecía un coche fúnebre.
Pero la puerta no se había acabado de cerrar cuando lanzó el bolso a través del salón. Fue a dar contra la torre de revistas de encima del televisor y la derrumbó dejando el suelo inundado de ejemplares. De repente, un ajedrezado de caras nos sonreía desde abajo; rostros de mujeres jóvenes con labios pintados y largas pestañas, de hombres con la boca abierta para hablar. La cara de Nixon, la de Mao, la de George McGovern, la de George Wallace. Fotos de actrices de cine, de atletas, de hombres de negocios... toda una

población de caras, como si los días y las semanas de los últimos meses hubieran sido dedicados a adquirir rostros. Había algunos que no nos miraban, a los que les daba igual si vivíamos o moríamos.

En el piso de arriba, Julie y Steven se asomaron al descansillo. Pude ver cómo miraban escaleras abajo mientras mi madre, con la gabardina aún puesta, se lanzaba a correr por la habitación, recogiendo revistas para esparcirlas por los rincones. El cabello mojado se le pegaba a la frente. Gruñía y se agachaba, con el rostro y el cuello ruborizados. Eso, junto con la gabardina parda y arrugada y los zapatos embarrados, le confería un cierto aspecto animal. De repente me la imaginé como la había visto aquella noche con mis tías: desnuda, la cabeza envuelta en una toalla y la cicatriz rosácea que se perdía en la mata de pelo.

Una vez que hubo desparramado todas las revistas que había, se arrancó como una tromba hacia el recibidor, en donde yo me sostenía sobre mis muletas. Se me acercó tanto que pude ver la fina capa de sudor que se le quedaba en el vello por encima del labio superior.

Durante unos momentos nos miramos fijamente. No sé qué es lo que leyó en mi cara: miedo, repulsión o tal vez sólo sorpresa, lo que puede ser suficiente en algunas circunstancias. Quizá identificó el color del cabello de Ada en el mío. Fuera lo que fuera, la impulsó a hacer algo que jamás había hecho, y nunca volvió a repetir. Jadeante, casi sin respiración, echó el brazo atrás y me asestó una fuerte bofetada en la cara.

Perdí el equilibrio, y las muletas se me cayeron encima antes de llegar al suelo con gran estruendo. Casi inmediatamente, sentí una satisfacción muy peculiar. Luego, me invadió algo oscuro y frío, una sensación agobiante y desesperada, como si me estuviera ahogando.

—¡Mamá! —gritó Julie desde lo alto de las escaleras.

Al momento siguiente mi madre estaba agachada y me echaba sobre su regazo. Julie y Steven habían bajado, pero yo sólo les podía ver las piernas y los tobillos desnudos. Mi madre dijo:

—Ya, ya pasó. No es nada.

Me estuvo acunando bajo el perchero del recibidor, y el cuello le olía a lluvia y polvos de talco. Una vena le latía contra mi mejilla. Me quedé muy quieta, contando las palpitaciones, hasta que ya no supe si el pulso era el mío o el de ella, o los dos a la vez.

—¿Pero qué ocurre? —preguntó Julie, pasándose las manos por la cara.

—¿Os habéis hecho daño? —preguntó Steven al mismo tiempo. Sonaban asustados y confusos, como si prefirieran no comprender lo que acababa de suceder.

Me pareció que un gruñido del estómago de mi madre procedía del mío. Ella me acariciaba el pelo y me daba palmaditas en la espalda mientras los botones de la gabardina se me clavaban en la clavícula.

—¿Os pasa algo? —repetía Julie con voz aguda—. ¿Mamá? ¿Mamá? —Steven y ella se inclinaron uno hacia el otro, con la misma expresión tensa y preocupada.

—No es nada —dijo por fin mi madre, y se levantó—. Lo siento...

Pero en ese momento sonó el teléfono. Lo oímos una y otra vez.

Todos lo pensamos: podía ser mi padre. Podía ser él, que por fin telefoneaba desde Nueva Escocia.

Me lo imagino ahora igual que me lo figuré aquella noche. Está en una vieja cabina telefónica roja de madera, en una calle oscura; los coches pasan siseando y él lleva el cuello de la chaqueta vuelto para arriba. La lluvia que se desliza por los lados de la cabina lo hace también sobre el reflejo de su cara en el cristal. Se inclina hacia el aparato negro, con una mano agarrada a un lateral. Las patillas le han crecido. Alguien le ha reparado una varilla de las gafas de aviador con un imperdible. Dice: *¿Oye? ¿Oye? Os echo de menos. Voy a volver. Todo esto ha sido un gran error.*

El timbre del teléfono llenó toda la casa. Sonaba cada vez más fuerte, a cada instante más cerca, hasta que por fin nos separó y mi madre corrió a contestar. Pasó un momento mientras se llevaba el auricular a la oreja, con los ojos clavados en el linóleo de la cocina y la otra mano en la frente.

—Hola, Fran —la oímos decir, por fin, mientras nos daba la espalda—. Sí, claro que estoy bien. —Se dio la vuelta otra vez, y luego otra, y el cable del teléfono se le iba enroscando suavemente en torno al cuello.

Nueve

Era miércoles 26 de julio, seis días después del asesinato de Boyd Ellison, y a una persona que no supiese lo que había pasado, las calles de nuestro vecindario le habrían parecido iguales que las de cualquier zona residencial de Estados Unidos.

Los padres se fueron a trabajar con sus camisas blancas y sus corbatas oscuras a la hora acostumbrada, o incluso un poco antes. Las madres volvieron a tender la colada en el jardín de atrás y a ponerse un pañuelo en la cabeza que les cubriera los rulos antes de coger el coche para dirigirse al supermercado del centro comercial; bien es cierto que volvían la cabeza hacia atrás con más frecuencia, y que antes de meterse en los coches inspeccionaban el asiento trasero. Los niños retornaron a las clases de recuperación y a los campamentos de día, o, si eran como Luann Lauder, volvieron a cometer pequeños actos vandálicos.

Por la acera de delante de nuestra casa pasó la señora Lauder arrastrando a Luann, vestida de *majorette* con faldita roja y botas blancas con pompones.

—¿Se puede saber qué te ocurre? —le preguntó su madre dos veces. Le dio un tirón de la mano que hizo que la melena rubia desvaída le aleteara—. Ya te lo tengo dicho.

Luann agachó la cabeza, pero vi que me miraba por el rabillo del ojo. Precisamente esa mañana, mientras desayunábamos, mi madre me había ordenado:

—Estás demasiado tiempo sola. Quiero que vayas a ver si puedes jugar con Luann esta mañana. —Cuando empecé a protestar, me interrumpió—. Si no te presentas en su casa esta mañana, te apunto al campamento de día. —Y añadió—: Y deja aquí el cuaderno. Ya estoy harta de que lo lleves a todas partes.

—Lo que quieres es leerlo.

—Eso no es cierto. —Levantó la vista de la tostada que estaba untando—. Pero, la verdad, me pone nerviosa que una niña sana de tu edad se pase el día garrapateando en un cuaderno.

—¡No estoy sana! Tengo un tobillo roto.

Pero yo misma me estaba empezando a cansar de tomar nota de «pruebas circunstanciales», tales como que el señor Sperling había tenido que cambiar una rueda pinchada antes de irse a trabajar una mañana, o cuánto tardaba el señor Morris en regar los rosales, o cómo a su esposa se le había caído una botella de zumo de arándano en el camino de cemento de la entrada cuando volvía de la compra y le había manchado las zapatillas de tenis. O incluso cómo el señor Green se había pasado una mañana de domingo recortando la hierba en torno a los bordes de su patio de ladrillo con unas tijeras de trinchar pollos. Así que al ver a la señora Lauder propulsar a Luann calle abajo, me entraron ganas de preguntarle a ésta qué había hecho mal.

Resultó que lo que había hecho era escribir «jilipuertas» cien veces con lápiz de cera rojo en la pared, detrás de la cabecera de su cama. Su madre había descubierto la obra al pasar el aspirador esa mañana, y al oírla gritar, Luann había salido disparada a la calle. Parece ser que no era la primera vez que se tomaba licencias artísticas con las paredes empapeladas de su cuarto.

—Una vez —me confió esa tarde cuando nos quedamos solas—, una vez hice un dibujo de mis padres desnudos.

La señora Lauder nos había instalado en el jardín de atrás con la vieja casa de muñecas de Luann y dos vasos de refresco de naranja, hecho con polvos y agua.

—Hale, niñas, que os divirtáis —nos dijo, y consiguió sonreírme a mí y fruncirle el ceño a su hija al mismo tiempo—. Si queréis algo, estaré dentro.

Nos bebimos el refresco en silencio, contemplándonos con interés y desdén por encima de las monturas de nuestras gafas. Acabamos al mismo tiempo y dejamos los vasos en la bandejita metálica en que los había servido su madre. Entonces Luann suspiró y sacó un par de Barbies de la casita y las dejó tumbadas, desnudas, sobre el césped. A una le faltaba una mano, pero por lo demás parecía intacta, aunque macilenta. La otra, en cambio, era un portento. Luann le había rapado todo el pelo, de modo que se le veían las raíces en el cuero cabelludo de plástico, y le había tatuado el cuerpo entero con rotuladores de colores. Había dibujado serpientes que se le enroscaban por los brazos; le había pintado dianas de círculos rojos y negros en los pechos, y una frondosa mata de vello púbico verde en torno a un bulto fálico marrón. La cara era mitad negra y mitad morada. Tenía chinchetas clavadas en los ojos.

—Éste se llama Roy —me informó, y levantó a la muñeca—. La otra es Tiffany. ¿Cuál quieres?

Cuando le dije que no pensaba ni tocarlas, se encogió de hombros y sentó a las dos muñecas en la hierba, cara a cara.

—Fíjate en ella. A Roy le gusta Tiffany, pero a ella no le gusta él.

Durante unos minutos Roy y Tiffany realizaron un intercambio de palabras muy animado, en el que Luann actuaba de médium. Básicamente, se centró en lo que a Roy le gustaría hacerle a Tiffany y en lo repulsivo que ella lo encontraba a él.

—Te voy a morder las peritas —entonaba Roy a través de Luann.

—No saldría contigo ni por un millón de pavos —replicaba Tiffany.

Después de haber ensayado distintos escarceos de este cariz, Luann hizo que Roy se abalanzase sobre Tiffany para frotar su cuerpo ferozmente contra el de ella, mientras la pobre pedía socorro a gritos y él gruñía:

—Esto te pasa por ser tan remilgada.

—Ahora los vuelvo a meter en su casa —me explicó Luann—, para que se echen una siesta.

—¿Y cómo es que Roy tiene pechos? —le pregunté con sarcasmo. El espectáculo me había resultado de lo más excitante, pero hubiera preferido ahogarme antes que reconocerlo. También estaba nerviosa por si la señora Lauder nos había visto desde la ventana de la cocina y le contaba a mi madre las aventuras de Roy y Tiffany.

—Roy está hecho un lío —me explicó mientras dejaba tranquilamente las Barbies en su salón rosa y blanco con un trozo de alfombra de verdad, en donde además había depositado una colección de chapas de botellas, un tampón, dos botes de pastillas vacíos y un ratón de goma—. No sabe de qué pie cojea.

—Pues tendrías que ver lo que guardo debajo de la pila de la cocina —afirmé pasado un momento, con la sensación de que había perdido prestigio—. Frascos en los que estoy cultivando tres clases de moho.

—Una vez Roy obligó a Tiffany a desnudarse delante de toda la marina de guerra —siguió ella—. Pero la salvó un almirante que le dio una patada en el culo a Roy.

—A uno de los mohos le ha salido como pelo azul.

—Pero Roy siempre vuelve. —Cruzó los brazos—. Siempre quiere más.

Durante un rato las dos nos quedamos mirando la silenciosa casa de muñecas, en donde Roy y Tiffany dormían plácidamente entre los objetos desparramados. Al otro lado de la calle, el bebé de los Sperling empezó a gemir. Me imaginé a la diminuta señora Sperling de pie al lado de la cuna, en camisón, a punto de echarse a llorar, que era lo que le había dicho a mi madre que le pasaba a veces cuando el niño no se dormía.

—Es que son muchas responsabilidades —le dijo una vez con voz temblorosa—. Una familia no es nada fácil de llevar.

Pasaron unos minutos sin que hablásemos. Luann se rascaba una picadura de mosquito que tenía en la pantorrilla. Me empezó a parecer que la aburría.

—¿Sabes quién es raro de verdad? —me incliné hacia ella—. El señor Green, el de la casa de al lado; ése sí que me parece un tipo extraño.

—¿Ah, sí? —levantó la mirada.

—Se queda en el jardín por las noches y cuando salen las babosas les echa sal encima y observa cómo se secan.

—Ya —farfulló Luann. Sus ojos se volvieron hacia el interesante caos que reinaba dentro de la casa de muñecas.

—Creo que echa veneno para los perros. Quiere acabar con los de los Morris porque se le hacen pis en el césped.

—Una vez me mordió un perro. —Metió la mano en uno de los dormitorios y sacó un raído vestido de fiesta de lamé dorado—. En la cara, justo debajo del ojo.

Me fastidiaba tener que luchar por el interés de Luann. No era más que una mocosa de ocho años, a quien apenas había que volverse a mirar; una especie de mosca humana. Lo único que le correspondía era un buen papirotazo. Pero según iba pensando estas cosas, se me ocurrió que si una no es capaz de conseguir que una persona así le haga caso, entonces es que no merece ninguna atención.

—El señor Green se ha construido una parrilla en el jardín de atrás —anuncié en voz alta—. Se esconde entre los arbustos con una red y espera a que pasen los perros de los vecinos. Le gusta asarlos y beberse la sangre. Primero les arranca la piel, para hacerse un abrigo. —La imagen del rechoncho y taciturno señor Green ataviado con un abrigo de pieles de perro me agradaba: parecía concordar con su aspecto de extranjero, del mismo modo que los zuecos de madera les iban bien a los holandeses. Me parecía verlo en la tundra helada con unas orejeras hechas con la piel del gato de los Sperling.

—Mi tío es sacerdote. Dice que hay que comerse el cuerpo y la sangre de Cristo. —Luann me suministró esta información con un tono tan neutro como si su tío hubiera recomendado utilizar un protector solar.

—Ya, pero eso es distinto —protesté—. No tiene nada que ver con lo que te estoy contando.

—¡Mira a Roy! —gritó—. ¡Ya está otra vez!

Y en efecto, Roy se había despertado de su sueño reparador y había agarrado a Tiffany por el rubio cabello. La lucha que siguió hizo que temblara la casa de muñecas hasta los cimientos. Las chapas rodaron; minúsculos bolsos y zapatos de plástico salieron volando por las ventanas. Me pareció que habían pasado muy pocos minutos cuando mi madre vino a llamarme a cenar.

—Se ve que lo estabais pasando bien —comentó, mientras yo entraba renqueando en la cocina—. Erais como un par de conspiradoras.

—Yo no me parezco nada a Luann —salté.

Esa noche me encerré en el aseo de arriba y, de pie sobre la alfombrilla rosa, me froté bien con una esponja y agua jabonosa, pensando en Roy y Tiffany. Metí la cabeza bajo el grifo del lavabo y me la lavé con champú. Luego me sequé el pelo con una toalla. Con la palma de la mano, me froté entre las piernas con polvos de talco.

—Uy, qué niña tan limpita —exclamó mi madre al darme las buenas noches, cuando se inclinó para besarme.

Por esas fechas empecé a registrar las habitaciones de los gemelos cuando no estaban en casa. No sé muy bien qué era lo que buscaba cuando miraba debajo de sus camas y les abría los cajones para revolver entre calcetines desparejados, ropa interior, envoltorios de chicle y pañuelos de papel usados, pero el mero hecho de rebuscar me excitaba. Creía que si era capaz de rastrear lo suficiente tenía que acabar por dar con algo, algo que necesitaba encontrar. Lo que fuera a hacer con lo que hallase no estaba nada claro, pero yo ya estaba tan enviciada con la costumbre de registrar que me daba igual. Tanto uno como otra guardaban golosinas escondidas en distintos lugares de sus habitaciones; detrás de los libros y debajo de la alfombra. Había *toffees*, caramelos, peces de gominola, rollos de regaliz, todo lo que se podía mangar de los recipientes abiertos del supermercado. Siempre que me encontraba alguna de esas golosinas rancias fruto del robo, me la comía con aire meditativo, dejando que se me pegase a los dientes.

Encontré algunas cosas extrañas y reveladoras, que anoté cuidadosamente. En el cuarto de Julie descubrí una cajita de cartón llena de guijarros pulidos, un brazalete niquelado de prisionero de guerra y el cadáver de una araña peluda metido en un potito. También me hice con un poema que había escrito, metido entre la mesilla y el rodapié. Decía: «Quién soy yo / no soy nadie / no tengo rostro / no tengo cuerpo / sólo puedo llorar». A mí me pareció una poesía muy buena, aunque no comprendía cómo se podía llorar sin tener cara.

Una mañana que los gemelos habían ido a casa de Amy Westendorp, porque tenía piscina y además su padre había montado un mini-bar lleno de botellitas de licor de las líneas aéreas en el sótano, yo me dediqué a fisgar en la habitación de Steven, y me topé con un altar erigido a los bañadores en el interior de su armario. Todo el fondo lo había empapelado con fotos de revistas en las que había mujeres de grandes pechos en bikini. En el centro, un poco separada de las demás, había puesto la foto de una mujer negra, alta y reluciente, con un bikini de piel de leopardo. Miraba de forma retadora, con los labios retraídos y una pierna adelantada, como si se dispusiera a salir de su escondrijo de un salto.

Bajo la mirada intimidadora de esa mujer, me moví con cautela por la habitación, procurando volver a dejar en su sitio todo lo que tocaba. Pero había una fuerza en la expresión salvaje de ella que me infundió un mayor atrevimiento. Por primera vez, me atreví a levantar el colchón de Steven, lo que me hizo temblar, aunque allí no apareció nada. En cambio, debajo de su cama encontré un compás roto y un paquete de chicles sin abrir. Me eché las dos cosas al bolsillo, y también un envoltorio cuadrado de papel de estaño. Cuando lo abrí, vi que contenía un misterioso globo blanco transparente.

Me percaté de que su habitación había adquirido un olor rancio, como el de la cesta de la ropa sucia cuando hace tiempo que no se abre. El cuarto de Julie, por el contrario, olía al mismo perfume que llevaba mi tía Ada la última vez que la vi; esta coincidencia me resultaba perturbadora, pues parecía sugerir alguna clase de relación clandestina entre las dos. También indicaba que Julie había mangado el perfume, pues mi madre nunca lo llevaba y no le hubiera dejado que se lo comprase ella sola. Estuve tonteando con la idea de pulverizarlo por distintas partes de la casa, para ver qué reacción causaba, pero rechacé la idea sin plantearme por qué.

Como era habitual, terminé esta agradable expedición con una sensación de regocijo y a la vez de culpabilidad. Para redimirme, decidí ayudar a mi madre con las tareas domésticas, e incluso ofrecerme a quitar las malas hierbas de algún parterre. Pero cuando entré en la cocina con mis muletas, mi madre frunció el ceño, me dio la espalda y se concentró en la conversación telefónica para intentar colocarle alguna revista a un cliente. Cuando intenté llamarle la atención saltando el cable del teléfono como si fuera una comba, puso la mano sobre el auricular y me advirtió con voz enojada:

—No puedo hacerte caso. ¿No ves que estoy trabajando?

Así que cogí el globito que me había llevado de la habitación de Steven, salí y lo dejé caer en la acera delante de la casa del señor Green.

Después, aunque me habían prohibido salir de nuestra calle, me fui andando con las muletas hasta el centro comercial para oír el chirrido de las conteras de goma en el suelo de terrazo que había allí. Acababan de encerarlo, así que utilicé las muletas como bastones de esquí y me dediqué a deslizarme sobre el pie bueno como una esquiadora coja, marcando una larga estela de rayas grises. A pesar de lo que había sucedido tan cerca, el centro comercial parecía un lugar tranquilo a mediodía; tenía algo de iglesia con esos techos altos y el olor fresco de la cera para suelos.

Ese día estaba casi vacío. Me compré una bolsa de grageas de chocolate M&M; y me las comí con la frente apoyada en el escaparate de la tienda de animales; me gustaba resquebrajar levemente la cubierta de caramelo con los dientes antes de morder hasta encontrar el chocolate. Me puse a imaginar que buceaba entre peces tropicales. Cuando sólo quedaron las verdes, las dejé caer al suelo subrepticiamente y las aplasté con el tacón.

Aún estaba allí parada cuando vi a Steven escapar de una tienda. Momentos después le siguió un hombre negro, delgado, con pantalón rojo y camisa blanca, que le gritaba:

—¡Ven acá, mierdecilla! ¡Te he visto cogerlo, mierdecilla! ¡Voy a llamar a la policía!

Steven corría como nunca lo había visto; pasó por mi lado sin verme, con una sonrisa apretada y atónita. Las deportivas golpeaban contra el suelo pulido y la coleta le iba de acá para allá. Llevaba en la mano una caja rectangular, que arrojó sin pararse y que se deslizó hasta detenerse detrás de un macetero con un gran helecho que había junto a la sucursal bancaria.

—¡Ven acá, mierdecilla! —chillaba el tendero, sin dejar de perseguirlo. La cara larga y oscura le sudaba y se iba frotando un costado con la mano. Pero Steven le llevaba mucha ventaja y en un instante alcanzó las puertas cristaleras dobles del centro comercial. La luz del sol bañaba la entrada, y por un momento Steven se quedó allí colgado, una silueta bien definida, con los brazos en cruz y las piernas estiradas, tan inexplicable para mí como un ideograma chino. Luego atravesó las puertas y desapareció.

Entre jadeos, su perseguidor se detuvo y sacudió el puño. Los zapatos lustrosos le debían de apretar, porque levantó un pie, y luego el otro, cautelosamente. Hundió la cabeza entre los hombros y se quedó mirando cómo desaparecía mi hermano. Por fin se dio la vuelta.

—¡Eh! —me interpeló—. ¿Conoces a ese chico?

Lo negué con la cabeza.

—Mierdecilla —murmuró, cuadrando los hombros. Se secó la frente y se dirigió al macetero a grandes zancadas—. Fíjate. Pretendía robarme un cartón de tabaco entero. —Volvió a mirarme, iracundo.

—Si lo conoces, dile que no se le ocurra volver por mi tienda. Siempre anda ahí metido, y se lleva cosas. La próxima vez que entre, llamo a la poli. —Blandió el cartón de cigarrillos.

Me retraje hacia el escaparate de la tienda de animales. Como si de repente se hubiera dado cuenta de que le estaba gritando a una niña blanca que iba con muletas, el tendero pareció algo abatido. Miró a su espalda, pasando los dedos por la placa que llevaba prendida en el pecho: *Hola, soy* BYRON. *Que pase un buen día.*

—Anda, vete —me dijo por fin, mientras me espantaba con la mano que sujetaba el cartón—. No se puede andar merodeando por aquí.

Cuando llegué a casa, Steven estaba solo en la cocina y tenía puesta la radio. Desde el porche, al entrar, ya se oía una canción de los Jackson Five. Se movía al son de la música, mientras se preparaba un sándwich.

Por un momento se me pasó por la cabeza la idea de entrar en la cocina de golpe y decirle que lo había visto todo. *¡Ladrón, delincuente!*, le acusaría, con justa indignación. Pero me entró un cansancio extraño cuando llegué junto a la puerta.

—*One, two, three* —cantaba Steven—. *Baby you and me.* —Al final, me subí a mi cuarto y me tiré en la cama.

Lo cierto era que había notado algo horrible en mi hermano cuando pasó por mi lado a toda carrera con los labios estirados en una sonrisa helada de terror. Me había parecido un extraño, y sin embargo, al verlo correr por ese pasillo largo y lleno de eco y atravesar las refulgentes puertas de cristal, tuve la sensación de que nunca le había comprendido tan bien.

Creo que lo que llegué a entender era que Steven se había divertido; que había estado esperando un momento como ése, e incluso que había escogido cuidadosamente la tienda de la que iba a robar. Portarse tan mal deliberadamente le producía una sensación de poder, irrefrenable y embriagadora, que le había hecho volar como el viento. Nadie lo hubiera cogido. Bueno, tal vez esto último sólo se me ocurrió más adelante, si pienso en ese comerciante negro enfurecido, con los zapatos que le apretaban.

La tarde siguiente los gemelos consiguieron que los invitasen a la playa, a Cape May, en Nueva Jersey, a pasar dos semanas y media con la familia Westendorf. Amy Westendorf era de la misma clase que Julie y Steven. Estaba colada por Steven, y en vista de eso había cultivado una estrecha amistad con Julie. Era bajita y tenía aspecto de gnomo. Llevaba una larga cabellera pelirroja y tenía la piel color de harina de avena. No paraba de arrancarse pelos rojos de las cejas, y le entraba una risita tonta por cualquier cosa, pero eso no parecía molestarles a ninguno de los dos.

—En verdad es algo lerda, Rod —suspiró Julie—. Pero, ¡qué equipo de música estéreo! Hermosos bafles.

Lo único que comentó Steven fue:

—Ojalá se lavara los dientes.

Los Westendorf eran la familia más rica que conocíamos, y, además de piscina, poseían una casa en la playa. A los gemelos les encantaba la idea de ir allí.

—¡Mamá, por favor, di que sí! —rogó Julie en la cena, agarrándole la manga a mi madre con gesto dramático—. No te imaginas la oportunidad que esto supone.

—Claro que me lo imagino —replicó con una sonrisa.

—¿Entonces nos dejas ir? —Steven le agarró la otra manga—. Por favor, mamá.

Mi madre se quedó pensativa, o hizo como que pensaba. Resultaba bonito verla así, flanqueada por los gemelos. Los ojos les brillaban excitados, y a ella le daba risa tener su atención tan acaparada. No pude evitar pensar

153

que todo debió de ser más fácil cuando sólo habían nacido ellos dos.

—Por supuesto —contestó por fin—. Claro que podéis ir.

Durante los dos días siguientes, Rodney y Felicia se adueñaron por completo de sus personalidades. Se dedicaron a pulular por toda la casa. Buscaban los bañadores, se planchaban las mejores camisetas, pedían dinero para comprarse sandalias y toallas de playa, y desparramaron tanta ropa por el suelo de sus cuartos que mi madre apenas conseguía abrir las puertas.

Tan ilusionados estaban con perdernos de vista que incluso se caldearon hasta rozar la temperatura de la simpatía. Julie me permitió que la acompañase a comprar cuando mi madre nos llevó en el coche al centro comercial. Allí robó un frasco de crema solar y unas gafas de sol baratas. Las metió sigilosamente en su capazo de rafia africana.

—No has visto nada —me advirtió tranquilamente.

Era la misma tienda de la que Steven se había escapado por los pelos hacía unos días, y se lo debía de haber contado, porque Julie puso especial empeño en pasar por delante del tendero en dos ocasiones, e incluso le preguntó dónde estaban las compresas higiénicas.

Los gemelos se marcharon en la ranchera Volvo de los Westendorf un viernes por la tarde, justo antes de cenar. Yo tenía muchas ganas de que se fueran para registrarles las habitaciones con más calma, pero en cuanto se cerró la puerta del porche, me di cuenta de que no iba a saber qué hacer en su ausencia. De repente, la casa, que resonaba con sus cantos y sus discusiones, sus estreñidos acentos británicos y sus locuaces e interesantes llamadas telefónicas, se quedó casi en silencio. Podía oír el tictac del reloj de pared de la cocina.

En el exterior, alguien cortaba el césped. Pasaron varios coches. La luz se fue desvaneciendo en nuestro jardín mientras mi madre preparaba unos espaguetis, aunque a ninguna de las dos nos apetecía comerlos. Luego puso las noticias y se arrellanó con su copa de Chablis.

—Siéntate aquí conmigo —me invitó. Pero yo simulé que no la oía. Cogí el cuaderno y me aposenté en el porche para ver pasar a la patrulla. Esa noche empezaron el señor Reade y el señor Guibert. Les dije adiós con la mano cuando pasaron, pero no me vieron; al menos, no contestaron.

Diez

«Para sus caléndulas» decía la nota, escrita con tinta azul en una ficha blanca de oficina. Iba firmada «A.G.».

Mi madre se la encontró temprano a la mañana siguiente, apoyada contra una caja amarilla de bicarbonato de sosa en los escalones de la entrada. Entró con ambas cosas y las dejó en la mesa del porche, en donde ya lo había dispuesto todo para el desayuno.

—Mira esto —me dijo, y me enseñó la ficha mientras se sentaba y le daba un sorbo al café—. ¿Quién crees que será A.G.?

Las chicharras zumbaban en los árboles. No hacía ni veinticuatro horas que se habían marchado los gemelos. En el jardín, la cálida luz del sol se derramaba entre las hojas, creando un efecto jaspeado sobre el césped.

—Es el señor Green —respondí por fin desde detrás de la caja de cereales Cheerios—. Alden Green. El de las babosas. ¿Te acuerdas?

Me pregunté si el señor Green habría conseguido oírme cuando le hablé de él a Luann. En mi experiencia, las coincidencias, más que suceder, son invocadas. Y nunca he abandonado completamente mi idea del cielo, no sólo como un depósito en donde las cosas perdidas nos esperan durante toda la eternidad, sino también como un lugar en el que los comentarios y gestos hechos descuidadamente permanecen brevemente antes de bajar a sorprendernos de nuevo de modo inesperado.

—Ay, Dios mío —musitó mi madre. Cogió la tarjeta y el bicarbonato y los miró forzando la vista.

—Le preguntaste cómo te podías librar de las babosas de las caléndulas. —Hablé con la boca llena a propósito, del modo que más le disgustaba.

Pero no me estaba haciendo caso. Seguía escrutando fijamente la nota, escrita con una letra redonda y cuidada.

—Por cierto, anoche llamó Mavis Lauder —dijo pasado un rato y sin dejar de mirar la ficha blanca—, cuando ya te habías acostado.

El corazón me dio un vuelco. Desde detrás de la caja de cereales, busqué desesperadamente el modo de negar cualquier participación en las sórdidas actividades de Roy y Tiffany. Aunque no era mojigata, a mi madre no le gustaban los juegos sexuales infantiles. «Cómprate un libro si quieres aprender anatomía», le había sugerido a Steven cuando le encontró fotos de mujeres ligeras de ropa bajo la cama. «¿Qué estás haciendo?», preguntaba a voces escaleras arriba si oía un sospechoso crujir de somier.

—*Luann está hecha un lío* —decidí que iba a contestar—. *No sabe de qué pie cojea.*

Mi madre dejó la ficha junto al plato con un suspiro.

—Mavis me contó que Luann encontró un condón en la calle hace un par de días. ¿Sabes lo que es un condón?

Dije que no con la cabeza, aunque antes de que ella acabase de pronunciar la palabra «condón» ya sabía lo que era y dónde lo había encontrado Luann, y el corazón me latió cada vez más fuerte. Mi madre miró a su plato.

—Es algo que los hombres se ponen en sus partes privadas. Hazme el favor y nunca cojas nada que parezca un… un…

—¿Globo?

—Lo sabía —exclamó, con tono de enfado; pero levantó la vista medio aliviada—. Sabía que sabías de qué te estaba hablando.

—Pues no —repliqué—, aunque me lo he imaginado.

Mi madre frunció el ceño.

—Es una pena que los niños intenten pasarse de listos. En cualquier caso, Luann lo encontró cerca de nuestra casa y su madre dice que va a llamar a la policía si aparece algún otro. Así que ten cuidado, ¿eh? No se te ocurra ir a ninguna parte sin decírmelo, aunque sea a la casa de al lado. —Untó mantequilla en una tostada y le dio un mordisco.

—Mavis también me preguntó si vamos a preparar algo para la venta de repostería que organiza esta tarde en beneficio de la patrulla del vecindario.

—¡Bien! —exclamé, con demasiado entusiasmo—. ¿Van a comprarles armas?

Mi madre entrecerró los ojos.

—En mi opinión la gente se está tomando demasiado en serio lo de ser vigilantes. Esto no es el Salvaje Oeste, ¿sabes? No es el Corral OK. Es Washington, Distrito Federal.

—Murió un niño, mamá.

—Ya lo sé.

Pero en vez de enfadarse, me miró por encima del borde de su taza de té de porcelana.

En el exterior una abeja se daba golpes contra el mosquitero. Al otro lado de la calle el señor Morris bajaba los escalones para recoger el periódico, arrastrando los pies, metidos en zapatillas de casa, contra el cemento. En la distancia atronaba el rugido de un reactor que emprendía su rumbo.

Salvo cuando lo que se espera es bueno, a nadie le gusta aguardar a que suceda. No saber qué es lo que va a pasar pone a la gente inquieta y la vuelve supersticiosa. La coincidencia desaparece: nada es aleatorio. Tengo cierta experiencia en esperar a que ocurran acontecimientos sin saber cuál va a ser el resultado, y en casi todos los casos me he visto obligada a interpretar el mundo que me rodea como una lista de signos y símbolos. Una mancha rojiza en la nieve presagia que los resultados de los análisis no van a ser buenos. Perder el autobús indica que vas a pasar un mal día. Encontrar un centavo en la acera anuncia buenas noticias. Cruza los dedos cuando pases por un cementerio. Toca madera.

El desconocimiento hace que surja lo más primitivo de las personas. Mi madre, por ejemplo, siempre ha dicho que ella era un poco vidente; es una cualidad que yo menosprecio o bien exagero según mi grado de desesperación cuando voy a pedirle consejo. Recuerdo el verano en que terminé la carrera de Derecho, cuando hice el examen para el Colegio de Abogados y no dejaba de preguntarle si creía que habría aprobado. Siempre contestaba que sí, sin pararse a pensarlo. Cuando quise saber por qué estaba tan segura me replicó:

—Porque alguien tiene que estarlo.

Aunque no me tranquilizó por completo, esta respuesta me recordó la convicción de mi madre de que no se debe jugar con el azar. Ella jamás recurriría a mis cobardes tácticas de hacer como que no creo que algo vaya a suceder, de modo que los dioses reconozcan mi humildad y permitan que ocurra lo que yo espero. A los dioses les encanta dar sorpresas. Para tener éxito en la vida, si se sigue mi razonamiento, las probabilidades tienen que ser pocas. De niña, solía invocar esta regla a menudo.

—Seguro que he suspendido el examen —les decía a los demás, con las manos en los bolsillos y los dedos cruzados—. Eso, fijo.

Y, si de verdad suspendía, a nadie le asombraba.

—Pero pide lo que quieras —me ha insistido siempre mi madre—. Expón tus razones. Si no consigues lo que quieres, al menos no será porque nadie sabía qué era.

A medida que iban pasando, despacio, los días posteriores al asesinato, lo que yo quería, lo que anhelábamos todos, era que la policía encontrase al hombre que había matado a Boyd Ellison, de modo que pudiéramos dejar de esperar que lo detuvieran. La incertidumbre se había ido convirtiendo de alteración horrorizada en una impaciencia temerosa que invadía todo el vecindario. Casi se podía oír; era un ruido persistente, eléctrico, parecido al constante zumbido de la nevera. Fue subiendo de volumen a medida que pasaban los días y la policía no avanzaba nada. El muchacho que había visto un coche marrón salir del aparcamiento dejó su trabajo y se fue a visitar a unos primos en Pennsylvania. La florista que había oído lamentos en el monte cerró la tienda una semana y se fue a la costa de Jersey. Y, aunque era el lugar más fresco de la zona, nadie se atrevía a internarse en el bosque de detrás del centro comercial, en donde aún quedaban trozos de cinta policial amarilla atados a algunos pinos blancos.

La señora Lauder se había puesto al frente de la venta de repostería a beneficio de la Patrulla Nocturna. Las ganancias se iban a destinar a la adquisición de un par de *walkie-talkies* para las parejas. Lo que pudieran hacer con esos radioteléfonos no estaba muy claro, pero todo el mundo coincidía en que debían llevarlos. La venta se efectuó en el aparcamiento del centro comercial. En los días previos, se habían colocado carteles anunciadores de papel amarillo por todo el vecindario; hasta mi madre había accedido a que se colgara uno en el manzano.

La señora Lauder presidía dos mesas plegables situadas al lado de la entrada principal del aparcamiento bajo una farola, a la que había pegado un cartel grande, hecho a mano: VENTA DE PASTELES PRO PATRULLA NOCTURNA. Quien lo había pintado no había calculado espacio suficiente para todas las palabras, de modo que había tenido que comprimir algunas letras y reducir otras. Desde lejos, parecía que ponía: «Ase propano».

La mayor parte de las vecinas había horneado algo. La señora Sperling aportó una bandeja de galletas con trocitos de chocolate, en la que astutamente había colocado debajo las que se le habían quemado. La señora Morris había preparado galletas de mantequilla con trozos de pacana. La señora Guibert trajo un pudin de frutas. La señora Reade, pasteles de chocolate. La señora Bridgeman, de limón. La propia señora Lauder había hecho dos docenas de bollos de pasas, una esponja de albaricoque y, además, una bandeja de dulce de chocolate que estaba empezando a licuarse al sol. Todo se vendía a un sobreprecio más que notable. Para cuando llegamos con el bizcocho de limón con semillas de amapola de mi madre, la señora Lauder ya había recaudado quince dólares.

—Siéntate. —Ataviada con un vestido hawaiano naranja floreado, empujó una silla de plástico de jardín hacia mi madre en cuanto nos bajamos del coche. Luann merodeaba por detrás de ella, con Tiffany agarrada por una pierna desnuda.

—Siéntate, Lois —repitió su madre—. No te quedes ahí, que te va a dar una insolación. —Al lado de su voluminoso vestido (que a mí me pareció espléndido, digno de una reina hawaiana), la falda tobillera y la blusa rosa de mi madre ofrecían un aspecto un tanto monjil.

—No, en serio. Me encantaría, pero no puedo. Tengo trabajo; sabes que estoy vendiendo...

—Pero si es sábado, Lois. —Le sonrió.

Mi madre se ruborizó y dejó el bizcocho sobre la mesa.

—Bueno —asintió—, quizá un ratito.

—Así me gusta. —El cabello oscuro de la señora Lauder parecía más desordenado que nunca bajo su sombrero, que era más bien un casco de paja; pero ella se encontraba en su elemento en ese aparcamiento, con ese amplio vestido que le ondeaba de forma regia con la brisa, inmersa en una obra de caridad que le permitía dar órdenes.

—Cuesta seis dólares si se lleva el dulce entero —informó a una joven embarazada, con las pestañas muy pintadas, que se había parado a inspeccionar el pudin de frutas—. Más le vale comprarlo ahora que lamentarse después. No haga caso de eso de que no conviene ganar peso. Madre rolliza, niño rollizo.

Se rió. La joven se fue hacia los pasteles de chocolate, seguida por la mirada de la señora Lauder mientras se reajustaba el casco de paja.

—Toma, tú haz de cajera —le pasó a mi madre una caja de puros llena de monedas.

—De verdad que no puedo quedarme mucho rato.
—¿Me compras un refresco? —pidió Luann, dándole con el pie a la pata de una silla.
—Como yo digo —prosiguió su madre—, en los negocios dos cabezas valen más que una.
—¡Tengo sed! —se quejó Luann.
—Ya te he oído —le contestó su madre—. ¿Por qué no os vais Marsha y tú a jugar debajo de ese árbol?
—Pero sólo diez minutos —advirtió mi madre, y ocupó la silla vacía—. Luego tengo que irme, en serio.
—Siéntate —le siseó su madre a Luann.
Así que las dos nos pusimos bajo la sombra de un arce joven. De vez en cuando ella escupía en la acera para ver si el calor hacía hervir la saliva. Yo me había traído el cuaderno y le enseñé unas páginas sobre el señor Green.
—Es diabólico —le dije, con una palabra tomada de Sherlock Holmes. Luann asintió con la cabeza sin el menor entusiasmo. El sol brillaba sobre el asfalto. Si había un día lo bastante caluroso como para «asar propano», iba a ser éste.
Hacia las cinco habían desaparecido dos terceras partes de las galletas, los bollos y los pasteles de chocolate. La clientela del supermercado, sobre todo las mujeres, había adquirido la mayor parte. Algunos de nuestros vecinos se acercaron; un policía compró varias galletas con chocolate hechas por la señora Sperling, y frunció el ceño cuando mordió una quemada.
Nadie se llevó siquiera una tajada del bizcocho de limón con semillas de amapola que había preparado mi madre, aunque ella hizo como si no se diera cuenta. Bastantes desconocidos se pararon en la mesita a preguntarle a la señora Lauder si había noticias sobre la autoría del crimen. Después se dedicaban a comparar las versiones que habían oído: era un asesino en serie; era un drogadicto.
Desde donde estaba sentada, podía oír lo que hablaba mi madre con la señora Lauder entre cliente y cliente; hasta se reía. Contó el dinero de la caja de puros varias veces.

Parecía que le divertía hacer arqueo allí al sol, al lado de la señora Lauder mientras intercambiaban comentarios sobre una niña gordita que pasó con un top amarillo.

Finalmente, sacó un paquete de cigarrillos mentolados del bolso, con cierta vacilación. Pero antes de que le diera tiempo de preguntar si le molestaba que fumara, la señora Lauder exclamó:

—¡Cigarrillos! Lo dejé hace dos años, pero llevo todo el día muerta de ganas de fumar.

Mientras fumaban nuestras madres, Luann y yo nos quedamos sentadas en el bordillo mirándoles el cogote.

—Ojalá tuviera un refresco de naranja —dijo Luann, disgustada.

Una gaviota voló en círculos sobre el aparcamiento, y me recordó la tarde en que mi padre nos anunció que se iba de viaje. Parecía que estaba muy lejos, pero en realidad, en aquel momento, sólo hacía unas cinco semanas que se habían marchado él y Ada.

—Así son las cosas —había afirmado ese día, mirándome con sus gafas de aviador y guiñando el ojo. ¿Qué había querido decir? ¿Lo sabía siquiera él mismo? Seguro que sí; ¿acaso no lo había asegurado? Pero, ¿qué había dicho?

Empezó a dolerme la cabeza. Luann escupió en la acera. En el cielo, la gaviota chilló y yo me acordé de la playa de Rehoboth, adonde habíamos ido el verano anterior con mi padre y tío Roger y tía Ada. Julie y Steven y yo nos pasamos el día en el agua, porque no estaba ninguno de sus amigos. Los gemelos me permitieron que los siguiera por el paseo marítimo. Compramos Coca-Colas y nos las tomamos mientras paseábamos, cosa que mi madre no nos hubiera permitido, porque le parecía que comer por la calle era de mala educación. Los gemelos hacían comentarios graciosos sobre la gente que pasaba, y a veces me reía cuando estaba bebiendo y se me subían las burbujas por la nariz. Ahora sentí un pinchazo, al pensar qué dirían si me viesen sentada al lado de Luann Lauder. «Laguna Lauder», la motejaba Steven.

Julie declaraba que tenía el carácter de papel de váter mojado. Claro, que decía lo mismo sobre mí.

—Yo llevo dinero —anuncié—. Voy por refrescos.

Atontada por el calor, me fui hasta el centro comercial y pasé por las puertas de cristal. Me paré, agradecida, en el repentino fresco del interior, delante del tablón lleno de notas en las que se anunciaba la venta de sofás-cama de segunda mano y guitarras eléctricas seminuevas. Una de las octavillas amarillas sobre el asesinato estaba colocada junto a un anuncio de un taller de danza moderna. Al lado del tablón había dos letreros metálicos: «Prohibido dejar bicicletas» y «Prohibido entrar con perros».

—Lo siento, Mancha —me decía Steven siempre que pasábamos por allí—. Vas a tener que esperar en la calle.

Pasé deprisa ante el establecimiento del tendero negro con pantalones rojos que había pillado a Steven robando, pero no lo vi. Yo no le había dicho nada a mi madre sobre ese incidente, y había oído a Steven contarle a Julie que por poco «le pescan». Parecía estar muy orgulloso.

—Oh, maldita sea —exclamó ella con su mejor acento de teatro inglés, y bostezó lánguidamente—. Tendremos que empezar a hurtarle pitillos a la *madre**. Imagínate, Rodney. Mentolados. *Quelle* horror.

En el supermercado Safeway, dos mujeres se quedaron mirándome las muletas mientras metía monedas en la máquina de Coca-Cola, que estaba cerca de las cintas transportadoras. Siempre había tenido el ferviente deseo de montarme en la cinta con los contenedores grises en que iban las compras, pasar a través de las cortinas de tiras negras, y que me descargasen en el coche de mi madre. A veces pensaba que merecería la pena trabajar en el Safeway sólo por eso.

Cuando salí, el aparcamiento se había cubierto de nubes y la brisa se había acelerado, haciendo que los envoltorios de

---

* «Madre» en el original. *(N. del T.)*

plástico de la mesa de repostería sonasen, y que llegase el olor a peltre del agua del río. Luann me estaba esperando y casi pareció agradecida cuando le pasé una botella. Juntas nos bebimos los refrescos de naranja, eructando silenciosamente en lo profundo de la garganta mientras contemplábamos cómo el aparcamiento se iba oscureciendo a nuestro alrededor.

Mi madre ni se había dado cuenta de mi ausencia. La señora Lauder estaba relatando un escándalo eclesiástico en el que se hallaban implicados un monitor de juventudes y el director del coro, y se olvidó de bajar la voz cuando llegó al momento en que los descubrían, parcialmente desvestidos, en la sala de usos múltiples, detrás de los bongos.

—Justo debajo de un letrero que dice «El amor es eterno» —puntualizó.

—¡No me digas! —exclamó mi madre.

—Sí te digo —se reafirmó la señora Lauder, y le aceptó otro mentolado.

Se oyó chillar a un bebé al otro lado del aparcamiento, que se estaba quedando a oscuras por momentos. Con el cigarrillo encendido, la señora Lauder se comió una galleta de mantequilla y un pastel de chocolate. Añadió que más tarde se había dirigido una carta a la congregación. A lo lejos, en dirección a Bethesda, empezaron a sonar campanas.

—Lo que yo digo es que hay que perdonar y olvidar. La gente va a seguir pecando. Eso no hay quien lo evite. —La madre de Luann suspiró y miró al otro lado del aparcamiento—. Si no, fíjate en lo que ha ocurrido aquí. Y en lo que sucede en todas partes. Lo más interesante de la gente —continuó, y ahora sí bajó la voz— es lo mala que puede llegar a ser.

Mi madre asintió con la cabeza. Luego exhaló un anillo de humo que se le quedó flotando sobre la cabeza como una aureola.

—Total, en definitiva, ¿qué fue lo que pasó? —preguntó la señora Lauder—. Me refiero a lo de tu marido.

Mi madre se quedó muy quieta. Por fin se removió en la silla.

—¿Larry?

—Sí, claro —aclaró la otra con paciencia—. Claro que Larry.

Las campanas seguían sonando desde Bethesda. El cielo se abultaba. Una súbita ráfaga de viento impulsó una lata vacía hasta el otro lado del aparcamiento, con gran estrépito. La señora Lauder la miró desde debajo del ala de su casco de paja.

—Larry —repitió mi madre—. Larry me dejó porque estaba liado con mi hermana.

La señora Lauder se repantingó en la silla, haciendo que crujiera el plástico. Buscó otra de las galletas de pacana de la señora Morris mientras mi madre le contaba la huida de mi padre con Ada a Nueva Escocia.

—Vaya, qué horror —comentó la señora Lauder tras un silencio considerable—. Pero en fin, estas cosas pasan. Ya sé que no sirve de gran ayuda decirlo, pero mucha gente se equivoca. Hacen cosas horribles.

Mi madre siguió mirando fijamente al frente.

—Tiene que ser duro para los niños, me imagino. Y para ti. —Se sacudió unas migas de la pechera—. Pero ahora lo importante es que sigas adelante con tu vida, Lois. No dejes que el error de ellos se convierta en tuyo. Eso sí que sería una desgracia. —Pasado un momento preguntó—: ¿Y tienes noticias de él?

—Una carta. Más bien una nota, para decir que se marchaban.

—¿Le contestaste?

—No ha dejado dirección.

El aparcamiento empezó a vaciarse a medida que el cielo se volvía de un color morado polvoriento. A mi lado, Luann se abrazaba las rodillas y cantaba suavemente. Había algo reconfortante en su vocecilla menuda y rasposa en medio de ese gran aparcamiento; incluso resultaba inspiradora, a pesar de lo que opinasen los gemelos. Deseé que no hubiera escuchado lo que mi madre le decía a la suya. Pasó una libélula.

—Entonces, ¿dónde encontraste esa cosa, el condón? —pregunté por fin, con la vista fija en las rodillas.

Luann dejó de cantar y se volvió para mirarme con gravedad. No parecía que la pregunta la hubiera sobresaltado, ni tampoco que le interesara especialmente.

—Lo cogí en la calle. Mi mamá lo tiró por el váter. Es para recoger la semilla —añadió misteriosamente—. Eso me dijo ella.

Mientras yo digería esta información, Luann añadió:

—Este domingo voy a la iglesia de mi tío. Habrá una reunión de cantar rezos. —Asomó la punta de la lengua por una comisura.

Nuestras madres se pusieron de pie y empezaron a guardar platos y servilletas de papel. Me pregunté si Luann vería al director del coro y al monitor, y si hablaría con ellos. Me imaginaba a dos adultos delgaduchos y bizcos abrazados bajo un cartel que ponía «El amor es eterno», pellizcándose el trasero el uno al otro de forma furtiva. Comprendí entonces que mi experimento con los mohos jamás le interesaría a Luann. Nada de lo que yo sabía la sorprendía. Incluso las fotos de *starlettes* de Steven resultaban banales comparadas con la maravillosa depravación de Roy y Tiffany o del monitor y el director.

En ese preciso momento entró un Dodge marrón y aparcó cerca de donde se encontraba mi madre juntando los pasteles de chocolate con los de limón. Se abrió una puerta; un segundo después, uno de los mocasines con borlas del señor Green apareció sobre el suelo, seguido del otro, y a continuación él mismo. Contra el cielo que se oscurecía, su cara parecía más rosada de lo natural.

—Anda, qué sorpresa. —La señora Lauder se aplanó la pechera del vestido, que se había inflado hermosamente cual vela al viento. Le echó una mirada de reojo a mi madre al verlo acercarse—. ¿Qué tal, vecino?

Él se rió con nerviosismo y se frotó las manos.

—¿Ha hecho usted alguno? —le preguntó a mi madre mientras la nuez le desaparecía bajo el cuello de la camisa.

—Pues la verdad es que ése. —Señaló su bizcocho de limón con semillas de amapola, desmoronado por el calor y con un brillo grasiento. Luann, que había vuelto a canturrear, se calló.

—Muy bueno —comentó el vecino—. Tiene muy buen aspecto.

—Es de limón con semillas de amapola —aclaró mi madre—. Más o menos.

—Ajá.

La señora Lauder, moviéndose entre los dos, terció:

—Cuesta quince dólares. —Cuando mi madre se volvió hacia ella, atónita, añadió—: Es un bizcocho muy especial.

El señor Green tosió, cubriéndose la boca con el puño. A continuación se llevó la mano al bolsillo de atrás y sacó un billetero negro de piel.

—Tenga. —Le dio un billete de diez dólares y otro de cinco a la señora Lauder, sin mirar a ninguna de las dos. La cara le había pasado del rosa a una especie de castaño cardíaco.

Mi madre le clavó los ojos, con la boca entreabierta; luego bajó la vista hacia la caja de puros que estaba en la mesa y comenzó a rehacer los fajos de billetes de un dólar que acababa de preparar.

—Pues muchas gracias, Alden. Porque te llamas Alden, ¿verdad? —le decía la señora Lauder en tono amistoso—. Por cierto, me alegro de verte fuera del jardín. Le dedicas tanto trabajo a ese césped que casi no tienes tiempo para tratar a los vecinos. La verdad es que deberíamos hacer una fiesta para toda la manzana un día de éstos. Reunir a todos los vecinos. Los Chilton, los anteriores dueños de tu casa, siempre andaban organizando reuniones. Té helado los domingos, y limonada para los niños. Yo siempre lo digo: deberíamos conocernos todos. —Le sonrió desde debajo del sombrero de paja.

—Venga, no se quede al margen —añadió, y le alargó el bizcocho de mi madre.

El señor Green levantó un momento la vista, musitó algo, y comenzó a retirarse hacia su coche. Pero antes de abrir la

169

puerta, nos dedicó una fugaz e insegura seña, llevándose dos dedos juntos a la frente un instante. Me recordó las películas en las que un soldado saluda después de recibir una orden difícil. Luego abrió la puerta del coche, se metió dentro y se fue demasiado deprisa, sin volver la cabeza.

La señora Lauder se quedó mirando las luces traseras del coche hasta que se perdió de vista tras la esquina del centro comercial.

—Me pregunto si habrá estado casado —comentó.

—Creo que no —replicó mi madre, que continuaba rehaciendo fajos de billetes.

—¿Y por qué no? —preguntó la otra, caviladora.

—Vete a saber —le contestó mi madre con desánimo.

—Pues desde luego quería comprar tu bizcocho. Quince dólares. —Levantó las cejas—. Igual le podría haber vendido los pasteles de chocolate.

—Me ha picado una hormiga —anunció Luann. El viento soplaba más fuerte y ya habían empezado a caer unas gotas en la acera. La señora Lauder recogió los restantes platos y los metió en una bolsa.

—No, en serio. No se puede evitar pensar en cómo será un tipo así.

—¿Qué hacemos con los tenedores de plástico? —quiso saber mi madre.

Las hojas de los cornejos comenzaron a temblar, dejando ver el pálido envés cuando un relámpago fulgurante iluminó el cielo, seguido por un trueno un momento después. Iba a ser una auténtica tormenta de verano. Otro relámpago rasgó el cielo, y se oyó otro trueno.

—¡Pues gracias por la ayuda! —gritó la señora Lauder, que agarró a Luann del brazo para arrastrarla hacia el coche.

—¡A ti! —le contestó a voces, mientras el viento le revolvía el pelo y le agitaba la falda.

Antes de que llegásemos al coche nos alcanzó la lluvia, que empezó a caer de golpe, con tanta fuerza que las gotas rebotaban al llegar al suelo. En un momento el pelo de mi madre estaba chorreando, y la blusa rosa tan empapada que se transparentaba el encaje del sujetador.

—¡Corre! —jadeó, y abrió la puerta del coche con fuerza. El agua le corría por la cara y le goteaba de la punta de la nariz—. ¡Por lo que más quieras, métete ya! —Pero según me empujaba para que entrase en el asiento de atrás, echaba dentro las muletas y cerraba de un portazo, pude ver que sonreía.

Once

Esa misma noche, o la siguiente, me desperté gritando.
Había soñado que el señor Green se transformaba en un mono azul desnudo. Estaba agachado junto a la cómoda de mi dormitorio, tirándose del pene.
—Igual que un pulgar —graznó—, no hay de qué asustarse. —Sonrió y me hizo un gesto con una manita arrugada para que me acercase. Cuando lo hice, el pene se agitó hacia arriba y hacia abajo, y de repente se volvió enorme, del tamaño de una sandía. Luego se reventó, y él salió volando por toda la habitación, un globo pálido que iba perdiendo el aire con un pitido, mientras derramaba semillas de césped. Me chillaba: «¡Vuelve aquí, mierdecilla!».
—¿Te pasa algo? —me gritó mi madre desde el recibidor. Un momento después apareció en la puerta, atándose el cinturón del albornoz. Como no contesté, entró, se sentó en la cama y me agarró el pie bueno—. ¿Has tenido una pesadilla?
Seguí sin hablar. Poco después, me puso una mano en el cuello y preguntó:
—¿No me puedes contar lo que soñabas? —Pasado un rato, mientras me acariciaba el pelo y me arropaba los hombros con la sábana, le contesté que había soñado con el señor Green.
—Es asqueroso —exclamé, intentando ahogar mis palabras con la almohada.
—¿Cómo? —se inclinó hacia mí—. ¿Qué has dicho?
—Es raro —susurré, con más desesperación de la que hubiera querido. Pero me vino a la cabeza la visión del vecino,

con el torso desnudo y tatuado, agachado en el jardín poniendo ladrillos para hacerse una parrilla. Luego me acordé de cómo me había mirado a través del mosquitero del porche aquel día. En aquel gesto había implícita una reivindicación, una especie de reconocimiento mutuo.

—¡Es que me mira! —grité con la cara contra la almohada, y me eché a llorar.

Mi madre retiró la mano. Tapada con la almohada, no podía verle la expresión, pero noté cómo cambiaba la temperatura en mi cuarto. Cuando me habló, tenía la voz fría.

—Explícame exactamente qué es lo que quieres dar a entender, Marsha, cuando me dices que te mira el señor Green.

Nunca he sido de esas personas que saben retractarse de una mentira, o explican que hablaron sin pensar, y que no querían decir lo que dijeron. Una vez que he mentido, me veo arrastrada por la inercia de la historia inventada. No es que yo me convenza de que digo la verdad, es que ésta se vuelve flexible, o más bien, que se me presenta como algo totalmente relativo. Es una idea que da miedo, pero es inevitable si examinas cualquier verdad durante el tiempo suficiente; incluso resulta fríamente reconfortante.

Así que empecé a parlotear sobre cómo el señor Green me miraba cuando se bajaba del coche, cómo me atisbaba desde detrás del arbusto de lilas, las ojeadas que me echaba cuando cortaba el césped. Me fui calentando a medida que narraba la historia, sobre todo cuando me di la vuelta y vi cómo ella enarcaba las cejas. Le expliqué que se había quedado mirando el culito del bebé de los Sperling un día en que su madre salió al jardín delantero con el niño desnudo en brazos. También, que había contemplado fijamente las bragas de Luann cuando hacía el pino en el jardín y el vestido se le iba hacia abajo. Me inventé que andaba merodeando por la zona de juegos para ver a los niños bajar por el tobogán. Nada muy serio, claro, pero más que de sobra cuando han violado y asesinado a un niño a pocas manzanas de distancia y el culpable aún está en libertad.

—¿Te ha tocado alguna vez? —me preguntó, con la misma voz helada.

Pensé en los dedos romos del vecino cuando se acariciaba la calva, mientras alargaba la otra mano, temblorosa, para coger el vaso de limonada de lavanda que le ofrecía mi madre.

—No —admití—. Pero es un tipo muy raro.

—Escúchame —me agarró del hombro, clavándome las uñas a través del camisón—. Escúchame bien. Si el señor Green te da miedo, apártate de él. Pero no quiero que le reveles esto a nadie más, ¿entendido? Si hace algo que te ponga nerviosa, tú dímelo, pero por lo demás, ni una palabra. ¿Está claro? —Sostuvo una nota alta, incierta, en la voz. Le devolví la mirada. Un momento después, me soltó el hombro.

—Lo que me acabas de contar podría alterar mucho al vecindario —continuó, más sosegada. Me cogió la mano derecha y la retuvo entre las suyas, apretándome los dedos uno a uno—. Todo el mundo anda muy asustado, y cuando la gente tiene miedo es capaz de hacer cosas de las que luego se tiene que arrepentir.

Miró por la ventana hacia los cables de teléfono que atravesaban la calle. Desde ella se podía distinguir el edificio de Defensa, cerca del centro comercial. Quizá estaba viendo esas luces, y se preguntaba quiénes estarían trabajando allí a esas horas. Retiré la mano, cogí las gafas de la mesita de noche, y me coloqué una lente delante de un ojo como si fuera un telescopio. Estudié su rostro, demorándome en la pequeña «V» de la barbilla, los perfiles tranquilos de los pómulos, el leve defecto del labio superior. El cabello le colgaba lacio y seco en torno a las orejas; la parte alta de la cabeza parecía plana. Afirmé:

—Me es lo mismo. Me da asco.

Mi madre posó los ojos en mí.

—¿Quieres que vaya a hablar con él? ¿Quieres que le diga lo que me has contado?

—¡No! —grité.

—¿Esto tiene algo que ver con tu padre?

Por un instante me los representé a los dos juntos en el jardín delantero, el señor Green y mi padre. El primero, con sus zapatos finos, sus pantalones cortos de madrás y la camisa color caqui; mi padre, tan relajado y tan normal con sus gafas de aviador, traje y corbata. Cualquiera podría ver que no tenían nada en común. Hasta mi madre debería darse cuenta.

Durante otro momento evoqué los ojos azules y levemente triangulares de mi padre, y sus cejas finas y rojizas, que sabía levantar por separado. Tenía los dientes blancos, pequeños y cuadrados, con la excepción de una corona de oro que le brillaba en el fondo de la boca. «Mi tesoro secreto», la había llamado una vez, con una sonrisa de pirata.

—Marsha —murmuró mi madre. Me puso la mano en la espalda, frotándome la columna—, ándate con cuidado.

—Era lo mismo que me había dicho el inspector hacía unas semanas. Un consejo que, para mi pesar, pronto iba a incumplir.

Yo me había retirado hacia una esquina de la cama, con la cara dentro del ángulo en donde encajaba con un rincón. Mientras mi madre permanecía sentada a mi lado respirando en la oscuridad, mantuve la espalda rígida contando mi propia respiración. Por fin se levantó y salió de la habitación.

Notaba el frescor de las paredes contra las mejillas. Me apreté más contra el rincón, y me alegré al empezar a sentir dolor de cabeza debido a la presión. Cuando me desperté al día siguiente, todavía estaba en la misma postura, arrimada a la pared.

Era un miércoles, poco menos de dos semanas después del asesinato de Boyd, cuando recibimos la invitación para la barbacoa del señor Green. Esa mañana, muy temprano, nos dejó un pequeño sobre blanco en los escalones de la entrada, de modo muy parecido a como había depositado el bicarbonato para mi madre. Desde nuestro porche, pude ver otros sobres que había dejado también en los escalones de los Sperling y de los Morris, como pequeñas palomas planas.

Mi madre llegó al sobre antes que yo. Lo recogió y lo rasgó para abrirlo, dejando que la puerta mosquitera se cerrase de un portazo tras ella. Dentro había una tarjeta, que leyó parada en los escalones al sol de la mañana, mientras las pálidas hojas de glicina revoloteaban a su alrededor. Entró y me la alargó. Se sentó a beberse el zumo de naranja, y luego le puso mantequilla a la tostada mientras ojeaba la primera página del periódico.

La tarjeta estaba troquelada en forma de un osito de peluche con un globo en la mano. Impresa en letras mayúsculas aparecía la palabra ¡FIESTA! seguida de la frase EN CASA DE, tras la que había una línea en blanco, y después la palabra ¿CUÁNDO? A la que seguía otra línea. En la primera línea, con tinta azul, ponía, con la misma letra redondeada y trabajosa que habíamos visto en la ficha que acompañaba al bicarbonato: «Mister Alden Green, Junior. 23, Prospect Terrace». Tras ¿CUÁNDO?, había escrito: «El domingo. 5 de la tarde. ¡Los niños serán bienvenidos!».

Si hubieran estado Julie y Steven, seguro que habrían hecho algún comentario mordaz sobre la invitación

—¡Joder! —habría gemido Julie—. No puede ser en serio. Pero, vamos a ver, ¿para quién es la fiesta, para los Tres Cerditos? —Pero lo único que conseguí yo fue exhibir una mueca de horror ante el osito con su alegre globo.

Coloqué la tarjeta de pie contra el servilletero y observé a mi madre mientras se comía la tostada. Acabó de revisar la primera plana, pasó la hoja y siguió leyendo, tras limpiarse los dedos cuidadosamente en la servilleta. Se echó leche en el café, sin levantar los ojos del periódico, y se acercó la taza a los labios. Pasó otra página. Después me miró.

—¿Y bien? —preguntó—. ¿Se le ofrece algo?

—Yo no voy.

Tomó otro sorbo de café, y depositó la taza en el platillo con un golpe leve y seco.

—¿Tú vas a ir?

—Puede que sí.

—¿Por qué te cae bien?
—Hay mucha gente que me cae bien.
—Bueno, pero yo no tengo que ir.
—No —me confirmó, con la media sonrisa que reservaba para los vecinos y las cajeras del supermercado—. Desde luego que no.

Esa tarde me dediqué a observar al señor Green mientras inspeccionaba la parrilla para barbacoas. Había dado un repaso general al jardín trasero, se paseó una y otra vez entre la casa y el haya, y les dio la vuelta a la mesa de camping y a las dos sillas plegables de aluminio para colocarlas frente a frente. De repente se encontró ante el asador. Durante unos instantes se quedó allí parado, admirando la coqueta chimenea y las dos baldas incorporadas. Incluso se agachó, levantó la reja de la parrilla y examinó el hueco para las brasas.

No era capaz de mirarlo sin recordar el mono azul de la pesadilla. Pero tampoco podía encontrarle ningún defecto por más que lo buscaba. Era extremadamente cuidadoso. En todos los meses en los que lo habíamos tenido por vecino jamás había hecho un ruido fuerte, ni siquiera cuando estaba colocando ladrillos o dándole martillazos a una contraventana. En su césped nunca se encontraban bolsas vacías de patatas fritas, ni nacían hierbajos entre las grietas de la acera de delante de su casa. Era el vecino perfecto.

Sentada en el columpio del porche, con el cuaderno en las rodillas, me imaginaba la barbacoa como si ya hubiese pasado: las servilletas de cóctel compradas con semanas de antelación, que llevarían impresa una copa de martini o la caricatura de un borrachín simpático con la pantalla de la lámpara en la cabeza; el mantel de papel a cuadros rojos; los candelabros de vidrio grueso. Me lo figuraba empujando el carrito del supermercado hasta la caja para descargar platos de papel, tenedores y cuchillos de plástico, bandejas de salchichas y hamburguesas, panecillos, botellas de Coca-Cola, cartones de helado.

Se levantó después de trastear en el asador y se sacudió las briznas de hierba de las rodillas. Luego se acercó a la mesa de camping abandonada por los Chilton, que había reparado de forma que se tuviera en pie. Se pasó unos minutos contemplándola, con las manos en las caderas. Por fin se dio la vuelta para entrar a la casa, pero no sin antes mirar hacia nuestro porche. En la luz del atardecer, no podía discernir quién estaba allí sentada, pero en cualquier caso, levantó la mano para saludar.

El teléfono sonó cuando mi madre estaba doblando sábanas y toallas en el sótano. Incluso antes de descolgar, yo sabía que iba a ser mi padre.

A esas alturas ya se tendría que haber enterado de lo que había sucedido en su ausencia. Los periódicos de aquí habían estado llenos de noticias sobre el asesinato de Boyd Ellison; sin duda, algún periódico de Nueva Escocia habría recogido el suceso. Algún día se habría acercado a un quiosco a por un paquete de chicles, y allí lo habría visto: NIÑO ASESINADO EN BARRIO RESIDENCIAL DE MARYLAND.

—¿Dígame? —casi estaba temblando.

—¿Marsha? —Me costó un momento reconocer la voz de la señora Lauder—. ¿Está tu mamá?

Mi madre se plantó a mi lado. La había oído subir corriendo en cuanto sonó el teléfono. Me arrebató el auricular.

—¿Sí? —contestó con un tono excesivamente informal—. Ah, hola, Mavis. —Luego añadió—: Lo siento. ¿Que si voy a dónde? —Resopló lentamente, me dio la espalda, y se volvió hacia el fregadero, para ver su propio reflejo en el cristal oscuro de la ventana—. Sí, nos ha dejado una. —Tras otra pausa, dijo—: Todavía no lo he decidido.

Cogió un paño de cocina y se lo apretó contra el pecho. Aunque estaba vuelta, yo podía oír la voz de la vecina por el teléfono. Distinguí las palabras «estupidez» y «todo el vecindario» perfectamente.

—Supongo que le habrá parecido que así podía poner algo de su parte —afirmó por fin mi madre, con las mejillas encendidas. Se había girado hacia mí otra vez, para chasquear los dedos y señalarme la puerta. Yo no me moví del lado de la nevera, y ella me fulminó con la mirada y meneó la cabeza.

—Tú misma le contaste que los Chilton solían invitar a los vecinos. Vamos, Mavis. Quizá ni se le haya ocurrido que aún era demasiado pronto...

En ese punto la señora Lauder debió de interrumpirla, porque dejó de hablar y agachó la cabeza. Pasado un rato declaró de forma envarada:

—Estoy segura de que no pretendía molestar a nadie.

En el sótano, la lavadora produjo un sonido distinto al entrar en una fase nueva del ciclo; se oyó gorgoteo de agua y retumbaron las cañerías. En la calle, un coche pasó velozmente y tocó la bocina.

—Bueno —asintió, mientras se fijaba en el paño de cocina que seguía apretando—. Lo haré. Gracias por llamar.

Al otro lado de la calle empezaron a ladrar los perros de los Morris, sumando su sonido al coro compuesto por las tuberías escandalosas, la trepidante lavadora, el zumbido de la nevera y el tictac del reloj de pared. Mi madre colgó el teléfono.

—Ahora mismo no me digas nada.

—No pensaba hacerlo —contesté enfurruñada.

—Pues gracias. —Dejó el paño de cocina en la barra que había junto al fregadero. Luego sacó una botella de vino abierta de la nevera y se sirvió un vaso lleno.

Se lo llevó al salón y puso las noticias de la televisión. La cara bigotuda de Walter Cronkite llenó la pantalla. Mi madre me había dicho una vez que le habría gustado que ese periodista fuera su padre. Todas las tardes veía cómo presentaba las noticias del canal CBS, con los ojos llenos de discreta compasión por los desastres de este mundo.

—Qué hombre tan bueno —comentaba a veces—. Se nota que de verdad le preocupa lo que le pasa a este país.

Esa noche Cronkite nos informó de que la investigación en torno al caso Watergate se ampliaba. Parecía que le daba pena tener que decirlo, y miraba directamente a la cámara, metiéndose en nuestro salón, con esa voz profunda que se le volvía progresivamente honda, como si supiera más de lo que le parecía conveniente revelar.

—Pues claro que se amplía —le dijo mi madre al televisor. Acabadas las noticias nacionales, cambió a un canal local. El calvo presentador, que tenía un tono de voz mucho más alto que Walter Cronkite y, por lo tanto, resultaba menos compasivo, habló de un tiroteo mortal en Baltimore, pero no dijo nada sobre nuestro propio asesinato. Así había llegado yo a pensar en el caso: era «nuestro» asesinato, del mismo modo que uno habla del equipo local como «nuestro» equipo, o de un famoso de la zona como «nuestro» famoso. Lo cierto es que el presentador no hizo ni mención de nuestro asesinato, lo que me sorprendió, ya que me resultaba difícil imaginar que cualquier otra noticia pudiera ser más importante.

Doce

Acabábamos de terminar el desayuno al día siguiente, cuando un inspector con chaqueta azul de sport y pantalones marrones, perteneciente a la policía del condado de Montgomery, tocó con los nudillos en la puerta mosquitera. Nos mostró la placa y anunció que aún tenía que hacernos unas preguntas más, si a mi madre no le importaba.

Un arrendajo azul chilló desde lo alto del manzano. Era otra mañana calurosa y sin brisa, de ésas en las que el aire se llena del suave aroma a jabón de la colada, y las hojas cuelgan de los árboles como pañuelos mojados.

Mi madre abrió la puerta y le ofreció una de las sillas de director, y luego acercó la otra para ella. No tardé nada en reconocer al inspector Small, el mismo que ya nos había interrogado antes.

—Haz el favor de entrar, Marsha —me ordenó, mientras se estiraba la falda por encima de las rodillas y el inspector tomaba asiento, y remachó—: Ahora mismo, por favor.

—La verdad, señora, si no tiene inconveniente, preferiría que la niña se quedase. —El inspector Small me lanzó una atenta mirada sin sonreír.

—¿Ah, sí? —reaccionó ella, haciendo como que se reía, de forma poco convincente.

—Bueno, ya sabe usted que los niños a veces oyen cosas que a los adultos nos pasan desapercibidas.

Igual que los perros, se me ocurrió para mis adentros, aunque en ese mismo momento agarré el cuaderno con fuerza al pensar en que me iba a interrogar un inspector («un agente de la ley», empecé a llamarlo para mí).

Además, ¿quién podía ser mejor fuente que yo? ¿Acaso no había guardado todos los recortes de periódico que tuvieran que ver con el asesinato? ¿No tenía un cuaderno entero repleto de todo lo que habían dicho los vecinos, y lo que pensaba cada uno, y por qué lo pensaba? ¿No había conocido al niño en persona?

Para esas fechas la casa de Boyd Ellison se había convertido en parte de mi ruta habitual, con lo que quiero decir que iba por su calle tres o cuatro veces a la semana, cuando daba mis paseos por el vecindario con las muletas. Siempre tenía que esforzarme en concederme un intervalo de tiempo suficiente antes de darme la vuelta para pasar por delante de la casa otra vez. Por mucho que lo deseaba, por más que me sentía atraída, nunca era capaz de mirar a la casa directamente; tenía un aspecto demasiado corriente. Así que avanzaba impulsándome con las muletas y tenía que conformarme con los retazos que viera al recorrer su fachada, por el rabillo del ojo: unos ladrillos, el fulgor del sol en un cristal, el periódico enrollado en los escalones de la entrada.

El día anterior había invitado a Luann a que viniera conmigo, cuando ella estaba sentada en el jardín con Roy y Tiffany. Se levantó sin decir palabra y me siguió, sin mirar atrás siquiera. Yo me movía con las muletas por la calle, resoplando de calor y tarareando una cancioncilla de un anuncio de la tele, con un desenfado exagerado. Luann me seguía, con el pelo amarillo rozándole la nuca y los ojos fijos en sus sandalias pintarrajeadas con lápiz de cera. Sin embargo, cuando llegamos a casa de los Ellison, levantó la cabeza y miró hacia las ventanas. Mientras yo avanzaba rápidamente por la acera, ella mantuvo un paso calmoso y la escrutó a placer.

Sólo cuando regresamos a los escalones de mi porche y nos derrumbamos bajo la planta de glicina me atreví a indagar:

—¿Qué has visto?

Se encogió de hombros y dijo que una mujer delgada de pelo oscuro había abierto la puerta y se había quedado mirando la calle.

—¿Parecía triste? —quise saber.

Luann se volvió a encoger de hombros.

—¿Qué llevaba puesto?

—Un vestido.

—¿Negro? —pregunté enseguida. No contestó.

—Estoy intentando ayudar a resolver este asesinato —le informé. Luann admitió que se había fijado en que había un paraguas negro de caballero en la puerta de entrada, y que todas las persianas de arriba estaban bajadas.

—Mira esto. —Apoyé un codo en el escalón que tenía detrás y pasé rápidamente las hojas de mi cuaderno—. En alguna de estas páginas —anuncié, tocando una de ellas—, en algún sitio de este cuaderno, seguramente, hay una pista. Eso es lo que hacemos cuando pasamos por delante de su casa: buscar pistas. Hay que darse cuenta de todo si se quiere ver algo importante.

Asintió con la cabeza a la vez que se frotaba, distraída, una mancha de tierra en la rodilla. Al otro lado de la calle, los terriers empezaron a aullar y a arañar la puerta de entrada de los Morris, desde dentro, cuando oyeron al cartero que se acercaba. Seguramente despertaron al bebé de los Sperling, porque comenzó a berrear desde una de las ventanas del piso de arriba. Por fin Luann alzó la vista.

—Mi padre dice que lo ha matado un pervertido.

—¡Eso ya lo sé! Eso lo sabe todo el mundo. Y tú, seguramente, no sabes ni lo que quiere decir.

—Sí que lo sé. —Puso cara de ofendida.

—Ése. —Moví el pulgar en dirección a la casa del señor Green—. Ése es un pervertido.

Luann echó una ojeada a la casa del vecino, con sus azaleas y sus caléndulas junto a los escalones de la entrada.

—Sí que lo es —afirmé, subiendo de tono—. Aquí tengo páginas enteras. Se esconde entre los arbustos. Lo he visto.

185

Se esconde entre los arbustos, a veces justo al lado de casa de los Ellison. Yo lo he visto.

A esas alturas ya me daba igual lo que decía; lo único importante era que había captado toda la atención de Luann.

—¿No has notado un ruido de hojas allí hoy, en los arbustos junto a la casa?

—¿Un gato? —preguntó, casi en un susurro.

—No —sentencié, exultante—. Era él.

Luann se me quedó mirando. Pasado un instante volvió a frotarse la rodilla, dejando escapar pequeños suspiros por la comisura de los labios.

—Mi papá dice que ya no sirve de nada pillar a nadie —anunció por fin—. Dice que siempre habrá otro esperando para hacer lo mismo.

Un rayo de sol se había infiltrado entre las hojas de los álamos y se derramaba sobre nuestras cabezas. Alcé una mano para sentir el calor sobre el pelo, y noté cómo se metía hasta el cuero cabelludo. Me pareció que el cartero tardó horas en cruzar desde casa de los Sperling y subir por nuestra entrada para dejarle un paquete de revistas a mi madre. Nos saludó mientras lo metía en el buzón, con medias lunas de sudor marcadas bajo las mangas de la camisa.

—Vete a casa —le dije a Luann cuando el cartero hubo regresado a la acera—. ¿Por qué no te vas?

Se puso en pie y empezó a hacer una especie de baile de saltitos por el césped en dirección a su casa. Sólo cuando llegó allí me di cuenta de que estaba remedando mi forma de caminar con las muletas. Levantaba los hombros hasta casi tocar las orejas y caminaba con una cojera arrastrada, como alguien que intentase andar con una persona agarrada a la pierna.

Cuando hubo subido los escalones de su casa se dio la vuelta y me sonrió, y luego formó unos prismáticos con los puños y los dirigió hacia mí.

—¿No te importa que tenga que hacerte unas preguntas? —comenzó el inspector. Yo dije que no con la cabeza.

Apretó el botón de su bolígrafo varias veces, por encima del bloc de notas. A pesar del calor tenía aspecto fresco, aunque la frente estaba húmeda. Mi madre sonrió, alterada. Él la miró unos instantes, quizá para comprobar si se ponía más nerviosa, antes de empezar a preguntarle. ¿Cuánto tiempo había vivido allí? ¿Se llevaba bien con los vecinos? ¿Conocía al niño muerto?

Contestó *sí* a todo, pero yo me percaté, por la inclinación de su barbilla, de que sentía que estaba faltando a la verdad. Se comportaba del mismo modo en los grandes almacenes cuando se disparaba una alarma, como si tuviera miedo de ser ella quien hubiera robado algo. No pasó mucho tiempo hasta que comenzó a contestar preguntas que no le había hecho.

—Boyd... el niño que... una vez vino aquí a una reunión de los *Boy Scouts* pequeños. Mi hijo...

El inspector Small asentía con la cabeza, sin animarla ni desanimarla a seguir, hasta que mi madre le hubo contado todo lo que podía recordar sobre Boyd Ellison, incluida la acusación sin pruebas de Steven de que Boyd había robado dinero de la recogida de papel de los *Scouts*.

Pero pronto quedó claro que sobre todo le interesaba lo que ella pudiera saber sobre el señor Green.

—¿Es nuevo en este barrio, verdad? ¿Vive solo? ¿Pocas visitas? ¿Diría usted que es un tipo sociable, o más bien esquivo?

—Yo diría —declaró mi madre, tras una pausa—, diría que intenta ser un buen vecino.

—Tengo entendido que va a dar una especie de fiesta.

—Una barbacoa. Lleva algún tiempo planeándolo. ¿Quizá tres semanas? Antes de que pasara todo esto.

Las orejas del inspector Small le sobresalían de la estrecha cabeza como dos picaportes. La luz de la mañana que brillaba detrás de él se veía roja a través de sus pabellones, lo cual le daba un aspecto electrificado. Esta impresión se veía aumentada por el hecho de que su pelo, corto y oscuro, se proyectaba en punta desde la frente, y sus cejas pesadas se disparaban hacia arriba según escuchaba, como si hasta las respuestas más insignificantes le suministraran una leve descarga.

—Entonces, ¿cuánto hace que se mudó el señor Green? ¿Tiene algún pariente, que usted sepa? ¿Dónde vivía antes?

—Mire, quiero colaborar —aclaró mi madre— pero no tengo nada que contarle. —Se echó para atrás en la silla, dejando caer la mano que había estado revoloteando en torno a su labio. El arrendajo azul volvió a chillar—. El señor Green parece un hombre muy amable —añadió—, pero apenas lo conozco.

El inspector alzó las cejas, ya fuera por incredulidad o por resignación.

—Le estoy diciendo la verdad —insistió, y me pregunté si se daría cuenta de hasta qué punto semejante afirmación le restaba credibilidad—. ¿No ha hablado usted con él en persona?

—Todavía no. —Los ojos del inspector adquirieron una opacidad oficial.

—¿Y no hay nada...? —Mi madre se tiraba del borde de la falda.

—¿Se ha mudado alguien más a esta zona últimamente?

Ella negó con la cabeza. Luego preguntó:

—¿Usted cree de verdad que el hombre que lo hizo... cree que quien fuera... vive en este vecindario?

Los ojos del inspector Small tenían el mismo tono marrón oscuro que sus pantalones. Se le veían capilares rojos en la córnea, y los párpados inferiores tenían aspecto manchado.

—¿Por qué piensa eso? —le preguntó mi madre respetuosamente.

—No es que lo creamos. Es que no tenemos ninguna razón para descartar esa posibilidad. —Apretó repetidamente el botón de su bolígrafo. Luego se encogió de hombros, se arregló la corbata, y comprendimos que la entrevista había terminado.

—¿Le importaría deletrearme su apellido, por favor? —pidió mientras escribía en su bloc—. ¿Y darme su número de teléfono?

—¿Y ahora qué va a pasar?

—Prosigue la búsqueda. Daremos con él.

Justo cuando estaba a punto de marcharse, no me apetecía que lo hiciera. Me gustaba ver su chaqueta de sport en nuestro porche, azul intenso contra el mimbre desvaído de los muebles y las begonias un tanto marchitas que mi madre se olvidaba de regar. No podíamos estar más seguras, con un policía en nuestra casa. Quizá jamás volveríamos a estarlo tanto. El inspector Small ya parecía saberlo todo sobre nosotras. Me gustaba el aire de capacidad que tenía, esa sensación de que todo lo que hacía ya lo había hecho antes. Era alguien a quien nada podría sorprender, por horrible e inesperado que fuera.

Y además, no me había preguntado nada. Yo esperaba que me interrogase.

—¿Le apetece un café? —Mi madre se lo ofreció de repente; quizá con el mismo deseo de que no se marchase. El inspector negó con la cabeza, pero esta vez sonrió.

—Aquí está mi tarjeta. Yo tengo su número, por si me hiciera falta.

Mi madre la cogió, se llevó la mano a los labios y asintió sin palabras.

—¿Cuándo vuelve su marido? —Se metió el bolígrafo en el bolsillo—. Me gustaría preguntarle lo mismo que a usted.

—Mi marido me abandonó en marzo. No lo he visto desde finales de junio. Se fue a Canadá.

Por un momento el inspector la estudió como si intentara decidir si le decía la verdad o no.

—Bueno, vale —dijo por fin, y se puso en pie mientras cerraba el bloc—. Lo siento —añadió un poco sonrojado, y se llevó la mano a la nuca.

—No pasa nada.

Al abrir la puerta del porche, se paró y nos miró con la expresión recompuesta, de nuevo judicial.

—Gracias. Les agradezco su ayuda —nos dijo, según se daba la vuelta.

Pero antes de que hubiera traspasado el umbral, y sin que mi madre lo pudiera impedir, decidí soltar lo que deseaba, lo que ansiaba declarar si me daban la oportunidad:

—No nos gusta. No le gusta a nadie.
—¿Qué? —las cejas negras del inspector subieron y bajaron—. ¿No les gusta quién?
—Perdóneme, inspector —terció mi madre abruptamente—. Disculpe, pero le ruego que se haga cargo de que mi hija está muy alterada con todo lo que ha sucedido. —Lo miró con firmeza, y después a mí—. En este momento los hombres no le agradan especialmente.
—¿Es cierto, Marsha? —me preguntó el inspector, que ya no estaba tan sorprendido—. ¿Y yo? ¿Te gusto yo?
—A usted no lo conozco —respondí, haciendo caso omiso de mi madre.
Para entonces el inspector Small había dejado que se cerrase la puerta y estaba apoyado contra el quicio con sus grandes brazos cruzados. Era imposible determinar hasta qué punto le interesaba lo que yo le pudiera revelar. Además, inclinó la cabeza de modo que le cayó una sombra sobre la cara, ocultándole las cejas.
—Bueno, Marsha. Dime quién no te gusta.
Se me habían secado los labios, y la garganta también.
—El señor Green —articulé por fin—. Me observa. A mí y a los niños del barrio.
—¿Pero cómo los observa?
—No sé.
—¿No lo sabes?
—No. Los mira —afirmé. Mi madre me lanzó una mirada de tal intensidad que parecía que quisiera atravesarme el cráneo para ver qué me estaba pasando dentro del cerebro.
El inspector siguió apoyado en la puerta; quizá contaba hasta diez como le habrían enseñado en la academia de policía. («Denle tiempo al testigo. Dejen que sienta la presión de un silencio»). Por encima de su cabeza, a la izquierda del dintel, una arañita marrón se movía en su tela, agitando las finas patas. Desde el fondo de la calle llegaba el leve *poc-poc* de alguien que estaba picando piedra. Me hubiera gustado

decir algo más, pero no se me ocurría nada. Por fin el inspector suspiró y se separó del marco de la puerta.

—Está bien, Marsha. Seguramente no es importante. Pero si tienes algo más que contar sobre este señor Green, cualquier cosa que sea, tú dímelo.

La puerta se cerró. Un momento después pudimos ver cómo menguaba la espalda arrugada de su chaqueta azul a medida que se dirigía hacia el sol de la acera dejando atrás las plantas de nuestro jardín. Se giró hacia la derecha para examinar un momento la cuidada casa del señor Green, con las manos en las caderas. Ese gesto hizo que la chaqueta se le abriese lo suficiente como para mostrar la bandolera negra. Luego cruzó la calle y tocó el timbre de los Sperling.

Salió ella, con un albornoz rosa. Pasado un instante se echó atrás, y el inspector entró. Se cerró la puerta.

—Bueno —me dijo mi madre por fin, con voz tranquila—, supongo que estarás contenta. Espero que te des cuenta de lo que acabas de hacer esta mañana.

—Sí —le contesté.

—Me alegro —prosiguió con el mismo tono tranquilo—, porque una persona tiene que saber cuándo ha cometido un error del que se va a arrepentir más adelante.

En el jardín un perro de caza desconocido recorrió nuestro césped trotando, con el collar tintineando y el hocico pegado al suelo. No paró de husmear acá y allá por la hierba, sin encontrar nada, pero absorto en la búsqueda, hasta que se perdió de vista.

—Yo no he cometido ningún error.

Mi madre deslizó la tarjeta del inspector bajo una maceta de begonias, se puso en pie y me dio la espalda.

—Esperemos que no.

Entonces fue cuando le tiré el cuaderno. Se lo arrojé lo más fuerte que pude, de modo que me dolió cada tendón y cada ligamento al echar el brazo hacia atrás para luego lanzarlo hacia delante. El cuaderno atravesó el porche volando, y la golpeó entre los omóplatos, justo donde el cierre del sujetador se le marcaba en la fina tela blanca de la blusa.

Se tambaleó un poco, adelantando las manos hacia el mosquitero. El cuaderno aterrizó abierto a sus pies, detrás del talón de la sandalia izquierda. Una de las páginas se dobló al caer, y por algún motivo, eso me horrorizó. Me pareció una ofensa tan grave como lo que le acababa de hacer a mi madre.

—Recoge eso. —No se dio la vuelta. Yo no me moví, y repitió—: Recógelo.

En ese momento me pareció muy difícil alcanzar las muletas para llegar hasta allí, así que las dejé apoyadas contra la mesa y empecé a avanzar a gatas.

Me aproximé hasta donde ella permanecía, junto a la puerta mosquitera, y alargué la mano para retirar el cuaderno. Me hallaba lo bastante cerca como para distinguir la piel a través del nailon de las medias, y hasta un pelo suelto que se había enganchado entre el nailon y la piel, justo encima del tobillo. La pierna le tembló.

Pero no se movió. Esperó hasta que hube regresado arrastrándome al otro lado del porche. Luego se dio la vuelta, sin ninguna prisa, de forma natural, como si se le hubiese olvidado decirme algo.

De un modo lento y torpe me di cuenta de que había estado esperando todo el verano a oír las palabras que iba a pronunciar a continuación. Desde que mi madre se había encontrado sola en casa con los gemelos y conmigo; desde la noche en que me derribó de una bofetada; desde el momento en que le dije que odiaba al señor Green, había estado esperando para revelarme algo.

Y quizá si en ese momento me hubiera hablado, aunque fuera para ordenarme que me fuese a mi cuarto o a fregar los platos, todo podría haber resultado muy diferente. Pero lo único que salió de su boca fue:

—Tengo que ponerme a trabajar.

Pasó por encima de mis piernas y me abandonó en el porche con el cuaderno.

Trece

—Vamos a ver, Marsha, ¿serías capaz de ponerte esto? —Mi madre levantó una apolillada camiseta de béisbol de los Orioles, el equipo de Baltimore, que mi padre me había regalado hacía dos veranos, e insistió—: Dime, ¿la llevarías?
—Sí. —Lo mismo le había respondido a propósito de unos pantalones vaqueros que me venían cortos, una falda de pana con el dobladillo rasgado y un bañador de dos piezas que se había quedado casi sin elásticos.

Los gemelos llevaban una semana fuera. Era domingo por la tarde —una tarde sofocante, sin brisa— y, hartas del calor, de estar una con la otra, y del siseo de los aspersores abiertos en los jardines de nuestros vecinos, habíamos decidido dedicar unas horas a «hacer algo útil». Así que estábamos en su dormitorio, reuniendo un montón de ropa para Goodwill, una organización caritativa.

A lo largo de los últimos días nos habíamos ido ajustando a un cortés horario de comidas y pequeñas tareas, y nos acostábamos un poco más pronto cada noche. Ninguna de las dos se había disculpado. Se diría que cualquier excusa hubiera resultado superflua.

Los platos del desayuno se quedaron sin recoger aquella mañana en que nos visitó el inspector. Permanecieron en la mesa durante la comida y toda la tarde, con una mosca que daba vueltas por encima de las tazas y platos, los restos de tostada y de mantequilla, y las manchas de zumo en el mantel. Mi madre, por fin, limpió la mesa esa noche, después de que yo me acostara. Cuando bajé a desayunar al día siguiente, la mesa estaba puesta con todo esmero; la mantequilla en su mantequillera, el zumo de naranja en su jarra, todo sobre un mantel limpio. Sólo los platos seguían sucios. No los había tocado.

Ninguna de las dos dijo nada sobre eso. Desayunamos en silencio en los platos sucios. A la mañana siguiente, sí estaban lavados.

Ahora, mientras mi madre, descalza, examinaba un montón de camisetas y pantalones vaqueros que se les habían quedado pequeños a los gemelos, yo estaba echada en su cama, junto a la ventana, escuchando el canto de un grillo que llegaba de abajo. Sólo faltaban dos horas para la barbacoa del señor Green, y ella aún no había aclarado si iba a ir. Basándome en el dato de que había tirado la invitación a la basura, yo había deducido que no pensaba ir, pero que no sabía cómo decírselo. Y por eso había decidido hacer limpieza de armarios.

Una vez que acabó con los de los gemelos, comenzó con el suyo. Una bata de casa color beige fue volando hasta el montón, seguida de un par de botas blancas de charol, cuarteadas, con cremalleras en los lados, y una blusa de manga larga. Luego se sumaron un bolso de rafia blanco decorado con mariquitas, y algo brillante que podría ser un camisón.

De repente se quedó inmóvil delante del espejo de cuerpo entero que había junto a su cómoda, sosteniendo un vestido de algodón color rosa fresa, que tenía unos botones de plástico en forma de girasoles del tamaño de fichas de casino, casi idénticos a los pendientes que llevaba tía Ada el día en que se presentó en casa a pedirme que no le dijera a mi madre que había venido. De hecho, bien podría haber sido un vestido que se hubiera comprado Ada a juego con los pendientes y que luego le hubiese prestado a mi madre. Al acordarme de la visita de Ada y del pendiente de girasol que seguía en el cajón de mi ropa interior, me quedé quieta y callada.

Pero mi madre no me estaba haciendo el menor caso. Se estaba mirando en el espejo, y examinaba su reflejo mientras se ajustaba por delante el vestido rosa, y ladeaba la cabeza. Era un vestido mini que hacía años que yo no le veía puesto; se lo había comprado para el viaje a Miami que hizo con mi padre en su décimo aniversario de boda. Él lo llamaba el vestido «imponente».

—¿A ti qué te parece —me preguntó por fin—, voy o no voy? —Se metió en el cuarto de baño para probárselo, y volvió a salir—. ¿Qué piensas ahora? —El vestido corto y claro la hacía parecer delgada y cansada, pero llena de determinación. Separó los brazos del cuerpo, de espaldas al espejo.

—Pareces una barra de labios.

—¿De qué color? —Sonrió por primera vez ese día—. ¿Magenta mágico? ¿Abrazo violeta? —Se rió y esbozó unos pasitos de baile—. ¿Neblina decadente de fulgor de rubí?

Al verla posar ante el espejo me acordé de las historias que solía contar sobre ella y sus hermanas. Hasta ese momento no me había dado cuenta de lo mucho que echaba de menos a las Chicas Mayhew, esas hermanas decididas que usaban carmín colorado y ocultaban que llevaban ropa interior hecha con fundas de almohada bajo faldas negras de algodón, además de conjugar verbos latinos (*amaveram, amaveras*) con la arrogancia cadenciosa y concienzuda de una reina. Todas juntas sentadas sobre la cama, pintándose las uñas de los pies unas a otras. Las cuatro fumando cigarrillos bajo el aislante del tejado del ático de casa de su madre, muertas de risa y de tos en medio de una neblina de humo de nicotina. Un amasijo de piernas largas, brazos largos: una hija con cuatro cabezas. Ya conocéis a Fran-Claire-Lois-Ada. Habían sido tan magníficas, tan insuperables. Nunca había habido sitio para nadie más.

—Rosa pasión —probó mi madre, moviendo las caderas.

En ese momento, un globo rojo voló por delante de nuestra fachada. Se quedó suspendido en el aire, limpiamente enmarcado en la ventana, y luego se lo llevó una ráfaga de brisa.

Me subí a la cama y me asomé para ver al señor Green con sus pantalones de madrás y la camisa caqui. Estaba disponiendo cuatro sillas plegables en semicírculo en torno a la parrilla.

La calva le aparecía y desaparecía según se agachaba a abrir las patas de una mesa de juego plegable, y luego se ponía en pie para colocarla junto a las sillas. Dio un paso atrás para examinar el efecto un momento, y finalmente trasladó la mesa a la izquierda del asador. Bajo el haya había varias bolsas con paquetes de servilletas y platos de papel, cubiertos de plástico y un transistor. Aquí y allá, algún globo rebotaba contra los ladrillos.

Desapareció por la puerta trasera, pero se volvió a materializar un minuto después, con una jarra de plástico y un paquete de panecillos para perritos calientes, que depositó sobre la mesa muy afanado, y luego, como toque final, encendió la radio, y la estuvo sintonizando hasta que encontró una emisora que emitía música folk.

«¿Adónde te has ido? —balaba una voz masculina muy nasal—. ¿Volveré a verte?». El señor Green retrocedió para contemplar la mesa. Luego recolocó las servilletas de papel que estaban junto a los platos y alineó el paquete de tenedores con la jarra. Retrocedió de nuevo. Un instante después, situó los panecillos junto a los platos de papel. Centró la sintonía de la radio.

Un globo naranja le llegó rodando hasta el talón. En ese momento arrancó un cortacésped en un jardín; empezó como un tartamudeo y enseguida pasó a ser un rugido. El señor Green levantó la cabeza al oírlo y frunció el ceño.

—Marsha —me susurró mi madre al oído—, apártate de la ventana.

A las cuatro y media de esa tarde, el señor Green estaba sentado en una de sus cuatro sillas plegables. Se levantó para abrir la bolsa de carbón de leña que tenía apoyada contra la parrilla. La sacudió para que salieran algunos trozos y la cerró, doblando la parte superior dos veces con cuidado. Luego cogió una lata de líquido inflamable y echó un chorrito sobre el carbón. Encendió una cerilla y la dejó caer sobre los carbones. Se apagó.

Prendió otra, y otra más. Por fin empezaron a salir llamas, que casi le lamieron la mano extendida antes de meterse entre los carbones.

Pasados uno o dos minutos, se agachó para comprobar cómo iba el fuego y puso una mueca de desagrado. Acababa de volver a coger la lata de líquido inflamable cuando mi madre, que había pasado de hacer limpieza en su ropero a hacerla en el cuarto de baño de arriba, con el vestido mini aún puesto, se me acercó por detrás y apoyó las palmas de las manos contra el alféizar.

—¡Ya está encendido! —gritó hacia abajo—. Ahora tiene que esperar a que el carbón se caliente.

El señor Green miró hacia donde estábamos, guiñando los ojos a causa del sol. La cara de fastidio se le borró inmediatamente. Saludó con la mano, y antes de que mi madre pudiera anunciarle que no iba a asistir a su fiesta —para la que faltaba un cuarto de hora—; antes de que llegara a afirmar que lo sentía mucho, pero que le había surgido un imprevisto ineludible, qué lástima; antes de que consiguiera ni tan sólo aclararse la garganta, desapareció en el interior de su casa.

Ella pasó por mi lado con la mano en uno de los botones de girasol, camino de la puerta. Se detuvo un momento antes de bajar las escaleras.

—He visto quemaduras muy graves debidas al líquido encendedor —me contó—. Personas que creen que se ha apagado el fuego. Echan más líquido y las llamas suben por el chorro y hacen que estalle la lata. —Se tocó la frente con la muñeca, inquieta.

—Por cierto —añadió—, pensaba decírtelo. Me han hecho una oferta por la casa. —Su dormitorio olía a perfume rancio y a la piel de plátano que yo había dejado sobre la mesita de noche. En el aire brillaban motas de polvo doradas. Se dio la vuelta, y vi la delgada curva de su hombro desnudo mientras se dirigía a la puerta—. Es una oferta buena —la oí decir—; al menos, es razonable.

Salió al rellano, en donde titubeó un momento.

—No sé qué vas a hacer tú, pero yo voy a empezar a preparar la cena.

Una nube pasó por delante del sol y oscureció la habitación. Cerré los ojos, y los volví a abrir.

El señor Green reapareció en su jardín. Se sentó de nuevo en una de las sillas, y esta vez cruzó las piernas. Se oía vagamente una música de guitarra procedente del transistor, que seguía sobre la mesa. Desde donde yo estaba, su calva enrojecida por la luz del sol vespertino parecía una diana. Como si hubiera notado que estaba siendo objeto de observación, levantó la mano y la cubrió con unos cuantos mechones de pelo, peinándose con los dedos.

Detrás de él, una polilla revoloteó, pálida como un trozo de papel rasgado. Miró el reloj de pulsera, y luego se agarró a los brazos metálicos de la silla.

A las seis menos cuarto continuaba allí sentado. Abajo, mi madre había empezado a freír carne picada; el ruido que hacía llegaba hasta el piso superior. Se oía el abrir y cerrar de la puerta de la nevera.

En su jardín, el señor Green no había cambiado de postura desde hacía media hora. Miraba al frente fijamente, asido con fuerza a los dos brazos, como si la silla se desplazara a toda velocidad y temiese que fuera a chocar contra el asador y a catapultarlo hasta el jardín de al lado. En torno a su cabeza revoloteaba un halo de mosquitos. En los árboles las chicharras zumbaban como una lata llena de guijarros.

En el transistor terminó un tema musical y comenzó otro. Desde la casa de los Sperling llegaba la musiquilla de una canción para niños. En el cielo, un reactor se alejó del Aeropuerto Nacional, produciendo una estela de ruido que momentáneamente silenció todo lo demás. Cuando se desvaneció, se oyó la voz de la señora Lauder que gritaba: «¡Lu-ann, Lu-ann!». Una puerta mosquitera se cerró de golpe. Unas casas más abajo, alguien hacía botar un balón de baloncesto; quizá uno de los hermanos Reade. Después se distinguió el choque del balón contra el aro. Al otro lado de la calle, los terriers de los Morris ladraron al unísono. El señor Green seguía mirando fijamente al frente desde su silla de aluminio, con una preocupación tan distante como la de un astronauta. Percibí cómo se volvía cada vez más pequeño, como si cuanto más siguiera en esa silla, más quedase excluido de lo que pasaba en el mundo.

En cuanto se percató de que mi madre se le acercaba por el césped, soltó los brazos de la silla y juntó las manos sobre el regazo. Luego se levantó cojeando —se le debía de haber dormido una pierna— y dio un par de pasos vacilantes hacia ella.

Cuando la tuvo cerca, levantó una mano. Ella iba descalza, y seguía llevando el vestido mini rosa.

—Esto es para usted —le dijo, y le ofreció una piña. Él dejó caer la mano y miró la piña profundamente sorprendido. Luego la cogió y la puso sobre la mesa plegable.

—Gracias —musitó—. Siéntese, por favor.

Le señaló una silla, y con una torpe semirreverencia mi madre la ocupó y dirigió la mirada a la atiborrada mesa, sobre la que ahora descansaba su piña, como una cabeza pequeña y atónita, entre paquetes de patatas fritas y panecillos de salchicha.

Él se sentó en la silla de al lado, que parecía algo inestable bajo su peso, como si se hubiera olvidado de desplegar bien las patas. Se frotó las manos.

—¿Le apetece un vaso de vino?

—Sí, gracias —exclamó ella, como si eso fuera lo que más deseara del mundo.

Después de servirle un vaso de plástico de vino blanco, el señor Green se dirigió a la parrilla para abanicar las llamas con un periódico doblado. Luego volvió a la mesa a coger un cuenco de patatas fritas que le alargó a mi madre. Pareció aliviado cuando ella aceptó un puñadito. Le ofreció más vino.

—Gracias, así está bien. —Levantó el vaso para que comprobara que seguía casi lleno—. Sólo puedo quedarme un ratito. —Él asintió, ensimismado.

—Creo que debería poner las hamburguesas. ¿O prefiere salchichas?

Yo sabía que mi madre estaba a punto de decir que no quería una cosa ni otra, pero en lugar de hacer eso, le soltó un papirotazo a un mosquito. Él había regresado a la mesa otra vez para sintonizar la radio, y debió de tocar el volumen sin advertirlo, pues de repente una voz chilló: «¡Fuera plomo! ¡Utilice la gasolina limpia!». Se volvió para mirar a mi madre, con la sonrisa helada.

—Tomaré lo mismo que usted.

—Puede escoger hamburguesa o salchicha —le indicó, y apagó la radio—. Tengo de todo.

Se quedó mirando a la mesa repleta con los brazos caídos. Pero cuando ella hizo ademán de levantarse, él se irguió y le dedicó una mirada casi admonitoria.

—Parece que me equivoqué al poner la fecha en las invitaciones.

—Ah. Seguro... estas cosas pasan a menudo. Me contaron de una fiesta... no acudió nadie, ¿sabe? Y fue porque la anfitriona se confundió de mes en la invitación. Abril en vez de mayo. ¿Se lo imagina? Resultó... —se detuvo abruptamente, tal vez consciente del tono de histeria de su voz—. Creo que sí tomaré un poco más de vino, gracias —añadió tras un instante, y le tendió el vaso.

Cuando él se inclinó para llenárselo, sus ojos se encontraron y ella le sonrió.

—Todavía es pronto —le dijo—. Puede que aún vengan.

—Sí —replicó él.

En el piso de arriba, yo acomodé la barbilla sobre el dorso de una mano, apoyada en el alféizar. ¿Se habría acordado de apagar el fuego de la carne picada que había estado friendo? ¿Se habría fijado, al salir, en si la puerta de la nevera se quedaba abierta?

Ahora, al recapacitar, no me cuesta comprender cómo mi madre se metió en el jardín del señor Green esa tarde. Durante todo el tiempo en que estuvo preparando la cena debió de estar viéndolo por la ventana de la cocina, allí sentado en su silla inestable, con la camisa caqui que se iba fundiendo con el atardecer. Supongo que fue el efecto acumulativo de esa escena lo que finalmente la impulsó a lanzarse torpemente hacia la puerta, como si la carne picada ya se hubiera quemado, como si la casa entera estuviese llena de humo. Porque, tal como lo recuerdo ahora, sí que había algo terrible en el aspecto del vecino esa noche. Algo lo bastante potente como para que mi madre saliese corriendo de la casa, descalza, a medio vestir, sin pararse más que para agarrar una piña que estaba junto al tostador. Volviendo la vista desde el ocupado espacio de su cocina, debió de distinguir al señor Green agarrado a los brazos de la silla, un planeta solitario en un jardín verde oscuro rodeado por una constelación de globos y platos de papel. No creo que la compasión tuviera mucha relación con su decisión de salir de la casa. Me imagino que era una especie de rabia, y una especie de miedo.

Lo que tuvo que hacer que le llorasen los ojos a mi madre esa tarde de verano, lo que la obligó a salir corriendo hacia la puerta de la cocina, hubo de ser la furia del miedo mortal; del terror que produce comprender de repente que estás sola en un mundo vasto, y que un día sucederá algo mucho peor de lo ocurrido hasta entonces; te pondrás enferma y morirás, o te matarán, o incluso morirán tus hijos, y nadie podrá evitarlo, si es que alguien lo intenta, y estarás abandonada.

Cuando mi madre miró por la ventana de la cocina, tuvo que darse cuenta de que algo así le podía pasar a ella. Le iba a suceder a ella. Mientras tanto, le estaba pasando a otra persona.

Por supuesto que es verosímil que yo exagere la deserción de mi madre esa tarde, cuando me dejó la cena a medio hacer para ir a presentarse al señor Green como una cesta de fruta. Es posible que sólo se sintiera solidaria con sus rarezas. Incluso cabe que quisiera ser mejor samaritana que la señora Lauder. O quizá tan sólo deseara demostrar cuán precariamente estábamos unidas esos días ella y yo; que ella podía escoger, igual que mi padre, del mismo modo. Puede que fuera una mezcla de todos estos sentimientos lo que la impulsó a salir corriendo por el césped, con las piernas desnudas, a la vista de todo el vecindario, con un vestido mini y una piña en la mano.

Y ahora el señor Green se inclinaba ante ella, como un camarero, con una jarra de cristal llena de vino.

—¿Sabes? —le dijo alegremente— Después de todo... lo siento... creo que no debo tomar más. —Retiró el vaso.

—Hay mucho vino. —Levantó la jarra y permaneció así hasta que ella alargó el vaso.

Pasado un rato se volvió a sentar al lado de ella, sin beber nada. De hecho, sus manos parecían especialmente vacías. Las sostenía ante sí como si llevase guantes de goma.

Al otro lado de la calle, los terriers de los Morris empezaron a ladrar otra vez. Me pregunté cuántos vecinos estarían atisbando.

—Mi marido... —soltó mi madre de repente; luego lanzó una risotada que parecía un eco de los ladridos de los perros—. Mi marido. Larry. Mi marido se llama Larry. Siento que no hayas tenido ocasión de conocerle... a Larry. Sabes, hace tiempo que está fuera de casa. Lo cierto es que tiene que viajar. Si no, ya lo habrías... ya lo... —se llevó el vaso de papel a los labios.

El señor Green permaneció silenciosamente atento en su silla, con la cara y el pecho de color caqui expuestos frente a mi madre como una pizarra. Bajo la manga de la camisa, la sirena estaba en reposo, esperando a que flexionase el brazo y la hiciese bailar.

Ella se inclinó para dejar el vaso sobre la hierba. Al hacerlo, debió de percibir su picante olor a cebolla y, al mirar hacia arriba, tuvo que notar la irritación del afeitado en el cuello, y quizá incluso vislumbró fugazmente la punta coqueta de la cola de la sirena. Se aclaró la garganta y se irguió en la silla.

—Estoy separada... como quizá habrás supuesto. Mi marido...

Hizo una pausa tan larga que parecía que se hubiera olvidado de lo que iba a decir. Por fin él la ayudó:

—¿Su marido...?

—Me ha dejado.

—¿La ha dejado? —Se removió en la silla.

—No pasa nada —le aseguró ella, igual que al inspector unos días antes.

Tal vez fue el recuerdo del inspector Small de pie en nuestro porche, una mancha azul sobre el color del mimbre y el verdor de las plantas, lo que la indujo a inclinarse demasiado en la silla para coger el vaso de papel que había dejado en el suelo. Se empezó a volcar de lado; un segundo más y se habría caído. Pero el señor Green reaccionó, sujetó el lado de la silla y la enderezó.

Le tocó el brazo con la mano. Noté un dolor agudo que me invadía, como cuando el agua fría toca un diente sensible. Cuando mi madre alzó la vista, me di cuenta de que ella también lo había sentido. Durante un minuto se quedaron sentados, inmóviles.

—La verdad es que debería marcharme.

—No te vayas aún.

La luz se fue desvaneciendo del jardín a medida que la sombra del haya se deslizaba por el patio y por las sillas. Empezaron a aparecer rectángulos de luz en las casas de la calle; aquí y allá saltaba el fulgor azulado de algún televisor. Sobre la mesa, uno de los candelabros de cristal se teñía de rojo. El alumbrado de las calles se encendió, con sus embudos amarillos y sus espirales de polillas.

Llegaron los sonidos nocturnos; otro grillo, un lavavajillas, una persiana que se cierra. Se oyeron pasos: era la Patrulla Nocturna, que esta noche circulaba en silencio. Como todos los demás, esos dos estaban espiando.

Me imaginé a los señores Lauder y Sperling, y luego al señor Guibert y al señor Bridgeman, y a todos los padres de la manzana, reunidos fuera del arco de luz de la farola más próxima, atisbando cómo mi madre cruzaba y descruzaba sus largas piernas, y captando el murmullo suave de su voz. De vez en cuando refulgía una correa de reloj metálica cuando levantaban y bajaban los brazos, mandándose señales. Un leve zumbido de los *walkie-talkies* nuevos. Una tos apagada.

Cuando mi madre se terminó la hamburguesa y rechazó tomarse otra, ella y el señor Green habían quedado totalmente rodeados por la oscuridad.

—No te vayas aún —repitió él.

Como respuesta, agachó la cabeza, de modo que sólo le veía el contorno de la cara. A lo lejos ululó una sirena.

Él acercó la silla y le preguntó qué pensaba de las últimas novedades. Ella tomó aire, y luego se rió y levantó la cabeza.

—Si no hay noticias, son buenas noticias.

—¿Pero no crees —insistió él deliberadamente—, no crees que las noticias han sido muy malas?

Ella tomó un sorbo de vino.

—Bueno, si te refieres al asunto de Watergate, estoy de acuerdo.

—¿Watergate? —parecía confuso—. Yo me refiero —continuó, resuelto a intentar explicarse otra vez— a las noticias del periódico.

—Ah. Las noticias... ¿Te refieres a ese pobre niño?

—Lo que es, nunca es lo que piensas que va a ser —prosiguió él como si no la hubiera oído. Ahora que había comenzado a hablar, parecía decidido a no callarse—. Todo lo que surge. Nunca es lo que esperas. —En la luz crepuscular, recordaba a un bulldog. Luego a un león—. Cada día —sentenció— es algo diferente.

—Pues eso parece —repuso mi madre vagamente.

—Siempre hay que estar atento —comentó él, volviéndose más expansivo. Descruzó los brazos y se inclinó hacia ella—.

Hay que preocuparse todo el tiempo. Eso es lo que nos dicen. Incluso por las cosas por las que no habría que hacerlo.

Mi madre asintió.

—Como la comida —siguió él tras un rato de reflexión. Inclinó la cabeza hacia ella de modo que tuvo que notar su respiración en la mejilla, cálida con el olor de la carne que había comido. Juntos se quedaron mirando al suelo como dos personas que estudian un rompecabezas.

—La comida. Y lo que bebes. Y... el aire.

—Supongo que tienes razón.

—Un minuto te preocupas por esto, y al siguiente por aquello. Y para cuando vuelves a fijarte en lo primero, ha empeorado. No puede uno abarcar todo a la vez. —La voz se le fue volviendo ronca; quizá nunca había expuesto tantas ideas juntas. El esfuerzo parecía animarlo—. Pero resulta que es necesario. Uno tiene que procurar estar al tanto de todo.

—Eso lo sé yo —murmuró ella.

—Sí —susurró él, casi rozándole el cabello con los labios—, así es la cosa.

La voz le sonaba tan profunda como la de Walter Cronkite, como las sombras que los rodeaban. Y en la oscuridad se diría que mi madre se le acercaba más y más, hasta llegar a descansar contra él mientras un globo le llegaba hasta los pies dando tumbos.

Catorce

—¿Mamá? —grité.
Allá abajo mi madre y el señor Green se separaron sobresaltados.
—Lo siento —dijo ella; se puso en pie y volcó el vaso de vino sobre la hierba—. No me daba cuenta...
—No... —comenzó él, y se levantó a su vez.
—Tengo que irme. —Cuando él avanzó hacia ella, mi madre puso las manos sobre el respaldo de la silla que había ocupado, situándose detrás de modo que se interpusiera entre los dos—. Ya te dije que sólo quería pasar a saludar... a tomar un vaso de vino. No pretendía... y ahora estamos aquí fuera solos...
—Por favor —insistió él.
—En serio, tengo que marcharme —repitió, un poco demasiado alto, como si se acabara de dar cuenta de que el resto del vecindario había enmudecido—. De verdad que tengo que volver a casa.
Él la miró fijamente, hasta que ella desvió los ojos e hizo un gesto hacia arriba.
—Ni siquiera había decidido venir —dijo con el mismo volumen—. Sabes, estaba preparando la cena (hamburguesas también, qué coincidencia) y no pensaba... pero cuando te vi ahí sentado, tan solo, pues yo... —Intentó reír, pero la risa se le quedó atragantada y salió como un jadeo.
Pasado un momento volvió a intentar hablar pero se detuvo. La vi dirigir la vista hacia la piña que estaba sobre la mesa.

—¿Necesitas que te eche una mano? —logró decir por fin—. ¿Te ayudo a meter estas cosas en casa?

No contestó. Lo que hizo fue acercarse a la parrilla, que aún conservaba brasas, y echar allí un paquete sin abrir de panecillos para salchichas. A continuación, arrojó también los tenedores y cucharas sin estrenar, y las servilletas de papel. El olor a plástico quemado se expandió por los aires.

—No hagas eso. —Mi madre alargó un brazo, con la mano abierta alzada. Desde donde estaba, me pareció pequeña, como de juguete, con el brazo extendido tontamente, como si alguien pudiese agacharse y llevársela agarrada por ese bracito.

—No lo hagas, por favor. Seguro que más adelante te arrepentirás de no haberlo guardado para otra ocasión.

Como él no se dio la vuelta, dejó caer el brazo, que se balanceó como si acabara de saludar. Luego caminó muy rápidamente por su cuidado césped lateral y por el nuestro, demasiado crecido. El señor Green permaneció donde estaba, de pie frente a su parrilla y dando la espalda al vecindario.

Oí cómo se abría y se cerraba de golpe la puerta del porche; luego, los pasos de mi madre atravesándolo, y por primera vez ese verano la oí echar la llave a la puerta de entrada.

Cuando yo bajé esa noche, mi madre estaba sentada a oscuras en el sofá del salón, con una revista abierta sobre el regazo y varias más a su lado. La única luz era la que entraba de la farola de la calle y la de la cocina. Se había servido un vaso de vino. Pasado un instante en el que ni me miró, dio unas palmaditas sobre el sofá.

Durante un rato estuve sentada en silencio, delante de la chimenea vacía y el piano que nadie había vuelto a abrir desde que Julie había tocado con un dedo «Heart and Soul» unos días antes de que los gemelos se marchasen con los Westendorf. Yo sostenía el cuaderno sobre las rodillas, y de vez en cuando le pasaba las páginas. Mi madre se iba tomando el vino. Parecía que hacía mucho tiempo desde que mis tías habían llenado esta habitación con sus voces potentes y sus piernas largas, o desde que los gemelos habían estado tirados en el suelo viendo la tele con las barbillas sobre las manos, o desde aquella noche en que mi padre había estado sentado allí, contemplando a tía Ada.

«Esto es el comienzo de una nueva era», había dicho mi madre esa noche, observando fijamente cómo Nixon le daba la mano al presidente Mao en la televisión.

Las ventanas estaban abiertas, y cuando el aire cálido de la noche nos llegaba a las caras, oíamos música de guitarra que sonaba en la radio de algún vecino. La luna había salido. Se la veía borrosa, como una moneda vieja que se elevaba sobre el tejado del señor Green.

Entonces percibí una cosa extraña, si es que se la puede llamar así. A través de la ventana me identifiqué caminando por la calle hacia nuestra casa. Pero luego ya no era yo; yo era una forastera que andaba sola de noche por el barrio, atraída por la luz amarilla de las lámparas de los salones de otras personas. La mayoría de nuestros vecinos no se molestaban en cerrar las cortinas, y no era difícil mirar hacia dentro y ver las hojas verdes de una planta, un brazo de un sillón tapizado en pana, fotos enmarcadas de bebés y de novias sobre las chimeneas. En una noche cálida como ésa, casi todo el mundo mantenía las ventanas abiertas, y por toda la calle se podía oír el gorgoteo de agua que llenaba bañeras, el trastear de cacharros de cocina y voces de niños; sonidos entremezclados que se superponían unos a otros, hasta que la calle entera resonaba como si fuera una única familia enorme. Conforme pasaba por delante de cada casa, se iban iluminando todas las ventanas, de modo que distinguía flores multicolores en sus jarrones, libros en las estanterías y habitaciones llenas de gente afanosa. Pero al llegar a mi propia casa no oí nada; las luces estaban apagadas y las habitaciones en silencio, como si allí no viviera nadie.

A mi lado, mi madre suspiró y se retiró un mechón de pelo de la cara.

A veces me pregunto si lo que le revelé en ese momento fue sólo por romper el silencio. Me pregunto si fue realmente sólo por eso. Pero cada vez menos. Lo que le descubrí fue lo que había visto dos semanas y media antes, el jueves 20 de julio a las 4.44 de la tarde. Mi madre volvió a suspirar.

—¿Qué me quieres decir? —preguntó por fin, y alargó la mano para encender la lamparita que tenía a su lado—. Porque me parece que tú quieres contarme algo. Así que habla ya. Si no, me voy a la cama.

Quizá —otra vez esa palabra cautelosa—, quizá jamás hubiera abierto la boca si ella no me hubiese provocado esa noche. Pero la verdad es que no es cierto. Nunca había estado tan dispuesta a hacer algo en toda mi vida.

—¿Bueno, qué? —me insistió, y por fin se volvió hacia mí—. ¿De qué se trata?

Aunque me temblaban los dedos, abrí el cuaderno y le enseñé la página, fechada el 20 de julio, en la que, a las 4.44 de la tarde, ni un minuto antes ni después, gracias al reloj de pulsera sumergible que me había regalado mi padre al despedirse, yo había anotado que había visto el Dodge marrón del señor Green pasar por delante de casa dos horas antes de su hora habitual de llegada. Allí estaba, escrito en mi cuaderno, y ahí sigue.

—¿Qué día has dicho? —susurró bruscamente.

Le señalé el libro. Luego, pasando las hojas lenta y casi reverentemente, le enseñé a mi madre todos los detalles que había apuntado sobre él y los recortes de periódico que había guardado.

Estaba lo del peine negro que se había encontrado en el lugar del crimen, que podía ser idéntico al que nuestro vecino usaba con frecuencia. Y la teoría de la policía de que el agresor era zurdo, igual que el señor Green. Estaba la mujer mayor, que había visto a un niño hablar con un hombre de calvicie incipiente que iba en coche poco antes de las cinco de la tarde; estaba el chico del supermercado, que había visto un coche marrón, posiblemente un Dodge, salir del aparcamiento del centro comercial más o menos a la hora en que se debía de haber cometido el asesinato. Yo tenía anotado lo de la tirita que llevaba el señor Green en la barbilla ese día, y estaban las noticias que recogían que el niño había mordido y arañado al agresor.

Además, había otro recorte, que yo había pegado aparte, en una página a la que le había dibujado un marco rojo con lápices de cera. Comenzaba diciendo: «La policía, que investiga el secuestro y asesinato del niño Boyd Ellison, de 12 años, de Spring Hill, piensa que es posible que alguien que viva en el vecindario sea el responsable de...».

Nos quedamos sentadas juntas, en el salón, dentro del reducido círculo de luz de la lámpara, y yo fui pasando las hojas del cuaderno mientras mi madre se bebía otro vaso de vino, y luego otro.

—Déjalo —sentenció finalmente sin mirarme—. Esto es una locura. Y además de una locura, una maldad. No quiero saber nada más.

—Espera —le dije.

Pero se levantó y se fue a la cocina.

Durante unos momentos me quedé mirando la chimenea vacía. Ni se me había pasado por la cabeza que mi madre no se creyera mi historia. Allí estaba todo; lo había guardado y apuntado todo. Cualquiera podía ver lo bien que lo había hecho. En el exterior el gato de los Sperling comenzó a maullar. Era un chirrido grave y molesto, y tras escucharlo un rato la cara se me encendió y sentí ganas de tirarle algo por la ventana, una jarra o un pisapapeles, un objeto que le hiciera daño. Volví a pasar rápidamente las hojas del cuaderno, de forma que me abanicasen la cara. Llegué a aquella en la que había pegado la tarjeta del inspector Small, que rescaté de debajo de la maceta de begonias. Después ya no había nada más en las hojas del cuaderno, salvo las finas rayas horizontales azules y la raya vertical roja que descendía por el margen izquierdo.

Desde la cocina me llegó el ruido de un vaso que se rompía. Mi madre regresó de la cocina muy deprisa, con los puños apretados a los costados.

—¿Sabes qué te digo? —me espetó con una voz cortante—. Que estoy cansada. Estoy cansada de ti. Estoy cansada de mí. Estoy cansada de todo.

—No lo estás —intenté contestar.

—Sí que lo estoy. Estoy cansada y harta. —Y a pesar de lo furiosa que se había puesto de repente, sí que tenía aspecto de cansada, e incluso de enferma, allí parada con la silueta recortada contra la luz de la cocina, como una de esas horribles figuras de tiza que dibujan sobre la acera para mostrar dónde y cómo se derrumbó una víctima. Con los hombros caídos, y aunque no le veía bien la cara porque estaba a contraluz, me pareció que la tenía en blanco, cerrada, como si ya se hubiera ido de mi lado, a la cama.

—Pero si no te lo he contado todo —empecé a gimotear.

—No quiero oír nada más.

—Pues yo sé que fue él —insistí, y di una patada a la mesita del café con el pie bueno.

—No lo sabes —replicó mientras cruzaba los brazos y se daba la vuelta para dirigirse a la escalera—. Sólo te lo imaginas.

—¡Sí que lo sé!

—Lo que pasa es que quieres que sea así. Eso es lo único que hay, Marsha —apostilló amargamente, y se volvió hacia mí un instante, con la boca convertida en una línea afilada. De repente me pareció que lo más importante del mundo era conseguir que se quedara, evitar que desapareciese por esas escaleras y me dejara sola.

—¡Mami! —exclamé, y le tendí una mano—. Espera. Tengo algo más que decirte.

—¡Por Dios! ¡Para! ¡Olvídalo ya! —gritó desde el pie de la escalera, y se llevó las manos a los oídos—. ¿Por qué no lo dejas ya de una vez?

La oí subir corriendo al dormitorio, con pisadas que resonaban como piedras. El gato de los Sperling comenzó a maullar de nuevo, esta vez más cerca de la ventana que tenía al lado. Gemía y rugía a la vez, con un tono que unas veces caía hasta ser un murmullo gutural y otras subía hasta casi un chillido; un clamor tan molesto, triste y desesperado que cerré la ventana de golpe y me refugié en la cocina.

Tiré el cuaderno sobre la mesa, junto al teléfono, al lado del diario de Peterman-Wolff encuadernado en vinilo, y me senté. En el piso de arriba, mi madre paseaba de un lado a otro por su cuarto, y me pregunté qué estaría haciendo. Quizá preparaba la maleta. Una o dos veces retumbó algo contra el suelo; un libro, un zapato. Una puerta se abrió y se cerró.

—¿Mami? —la llamé suavemente—. ¿Mamá? —esta vez más fuerte. Pero no me respondió.

Por fin agarré el teléfono de la cocina y, tras vacilar un instante, marqué el número de él. Me contestó al comienzo del segundo timbrazo, como si hubiese estado esperando que yo le llamase, cosa que, evidentemente, no era así.

—Tengo algo que decirle —le anuncié, con una voz lo bastante fuerte como para que mi madre la oyera desde el piso de arriba.

Quince

Pasados quince minutos, o quizá menos, repicaron dos golpes rápidos contra la puerta del porche.

Durante un momento no pasó nada. Permanecí en el sofá del salón, donde había regresado, sin atreverme a levantar la mirada del suelo. Luego, desde lo alto de la escalera, mi madre dijo:

—Bueno. —Lo repitió mientras bajaba y atravesaba la habitación para abrirle.

Las dos nos sentamos en el sofá, y el inspector Small en la banqueta del piano, frente a nosotras. Llevaba la chaqueta azul de sport. Supongo que debió de decirme hola, pero no lo recuerdo. De hecho, no me acuerdo de verle entrar en la habitación, sólo sé que de repente estaba allí.

Cuando se sentó, todo él había adquirido una claridad penetrante, como cuando los árboles y las hojas quedan perfectamente nítidos después de la lluvia. Me fijé en las arrugas que tenían sus mocasines negros de piel, y en las rayas de sus calcetines negros. Noté que las vueltas de sus pantalones marrones se le habían empezado a desgastar. Cuando se inclinó hacia delante, con los codos en las rodillas y las grandes manos juntas, me di cuenta de que era mayor de lo que me había parecido, de que era un hombre maduro, probablemente de la edad de mi padre, y de que tenía una mancha de mostaza en la comisura de la boca. No hacía mucho que había cenado.

Durante un minuto entero nadie habló. Mi madre se miraba las rodillas. El inspector me clavaba los ojos. Yo pensaba en los gemelos, sentados con las piernas cruzadas en la playa, en Cape May, con Amy Westendorf, oyendo su risita de gnomo bajo las estrellas y riéndose mientras la marea avanzaba por la arena oscura. Algo amargo me subió por la garganta.

El inspector Small se removió en la banqueta y separó las manos.

—Bueno, ¿y qué tienes que contarme, Marsha? —me preguntó bastante amablemente. Luego, tal vez con la esperanza de animarme si se rebajaba a mi nivel, se levantó y se agachó delante de mí—. Por teléfono parecía que fuera algo muy importante.

Intentó sonreír; sin embargo, por más que yo quería acabar ya con aquello, seguía resultándome imposible despegar los labios, y lo único que me impedía echarme a llorar era la cara pálida y tensa de mi madre, tan cerca de la mía.

Pero, como ya he dicho, para bien o para mal soy incapaz de detener lo que he puesto en marcha. Sobre todo en este caso, cuando mi madre me estaba mirando con tanto terror y confusión que no hubiera podido soportar estar a solas con ella, del mismo modo que casi no me atrevía a perderla de vista. Y, francamente, también sentía una excitación enfermiza, una especie de marea de fascinación por lo que estaba a punto de hacer, que era más fuerte que cualquier impulso por detenerla. Levanté la cabeza y empecé:

—Intentó hablarme en el jardín de atrás. Junto a las lilas.

Inmediatamente se me vino a la cabeza la escena de la primera vez que me habló el señor Green, aquella tarde de primavera mientras yo cavaba y canturreaba. Una imagen normal, cotidiana. Evoqué su cara rojiza enmarcada entre las hojas, el cuello corto que le sobresalía de la camisa caqui. La nariz carnosa arrojaba una sombra triangular sobre su mejilla bajo el sol del atardecer. «Hola, qué hay», me había dicho, y había hecho crujir los nudillos. Habíamos hablado de amebas.

—Se me acercó por detrás cuando no me daba cuenta —añadí. Ahora que ya había empezado, me invadió una gran calma, y me recliné contra los cojines del sofá. Eso había pasado. Era verdad.

—¿De quién me hablas?
—Del señor Green. —El inspector no dejó de mirarme.
—¿Cuándo fue eso?
—En primavera —respondí, distante.
—¿Te dijo algo?
—Me preguntó si quería saber un secreto. Me dijo que la cosa de un chico era como un pulgar.

Mi madre parpadeó y me lanzó una mirada fulminante; luego se estremeció y me cogió la mano con la suya, caliente y seca. Yo retiré la mano y me erguí en el sofá.

—Me dijo que me quería morder las peritas. Que eso es lo que me merecía por ser tan remilgada. Me advirtió de que si se lo decía a alguien me iba a cortar la cabeza y la iba a arrojar al asador.

El inspector Small se echó hacia atrás sobre los talones. Pasado un rato continuó:

—¿Intentó tocarte?
—Sí.

Durante un instante no habló nadie. Luego, muy suavemente, con una voz que me hizo despreciarle, el inspector insistió:

—¿Cómo?

Se me representó el señor Green detrás de su seto la mañana en que mi madre le preguntó si no le agradaría que hubiese un tornado. Uno pequeño, le había dicho, para que se lleve el calor. Y él la había mirado y se había golpeado la palma de la mano con el periódico, con la cara enrojecida, los labios en movimiento y la frente sudorosa.

—Me pegó con un periódico.

El inspector perdió el equilibrio un instante. Apoyó una mano en el suelo para estabilizarse, y luego se levantó y regresó a la banqueta. Mi madre lo miró intensamente, y luego a mí. Tenía los ojos grandes y oscuros, pero permaneció muda.

—Me hizo daño —me oí gimotear.
—¿Qué pasó luego?
—Me escapé. Entré en casa corriendo. No quería volver a verlo, pero siempre estaba por ahí. A ella le gustaba

—añadí, mirando a mi madre de reojo—. Los demás vecinos piensan que es un tipo raro.

A medida que hablaba, todo iba cobrando sentido. Resultaba muy convincente.

—Por eso he estado haciendo esas anotaciones. Porque tenía miedo. —Luego cerré los ojos y me concentré en mi respiración. Tomar aire había empezado a convertirse en un esfuerzo. Recuerdo que tuve la sensación de que en cualquier momento me podía olvidar de hacerlo.

—¿Qué anotaciones? —preguntó el inspector.

—Tiene un cuaderno —le explicó mi madre por fin, ya que yo no contestaba—. Está lleno de detalles sobre... casi todo sobre el señor Green. Me lo ha enseñado esta noche, pero yo... de verdad, inspector, yo no...

—¿Puedo verlo?

Estaba en el suelo, a mis pies. Me di cuenta de que mi madre vacilaba; luego se inclinó y su cuerpo caliente se apoyó pesadamente sobre mis rodillas. Lo recogió.

Durante unos minutos el único sonido que se oyó fue el de pasar las hojas. Yo me quedé con los ojos cerrados, y me imaginé que estaba sola en una habitación fresca y umbría. Mi madre permanecía a mi lado en silencio. Una vez me apartó el pelo de la frente, y me transmitió algo tan terrible en ese gesto, propio de la antigua intimidad, que me estremecí.

—¿Quieres contarme algo más? —me preguntó por fin el inspector. Cuando abrí los párpados, sus ojos agudos y marrones estaban clavados en mí. Me sorprendió su mirada escéptica.

—¿No ha dicho bastante ya? —le preguntó mi madre.

Siempre recordaré cómo le sonaba la voz esa noche, lo angustiada que estaba, y que me alegré de eso, porque, en cierto modo, estaba convencida de que todo lo que iba a ocurrir era culpa de ella, y no mía. Cuando me acuerdo de eso ahora, diría que ella pensaba lo mismo.

El inspector Small se puso en pie, sin dejar de mirarme.

—Comprendo que esto haya sido muy difícil para ti, Marsha. Y te has portado bien al llamarme. Pero quiero que repases otra vez todo lo que me has contado. Necesito que me digas si hay algo que no sea cierto.

—Por favor —suplicó mi madre; no estaba claro a quién se dirigía. El inspector no le hizo caso y siguió mirándome. Después de un instante, mi madre me miró también.

Otra niña quizá hubiera aprovechado agradecida ese momento, se habría venido abajo y habría confesado que mentía. Podría haber gimoteado que se sentía asustada, que había sufrido una pesadilla; en fin, una serie de alegaciones verosímiles y perdonables, y la situación se hubiera resuelto bien. El episodio se habría pasado por alto, y, unos años después, quizá hasta olvidado. Por desgracia, yo había dejado de ser esa otra niña hacía ya algún tiempo.

—Lo vi escondido entre los arbustos, cerca de la casa de los Ellison —informé con frialdad—. Estaba agazapado entre los arbustos de ellos; en su mismísimo jardín. Puede preguntárselo a Luann, la vecina. Pregúntele por cuando lo vimos entre los setos junto a la casa de Boyd. —Luego añadí—: Me hizo daño a mí.

Y entonces rompí a llorar. No hubo nada calculado o forzado. No lo había planeado. Llevaba días, semanas, meses, con ganas de llorar; tanto tiempo, que ya me había olvidado de cuánto. Lo único que deseaba en ese momento era echarme en el regazo de mi madre y sentir su mano sobre mi nuca y llorar y llorar, y saber que podía hacerlo. Que podía. Como Steven aquel día que iba corriendo por el centro comercial, tan atónito y decidido, con aspecto de tener tanto miedo de que lo pillaran como de escaparse. Yo sabía que estaba diciendo la verdad, aunque cómo la estaba expresando no fuera cierto. Conocía que lo que estaba contando se iba a entender mal, y que era inevitable. De eso también estaba convencida. Pero era un desahogo fiero y crudo, llorar de ese modo.

La policía se presentó temprano a la mañana siguiente, justo cuando el señor Green, vestido para ir al trabajo y con la cartera en el asiento de al lado, se disponía a poner en marcha el coche. Le bloquearon la entrada con el patrullero blanco y negro, tras acercarse tan silenciosamente como si su coche se hubiera deslizado sobre la cinta transportadora del supermercado. Desde detrás de la cortina de mi dormitorio, vi aparecer a dos policías con esa gracia absurdamente descuidada y brutal que los caracteriza. Es como si durante todo el rato que invierten en abrir las puertas del coche, apearse, cerrar y dirigirse hacia ti, pensaran que están llevando a cabo esos movimientos para un público mucho más extenso. Con los antebrazos desnudos y musculosos un poco separados de los costados, y ligeramente flexionados, se dirigieron hacia el señor Green. Aún puedo oír el crujido de sus zapatos de cuero.

A la luz del amanecer, sus cuerpos parecían pesados, macizos, y sus uniformes más azules que de costumbre. Las gafas de sol les hacían parecer totalmente inexpresivos, como si cualquier catástrofe del mundo pudiera suceder ante sus ojos sin que dejasen de caminar por eso. Por fin, se pararon en el borde del césped.

—Señor, ¿quiere bajarse del coche, por favor? —le pidió el más alto con voz neutra—. Nos gustaría hacerle unas preguntas.

Sin prisa y en silencio el señor Green se bajó del coche. Cuando se enderezó los dos policías se le acercaron, y él apoyó la espalda contra la puerta del vehículo, como si una súbita ráfaga de viento lo hubiera empujado.

Luego adelantó un paso y, tras un gesto de uno de los policías, marchó por su césped bien cuidado, por delante de las caléndulas color naranja, subió los tres escalones de la entrada y sacó las llaves. Estuvo manoseándolas casi un minuto; tal vez le temblaba el pulso. Al otro lado de la calle, las puertas mosquiteras sonaban a medida que los vecinos se acercaban a curiosear desde sus porches, paseando la vista desde el coche patrulla a los policías, y al propio señor Green, que intentaba abrir la puerta con las llaves. Antes de que pasase otro minuto, los tres habían desaparecido en el interior de la casa.

Transcurrió una hora. Yo bajé las escaleras y me quedé clavada en el recibidor. Mi madre se encontraba en la cocina junto al teléfono, pero no hizo ninguna llamada. Estaba sentada con los tobillos cruzados y miraba el papel de las paredes.

Se levantó cuando se abrió la puerta del señor Green y los tres salieron de nuevo, nuestro vecino entre los dos policías. Me cogió del brazo y me estrechó contra ella. Las dos vimos por la ventana cómo los tres bajaban los escalones y cruzaban el césped en dirección a la acera. Andaban deprisa, sin apenas dar la sensación de moverse. Tuve la impresión de que era la hierba luminosa la que fluía bajo sus pies y los impulsaba hacia la calle.

El señor Green llevaba la cartera con los cierres brillantes; miraba directamente al frente según se acercaban al coche patrulla. Uno de los policías sonreía como si se acordara de una canción que le gustaba y la estuviera tarareando en su cabeza. Abrió la puerta trasera mientras el otro sujetaba suavemente al señor Green por el codo y lo ayudaba a entrar en el coche.

Dieciséis

A dos manzanas del Centro Comercial de Spring Hill se encuentra uno de esos bloques de oficinas de ladrillo que por dentro siempre huelen a productos de limpieza y a moqueta nueva. Allí, desde las 4.55 hasta las 6.20 de la tarde del 20 de julio, estuvo el señor Green, ya fuera sentado en la sala de espera que su dentista compartía con otro colega, pasándoles las hojas a números atrasados y muy manoseados del *Reader's Digest*, o bien tumbado en el sillón de la consulta, mientras le empastaban un molar posterior e intentaba no ahogarse con la pasta del molde para hacerle una corona.

Tanto el dentista como la enfermera corroboraron esa afirmación, y lo mismo hizo una mujer, que estaba sentada junto al polvoriento helecho de Boston en la sala de espera cuando él llegó. Más aún, le había echado una ojeada a su reloj justo en el momento en que el señor Green atravesó la puerta acristalada de la sala, porque su propio dentista iba retrasado. Cuando la policía le preguntó si podría ser que su reloj no marcara bien la hora, contestó que se trataba de «un Timex nuevecito».

Que el señor Green regresó a casa directamente desde el dentista, se podía comprobar en mi propio cuaderno: «G. en casa. 6.30 tarde». Según el informe de la policía, citado en el *Post*, a Boyd Ellison tuvieron que atacarle entre las 4.50, cuando la señora mayor que paseaba a su perro lo vio esperando para cruzar la calle, y las 5.30 de la tarde, cuando la florista se dirigió a su coche con una caja llena de orquídeas nupciales y oyó aquel débil chillido.

Según mi cuaderno, el señor Green pasó por delante de nuestra casa a las 4.44 de la tarde, lo que le habría dejado unos once minutos libres para ir hasta el aparcamiento del centro comercial, saltar del coche, subir corriendo por la colina, agarrar al niño, atacarlo, esconderse para que no lo viera la florista, vigilar cómo ella subía y bajaba la colina lentamente, y esperar a que se hubiera marchado en su coche antes de regresar para cometer el asesinato con el trozo de piedra caliza; luego tendría que haberse arreglado la ropa, comprobar si tenía manchas de sangre, bajar corriendo, meterse en el coche —aparcado donde lo podía ver cualquiera— y aparecer, totalmente compuesto y respirando normalmente, en la consulta del dentista a las 4.55, que era la hora de su cita.

Naturalmente, siempre que se reconstruye una cronología como ésta resulta ridícula, como una película muda en la que todas las acciones se llevan a cabo muy deprisa. No hay que olvidar que los minutos y segundos miden los extremos de la ira, el dolor y el terror con la misma certeza con que nos indican cuánto tiempo necesita reposar una tarta o cuándo acabará la lavadora. No es de extrañar que pensemos que el tiempo lo fabrica la industria relojera.

El señor Green se pasó tres noches en la cárcel del condado de Montgomery, retenido para que lo interrogara la policía del Estado. Aparte de mis acusaciones, habían hallado varios recortes de periódico que hablaban sobre el asesinato pegados con papel celo en su nevera. Daba la casualidad de que había guardado los mismos que yo. Además, le encontraron una foto de un muchacho rubio con el torso desnudo en la cómoda del dormitorio. Resultó ser su sobrino, el día de un torneo de natación. Y apareció una pistola descargada y sin licencia en un cajón de la cómoda, un arma un tanto antigua. Era una reliquia de la Primera Guerra Mundial, pero fue lo suficiente como para retenerlo.

Las pruebas parecían a la vez insuficientes y condenatorias; circunstanciales en el mejor de los casos, pero lo bastante sospechosas. Luann confirmó, más o menos, mi historia de que había visto al señor Green entre los arbustos, cerca de la casa de los Ellison, aunque admitió que ella misma no había podido verlo bien, que todo lo que distinguió fue cómo se movían unas ramas, y luego añadió que podría haber sido un gato. Claro que también estaba mi cuaderno con las páginas llenas de detalles, confiscado ese mismo día y devuelto con manchas de café en algunas páginas, el mismo que tengo ante mí en este momento. Además, alguien había entregado la venenosa notita que yo había preparado hacía semanas con letras recortadas del periódico; al parecer, el viento la había deslizado por la ventanilla abierta de un coche.

De repente, resultó que la mayoría de nuestros vecinos se había percatado de algún hecho extraño en relación con el señor Green. La señora Sperling le dijo a la policía que, por dos veces, al mirar por la ventana, lo había visto parado en su propio jardín por la noche.

—Lo que hacía era mirar de acá para allá —afirmó—, en la oscuridad.

La señora Morris aseguró que el señor Green le hizo un gesto amenazador con un desplantador una vez que uno de los terriers se le soltó y atravesó su césped trotando. El padre de David Bridgeman informó de que nuestro vecino había pasado casi rozando a su hijo con el coche cuando éste iba en bicicleta en dirección a la entrada de su casa. A todo eso se añadió la declaración inesperada de Luann, en el sentido de que un día que se agachó para recoger un centavo que se le había caído, se encontró, al erguirse de nuevo, con la atenta mirada del señor Green.

—Me vio las braguitas —le dijo al inspector Small con aire de ofendida—, y tenían un agujero.

Así que, como es natural, nadie sospechó de mi versión una vez que comenzó a circular; del mismo modo que con anterioridad tampoco habían dudado de los chismes que rodaron de casa en casa sobre mi padre, o sobre Ada, o sobre mi madre, o de cualquiera de las historias que contamos sobre aquellos de nosotros cuyo infortunio personal no puede permanecer en privado. En mi defensa, aunque sin duda las pruebas contra el señor Green ahora me parecen muy endebles, debo decir que es cierto que pasó por nuestra calle en dirección al centro comercial al volante de un Dodge marrón que se ajustaba a la descripción del vehículo avistado un rato después, esa misma tarde, recién cometido el asesinato.

Siempre llevaba un peine negro en el bolsillo trasero del pantalón, igual que el hallado en el lugar del crimen. Era zurdo, como el asesino, y tenía una calvicie incipiente. Pero lo más sospechoso era que se trataba de un hombre soltero, de mediana edad, al que no se le conocían amigos, que jamás hablaba de su pasado y que no tenía una razón clara para establecerse en un vecindario de familias.

Todos se mostraron muy comprensivos conmigo durante los primeros días tras la detención del señor Green. La señora Lauder nos trajo un pastel de manzana. La señora Morris hasta me regaló un libro de Nancy Drew, la chica detective, heroína de tantas novelas. Se habló de crear una especie de asociación vecinal que pudiera poner el veto a según qué posibles propietarios, antes de que llegasen a comprar casas allí. Los adultos se agrupaban en la calle y explicaban sus sentimientos al descubrir que tenían un asesino en la casa de al lado; la señora Sperling y la alta y morena señora Reade se abrazaron junto al buzón de la primera. Alguien lanzó huevos contra la puerta del señor Green.

Pero, en general, el ambiente era, si no precisamente de celebración, al menos sí de alivio. Los rosales florecían. El cielo estaba azul. Las mujeres se sentaban a charlar en los escalones de las puertas. Una vez más, los niños salían corriendo cuando se oía la musiquilla del camión de helados que bajaba por la calle. Una tarde, los Reade celebraron una improvisada barbacoa de salchichas y la gente acudió con cuencos de ensaladilla, bolsas de patatas fritas y de palomitas de maíz, o cualquier alimento que tuviera a mano; los Lauder llevaron una sandía. Fueron todos menos mi madre y yo. Adujo que le dolía la cabeza.

Pero pasados esos tres días, la policía dejó en libertad al señor Green, no debido a su coartada del dentista —el inspector Small, que lo interrogó, conocía toda clase de actuaciones en once minutos, al estilo de Houdini—, sino sencillamente porque su grupo sanguíneo no coincidía con el de la sangre encontrada en la ropa del niño.

Por supuesto, rechazó que me hubiera atacado con un periódico o amenazado con cortarme la cabeza y echarla a las brasas de su asador. Incluso afirmó que jamás había hablado conmigo. Negó haberse escondido entre los arbustos junto a la casa de los Ellison. Al final, era su palabra contra la mía, y en aquellos tiempos la policía tendía a creer más a los adultos que a los niños, especialmente si éstos no querían repetir la historia. Aunque todos se sintieron decepcionados porque yo rehusara testificar, le aseguraron a mi madre que lo comprendían. Sería como revivir todo aquello. Con una vez era más que suficiente.

Cuando regresó a su casa a las ocho y cuarto de la mañana del jueves, el señor Green llegó acompañado por un hombre alto, fornido y de cabello rojizo, a quien yo no conocía. Desde mi ventana lo vi al volante de un Pontiac azul que se detuvo frente a la casa y se quedó con el motor en marcha mientras se abría la puerta del pasajero, rozando contra el bordillo de la acera. El señor Green se bajó con el mismo aspecto de siempre; iba perfectamente peinado, aunque traía la camisa blanca algo arrugada y lo bastante húmeda como para que se le transparentase la camiseta.

Me sentí extrañamente aliviada cuando lo reconocí. Me resultaba tan familiar que me parecía como si lo hubiera echado de menos, a pesar del terror absoluto que me inspiraba la idea de encontrármelo.

Llevaba la cartera en la mano como si regresara del trabajo. Se inclinó y le dijo algo al conductor antes de dar un paso atrás y cerrar la puerta. Sin esperar a que el coche se marchara, se dirigió hacia su casa.

Cuando hubo subido los escalones de la entrada, se paró a examinar las manchas de los huevos, ya resecos, que se habían estrellado contra su puerta. Luego, con las llaves en la mano, se dio la vuelta y miró directamente hacia nuestro porche. Exhibía una expresión contenida, casi anulada, como si un instante antes hubiera tenido una muy diferente. Un momento después, metió la llave en la cerradura, la giró y entró. Un cuarto de hora más tarde volvió a salir, esta vez vestido con una camisa recién planchada, se metió en el coche y se marchó. Esa tarde, al regresar, aparcó a los habituales diez centímetros del canalón, como si nada hubiera pasado.

Durante la semana siguiente, más o menos, lo cierto es que no sucedió nada. El señor Green limpió las manchas de huevo de la puerta de entrada, aunque quedaron algunos cercos pálidos allí donde el huevo había corroído la pintura. Entraba y salía a sus horas habituales. Bien es cierto que nadie le dirigía la palabra, y que él hacía otro tanto. Cada vez que dejaba su casa, los demás parecían evaporarse hacia el interior de las suyas, de modo que siempre estaba solo en la calle, como si fuese el único ser humano que habitase allí. Pero se las arregló para cortar el césped una tarde, y para sacar los cubos de la basura a la acera cuando llegó el día de recogida. Se diría que estaba llevando una vida normal. Y de repente colocó un cartel de «Se vende» en el jardín, casi a la misma altura que el nuestro.

Nos habíamos enterado de lo del dentista el día en que dejaron en libertad al señor Green. El primo del cuñado del señor Lauder era el sargento de recepción de otra comisaría y conocía todos los detalles. El señor Green había sido un detenido muy colaborador e, incluso, había renunciado a su derecho de llamar a un abogado para el interrogatorio.

—Tiene una coartada a prueba de bomba —le decía la señora Lauder a mi madre ese mismo día, de pie en nuestra cocina. Yo estaba leyendo cómics en el salón, pero a través de la puerta le veía los brazos gordezuelos apoyados en la cornisa de su pecho—. Por fin cogen a alguien, y resulta que es a prueba de bomba. —Era como si el señor Green fuera un búnker en donde se podía sobrevivir días e incluso meses mientras los demás quedábamos expuestos.

—De todos modos, ahí está lo que pasó con Marsha —recordó, en tono más relajado y bajando la voz—. Nadie le perdona eso.

—No —convino mi madre con un hilo de voz—. Para eso no hay disculpa.

—En mi opinión —prosiguió la otra, descruzando los brazos—, sólo con eso ya habría para mantenerlo detenido hasta el día del Juicio Final. Y, desde luego, no pinta nada en una vecindad como la nuestra. Mi Frank pasó a decírselo. Le soltó: «Mira, lo sabemos todo sobre ti». Es una pena que no presentarais cargos. Pero han cometido una equivocación al soltarlo. Ya verás cómo al final se arrepienten.

—Ha sido un error —murmuró mi madre sin dejar de mirar por la ventana.

Y, sin embargo, unos días después, por la tarde, salió por nuestro jardín, rodeó la valla y subió los escalones de la casa de él. A plena vista de los Morris, que estaban sentados en tumbonas en su césped, y del señor Guibert, que pasaba por allí con un rastrillo en la mano, se detuvo un minuto, y luego tocó el timbre. Llevaba un ramo pequeño de claveles blancos. Pero cuando el señor Green abrió la puerta y vio que era ella, la volvió a cerrar.

No le quedó más remedio que bajar los escalones y atravesar su jardín para volver a casa, donde la esperaba yo.

—Luann se va a un campamento de estudios bíblicos hasta el final del verano —me anunció la señora Lauder a la tarde siguiente, cuando llamé a su puerta—. Ya no vas a poder jugar más con ella, muñequita.

Era una tarde de domingo, radiante y calurosa. Al otro lado de la calle, los Sperling estaban sentados en los escalones de su casa y jugaban con su bebé Cameron, que intentaba dar palmadas. Pasó David Bridgeman montado en su bici nueva. Yo oía a Luann que estaba cantando, pero no fui capaz de descifrar las palabras.

El amplio cuerpo de la señora Lauder ocupaba todo el hueco de la puerta; llevaba las manos enharinadas y una mancha en la barbilla, como una perilla blanca.

—Venga, hija. Creo que es lo mejor. —Pareció preocupada al ver que yo seguía allí—. Anda, hija, vete ya para casa.

Esa mañana habían telefoneado los gemelos a preguntar si se podían quedar otros diez días con los Westendorf. Mi madre les había dado permiso. Ahora estaba en el salón haciendo como que leía una revista. Llevábamos varios días esquivándonos; más bien era ella la que me evitaba a mí, porque yo la había estado persiguiendo sin cuartel por toda la casa; incluso me había colado en su habitación por las noches para mirarla mientras dormía, no porque quisiera estar con ella, sino porque no podía soportar estar conmigo misma. La noche anterior se había despertado cuando yo estaba al lado de su cama.

—¿Pero qué haces aquí? —me preguntó sin encender la luz.

—Me parece que he perdido una cosa —contesté.

Se quedó observándome un momento; su mortecino rostro casi no se diferenciaba de la almohada, salvo por dos manchas más oscuras, que eran sus ojos.

—Vete a dormir —me ordenó por fin.

Ahora, a través de las cortinas del salón, distinguía su cabeza inclinada al pasar por ese lado de la casa. Pensaba haber entrado directamente por la puerta de la cocina, pero al verla así, cabizbaja y con una expresión decidida e inmóvil en el rostro, me desvié hacia el jardín de atrás.

Permanecí sentada un rato junto a los rododendros, que me ocultaban de la calle. Se me ocurrió que quizá encontraría alguna de las colillas de los gemelos enterradas, así que me pasé un rato escarbando en la tierra con la punta de una de las muletas.

No sé muy bien qué es lo que pensaba hacer con ellas si las encontraba, pero la vieja manía de rebuscar me reconfortaba.

Acabé por descubrir una oruga, la anilla de apertura de una lata y una entrada de cine embarrada. Siempre me sorprende lo que se llega a encontrar si una se dedica a mirar al suelo. Cuando terminé de cavar una somera trinchera en el barro y descubierto el cadáver de un escarabajo, ya se me había olvidado lo que estaba buscando.

De hecho, hasta se me había olvidado dónde estaba. Entonces oí algo que crujía, y una tos sofocada a mis espaldas. Se me erizó el pelo de la nuca cuando me di la vuelta y descubrí al señor Green, que me observaba desde su lado del seto.

Llevaba la camisa caqui y los pantalones cortos de madrás, como todos los domingos, y los mocasines ostentosos con calcetines negros. Pero parecía más chupado de cara, y estaba pálido. Las manos le colgaban inertes a los costados. Instintivamente, el hecho de que estuvieran vacías me pareció algo instintivamente malo. Recuerdo que pensé que debería haber llevado algo, un rastrillo, unas podaderas, yo que sé. Parecía desprotegido.

Noté un zumbido sordo en los oídos. El corazón me latía con tal fuerza que se me debía ver temblar a su ritmo. No obstante, en cierto modo yo había estado esperando este momento, que sabía que tendría que llegar. El rostro del señor Green se me enfocó y luego se me emborronó. El sol le caía desde arriba, y daba la impresión de que irradiaba desde él, de manera que al mirarlo parecía que estuviera dentro de un fanal de luz.

Seguía sin decir nada; lo único que hacía era mirarme, con las manos colgándole junto a los bolsillos. Una de las puntas del cuello de la camisa estaba doblada hacia dentro, como si se la hubiera puesto con mucha prisa. Cerca del bolsillo superior, tenía una mancha de grasa del tamaño de una moneda de veinticinco centavos. Por lo demás, su aspecto era el de siempre, aunque, al mismo tiempo, empezó a volverse totalmente diferente, casi irreconocible, como sucede con las personas cuando las miras durante mucho rato seguido. Quizá él estaba experimentando lo mismo mientras me observaba.

Pasó una abeja, zumbando estúpidamente. En lo alto, las hojas del haya de su jardín se agitaron, cribando la brisa. Respiraba el aroma del césped recién cortado y el del champú con el que me había lavado la cabeza la noche anterior. Pasaron segundos, minutos, horas. Un reactor atronó los cielos.

Ya casi me había acostumbrado a estar allí, aguantando que me escrutara el señor Green. Era el peor trago de toda mi vida, y sin embargo me sorprendió que me resultara soportable. Incluso, ahora que había comenzado, era un momento que no me hubiera importado prolongar. En alguna parte de mi mente comprendía que este instante se tendría que acabar de un modo u otro, y que después aún me quedaría el resto de mi vida, pero, parada allí al sol, mirando al señor Green, parecía imposible que me fuese a suceder nada más.

Mantuvo la mirada sobre mi rostro, bizqueando un poco. Durante un par de minutos no hizo más que estar allí, con el sol derramándose a su alrededor.

—Por qué —pronunció por fin.

Sólo esas palabras, sin interrogación siquiera. Creo que había empezado a desear que me chillara, que levantara el puño, que hiciera algo que pudiera justificar lo que yo había dicho sobre él. Pero sonó una voz absolutamente plana, casi neutra, como si me estuviera suministrando una información que creía que yo debía conocer.

Cuando ya parecía que no iba a decir nada más, el corazón me dejó de latir de esa forma desbordada y sentí que me volvía la saliva a la boca. Poco a poco, el mundo fue regresando a su sitio; los setos, el césped, los árboles. Incluso el sol cedió un poco.

Luego se marchó. Lo vi caminar lentamente por su césped, con la luz del sol en la espalda, en forma de manchas cada vez menores, mientras pasaba por debajo del gran árbol. Luego subió los escalones de la puerta trasera y desapareció en el interior. La puerta mosquitera se cerró con un golpe. Y aunque yo ya había abierto la boca para decir algo, nunca sabré qué era.

Diecisiete

El señor Green se marchó de su casa una semana después, un sábado de agosto húmedo y con olor a alquitrán. Era en la época de la Convención del Partido Republicano, que mi madre siguió de forma obsesiva por la radio, como un año después lo haría con las sesiones de la comisión de investigación sobre el caso Watergate.

Desde la ventana de mi dormitorio, atisbé cómo el señor Green sacaba cajas de cartón y las colocaba, una por una, en una furgoneta alquilada, igual que cuando las metió en la casa hacía cinco meses. Nadie lo ayudó. Cuando el señor Morris y el señor Sperling salieron a la calle, hicieron como que no se apercibían del constante trajín de su vecino entre la casa y la furgoneta. El señor Morris se puso a regar con la manguera, y el señor Sperling a examinar los goznes de la puerta mosquitera. En cuanto pudieron, los dos volvieron dentro. La radio de nuestra cocina transmitía un clamor de fondo incesante y sordo, interrumpido por discursos que a mí me sonaban todos exactamente iguales.

Aunque no llovía, a medida que avanzaba la mañana el cielo descendió más y más hasta que las copas de los árboles parecieron doblarse bajo su peso y un olor a chamuscado, como de pieles de animales ardiendo, subía desde el asfalto.

No pasaba ningún niño en bici por nuestra calle; los hermanos Reade dejaron de jugar al baloncesto; los Morris hasta se olvidaron de pasear a los perros. El señor Green fue acarreando caja tras caja, todas cerradas con cinta adhesiva marrón, de contenido invisible. Sobre las diez transportó un televisor, seguido de una silla de mimbre pequeña, un colchón individual y su somier, la mesa plegable y las cuatro sillas plegables de aluminio.

Nadie quiso saber a dónde iba. Por algún motivo, tengo la impresión de que se dirigió al sur, a Tennessee o quizá a Georgia, a algún Estado en donde pudiera volver a ser de campo. Después de tantos años, aún me pregunto por qué decidió venir a vivir a nuestro barrio. Quizá había estado ahorrando y alguien le había aconsejado que invirtiera en inmuebles. Es la clase de consejo que podría dar mi padre. Buen vecindario, buenas escuelas, a poca distancia de la ciudad. ¿Qué podría salir mal en una inversión así? Podría haber conocido a alguna vecina agradable con algunos hijos, una viuda o divorciada reciente, alguien un poco extraña, un poco torpe y tímida y, tal vez, se habría casado, justo cuando ya pensaba que su vida estaba decidida y que no le iba a suceder nada nuevo. Quizá hubiese venido por eso o, al menos, para encontrarse cerca de esa posibilidad.

¿Cómo hubiera podido imaginar lo perturbador que resultaba un soltero tranquilo y anodino a todo un vecindario? Un hombre educado y de costumbres regulares, que cuidaba el jardín y lavaba el coche todas las semanas. Un hombre cuyos peores crímenes ahora resultan haber sido la torpeza y una trágica falta de imaginación que le impidió percatarse de cuán perfectamente encarnaba las pesadillas de todos los demás.

Lo último que sacó de su casa, antes de cerrar la puerta y girar la llave, fue un gran espejo con un marco dorado muy elaborado. Era del estilo que hoy día esperaríamos ver en una casa victoriana restaurada, una de esas mansiones altas y atravesadas por corrientes de aire, llenas de mecedoras y con las paredes empapeladas. Según bajaba los escalones, lo sujetaba cuidadosamente ladeado, e iba mirando su propio reflejo. Incluso desde la ventana pude apreciar que era viejo, con el cristal oscuro y moteado.

Tal vez alguien se lo hubiera regalado, o quizá lo compró en un remate en los días en que la gente aún no se había dado cuenta de que los muebles de sus abuelas podían ser valiosos. Pero más parecía que un espejo así lo tenía que haber heredado, con su marco dorado y esa extraña luna oscura. Daba la sensación de que el espejo lo poseía a él, y siempre pienso en cómo lo debió de llevar consigo de un lado a otro, a cualquier parte a la que intentase ir.

Julie y Steven regresaron de la casa de verano de Amy Westendorf al día siguiente de la marcha del señor Green. Venían bronceados, con las piernas aún más largas y muy inquietos, aficionados a las bromas privadas que se susurraban uno al otro en la mesa para luego reírse con carcajadas algo forzadas. Los dos parecían mucho mayores. Poco después de que volvieran, a mí me quitaron la escayola. Me resultaba raro volver a verme el pie; se había quedado blanco y arrugado y era diferente al que yo recordaba.

Por esas fechas, mi madre dejó las revistas de Peterman-Wolff y encontró un empleo mejor de vendedora de productos cosméticos en el comercio de Lord & Taylor en la avenida de Nebraska. Era un trabajo que a la larga la llevaría al puesto de gerente de tienda, que la obligó a llevar trajes de aspecto formidable y pendientes de perla. Ocupaba un despacho de color verde pálido que olía a ambientador de gardenias; se jubiló hace tan sólo un año, tras una fiesta homenaje, un plan de pensiones y un alfiler de pañuelo de oro. Pero en esos primeros días nadie la invitaba a comer y tenía que llevar una bata blanca, que le daba un aspecto vagamente clínico. Durante la última semana antes de que empezara el curso, los tres hijos nos quedábamos en casa durante el día mientras ella estaba en el trabajo.

—¿Has andado hurgando en mi cuarto? —me acusó cada uno de los gemelos en cuanto regresaron.

—Asquerosa —me espetó Julie, acercándome mucho la cara—. Sé lo que has hecho.

Casi todas las tardes nos las pasábamos tumbados en la alfombra del salón con un ventilador encendido, dándonos patadas en los pies. A veces veíamos concursos en la tele e intentábamos contestar a las preguntas. Los gemelos querían saber lo de la detención del señor Green, pero mi madre les había pedido que no me preguntasen nada.

—Han sido momentos muy perturbadores —les advirtió—. Dejadla tranquila.

Al principio me alegré de que hubieran vuelto, pero, pasados uno o dos días, parecía que nunca se hubieran marchado. Julie se pintó las uñas de verde e intentó fabricar polos de zumo de uva en las cubiteras del hielo. Llamaba a sus amigas por teléfono y se pasaba horas hablando mientras se enroscaba mechones de pelo en los dedos.

Yo fisgaba por la cerradura de la puerta de Steven, y lo sorprendía sentado en la cama con el cuaderno de dibujo. Ya no dibujaba pechos, ahora eran hombres y mujeres desnudos, enroscados unos en torno a otros, con las bocas llenas de dientes. Una vez lo pillé recostado sobre la almohada con los pantalones cortos bajados y sus grandes rodillas levantadas; entre ellas una mano se movía furiosamente. Durante un momento dirigió los ojos directamente hacia la puerta y pensé que me había descubierto. Pero tenía la mirada perdida y la misma sonrisa apretada y horrorizada que le había visto el día que casi consiguió que lo cogieran robando cigarrillos.

Luego, vino una tarde de sábado en que mi madre nos dejó a los tres en una pizzería en el pueblo de Rockville; nos dijo que vendría a buscarnos cuando acabase las compras.

—Portaos bien —nos recomendó, sin decirnos adiós con la mano mientras nos quedábamos en la acera. A continuación arrancó el coche y se marchó.

Estaba sentado solo en una mesa junto a la ventana. La luz le iluminaba la cabeza desde arriba y se mantenía muy tieso, sin mirar hacia la puerta. Aunque lo reconocí al instante, fue más parecido a cuando identificas a alguien en un sueño: era él, pero con el aspecto de otra persona.

Se puso en pie cuando nos acercamos a la mesa y, lo mismo que Julie y Steven tras las vacaciones, también parecía mayor y de un color ligeramente distinto. Llevaba traje marrón, camisa blanca y corbata azul muy ancha con unos trazos rosa que me recordaban a unos gusanos. Las pelirrojas patillas las llevaba más espesas. Cuando nos acercamos, abrió los brazos, apartando los codos de la cintura con un gesto que podría haber sido de perplejidad. Sólo Steven dio un paso adelante.

Luego se le acercó Julie. Se le doblaron un poco las rodillas cuando él la abrazó, pero un momento después se apartó airosamente y se sentó junto a Steven.

—Eh, hola —me saludó mi padre.

Me tendió la mano y pasado un instante se la tomé. Nos las estrechamos; luego me atrajo hacia sí y por un momento volví a oler su loción de afeitado con aroma de limón, que no había cambiado, y noté cómo le latía el corazón tras la camisa y cómo me frotaba la mejilla con las patillas.

—Me he roto un tobillo —le conté, echándome hacia atrás.

—¿Ah, sí? —Me lanzó una mirada sorprendida, puesto que yo ya no llevaba la escayola, y a él debí de parecerle bastante entera.

No recuerdo de qué más hablamos al principio; sólo que yo me senté junto a mi padre y me dediqué a mirarle el perfil, asombrada de que pudiera parecer tan normal sentarnos junto a él en una pizzería, cuando hacía sólo unas horas había estado tan lejos como lo pueda estar una persona de otras en el mismo planeta. Me dio la sensación de no haber respirado hasta ese momento pero, al mismo tiempo, ahora que ya lo tenía aquí, me parecía demasiado tarde, como si él ya se hubiera perdido lo que fuera que hubiera vuelto a buscar. Recuerdo que tomó dos Coca-Colas. Y sonreía con todo lo que le contaban los gemelos, fuera o no divertido.

—¿Queréis beber algo más? —nos preguntó, como si fuera la anciana señora Morris con la tetera—. ¿Otro trozo de pizza?

Al cabo de un rato Julie rasgó un sobre de azúcar, lo derramó sobre la mesa, y empezó a trazar dibujos en el azúcar con el tenedor. Siempre que mi padre le hacía una pregunta contestaba «sí» o «no» con una voz que era un suspiro. Atropelladamente, interrumpiéndose a sí mismo, Steven le describió la casa de la playa de los Westendorf, y cómo había aprendido a navegar a vela, y cómo Amy y él se metían en la sauna a beber vino robado de la nevera. Contó que habían dormido en la playa una noche, y que Amy se había encontrado una culebra rayada en el saco de dormir. Guiñaba el ojo y se echaba unas carcajadas exageradas. Mi padre no parecía hacerle caso. De vez en cuando decía «Hay que ver», y cuando Steven hubo acabado, sonrió.

Poco a poco me comenzó a resultar más familiar. Mientras él hablaba con los gemelos, yo me fijaba en la gente que pasaba al lado de nuestra mesa. Juzgaba increíble que cualquiera que nos viera pudiera pensar que éramos una familia de lo más natural. Él tenía el aspecto de un padre normal y corriente con su traje y corbata, con la pequeña salvedad de que era sábado, y la mayoría iba en pantalones cortos y con camisa de manga corta.

—¿Y qué más habéis hecho este verano? —les preguntó a los gemelos.

—Nada —le contestó Julie.

—¿Nada?

—Hemos sobrevivido —aclaró Steven, con un tono que pretendía ser sarcástico.

—Pues claro que sí —sentenció él.

En el exterior, los coches entraban y salían del aparcamiento, y el sol se reflejaba desde las carrocerías. Poco a poco se fue vaciando la pizzería hasta que sólo quedamos nosotros y una señora mayor con un mono de poliéster amarillo, sentada en una esquina, que de vez en cuando tosía cubriéndose la boca con la servilleta. Alguien había abandonado un aspirador en el suelo cerca de nuestra mesa; su cuello largo estaba doblado sobre sí mismo. Julie rasgó otro sobre de azúcar. Steven empezó a decir algo más sobre la casa de los Westendorf, pero se paró y se puso a mirar por la ventana.

—La nota, por favor —pidió mi padre, levantando una mano.

Mientras él pagaba, Julie le espetó:

—¿Y dónde está tía Ada?

Mi padre deslizó el dedo a lo largo de la breve columna de números. No parecía enfadado sino más bien intrigado al repasar la columna para ver si la suma estaba bien.

—¿No estaba contigo? —le preguntó Julie.

—Estaba. —Mi padre levantó la vista y sus gafas de aviador recogieron un destello de sol lanzado por un coche que pasaba.

—¿Y por qué no sigue contigo?

Él carraspeó y se echó hacia atrás en el asiento. Durante un minuto o más pareció absorto en la contemplación de la señora mayor del mono amarillo, como si la reconociera pero no supiera de qué. Quizá alguna vez le hubiera vendido una casa. O tal vez le recordaba a alguien. Por fin suspiró, volvió a mirarnos, y nos dijo:

—Veréis, las cosas no siempre le salen bien a la gente, chicos. Eso pasa a veces.

Se detuvo y se miró las manos, que había extendido sobre la mesa. Pasaron unos minutos. Nadie decía nada. Lejos, en la cocina, a alguien se le cayó una bandeja cargada de platos.

Por fin levantó la cabeza y vimos que tenía los ojos enrojecidos.

—Lo siento, pero resulta muy difícil. Nadie busca complicarse la vida. Yo no lo pretendía, desde luego. Pero ocurre. A veces se enreda tanto que ya no sabes cómo liberarte, así que haces lo primero que puedes. No quiero andarme con rodeos, chicos, pero esa es la mejor explicación que encuentro.

—Vale —dijo Steven.

—No era necesario que te fueras —insistió Julie.

—En ese momento a mí me pareció que sí.

Julie puso las manos sobre el regazo. Había adoptado una expresión de calculado distanciamiento, la que yo le había visto practicar ante el espejo del baño. Sentenció:

—Para mamá es horrible.

Al oír nombrar a nuestra madre, mi padre arrugó la frente. Se quitó las gafas de aviador y las limpió con la servilleta. Se las volvió a poner y se dirigió a mi hermana.

—No pretendo que lo comprendas.

Julie puso morritos, pero por debajo de la mesa estaba haciendo trizas la servilleta de papel. Los trocitos caían al suelo. Mi padre habló:

—Siento mucho todo lo que ha ocurrido. Pero yo no hubiera podido evitar nada de lo que pasó.

En muchos aspectos, mi padre siempre había sido un hombre de corazón blando, a quien le dolía tener que castigar a sus hijos y que pasaba por alto las pequeñas muestras de mala educación o de desdén, pero por primera vez comprendí que, como buen romántico, no podía soportar su propia culpa. Ese sábado por la tarde se embarcó en lo que iba a ser un largo proceso, que consistía en ir rechazando toda responsabilidad, hasta llegar a ser capaz de decirme en mi propia boda que siempre había creído que mi madre, en realidad, quería que él se enamorase de tía Ada.

—Me azuzó —explicó, de forma plañidera, deslizando los dedos por la botonadura de la camisa—. Sabía que a mí me atraía Ada. Durante años me estuvo diciendo: «Admítelo, ¿a que Ada es la más sexy de las cuatro? ¿A que es la que les gusta a los hombres?». Pero mira, Marsha, yo jamás hubiera dado un solo paso. Creo que no lo habría hecho. Pero tu madre...

Meneó la cabeza y después intentó sonreír porque tía Fran nos estaba haciendo una foto con la Kodak. Cuando acabó y se marchó, me dijo con voz rápida y queda:

—Tu madre casi me hacía sentir que no estaba bien que no tuviera una aventura.

Quizá esto sea cierto. Mi padre era, sobre todo, un hombre tranquilo, menos cuando se sentaba al piano. Recuerdo cómo se balanceaba de un lado a otro, cantando en voz baja. A veces dejaba que los dedos se paseasen por el teclado, produciendo arpegios y tristes y discordantes compases. Si se le llamaba a cenar, incluso si se le tocaba en el hombro, tardaba un rato en levantar la mirada. Y cuando lo hacía, nunca estabas segura de si te estaba viendo. Era de los que necesitan un empujón. Esa tarde, en la pizzería, decidí darle uno.

Steven se adueñó del salero y comenzó a rociar la mesa. La camarera pasó por nuestro lado con una bandeja de botes de ketchup. Detrás de nosotros, la señora mayor volvió a toser.

—Asesinaron a un niño en nuestro vecindario —anuncié en voz alta.

Todos se volvieron a mirarme.

—Lo mataron detrás del centro comercial. La gente creía que había sido el señor Green, que era vecino nuestro —le expliqué a mi padre.

Una vez que hube abierto la boca, ya no la pude cerrar. Hablaba cada vez más deprisa, intentando acordarme de todo lo que había sucedido desde que él se marchó. Me parecía que si era capaz de contarle todo, sin olvidarme de nada, él comprendería lo que había hecho yo. Y si lo entendía, era posible que encontrase una excusa, una razón para lo que había pasado, y entonces, tal vez, todo volviera a estar bien.

Le expliqué cómo encontraron a Boyd Ellison en la ladera, detrás del centro comercial, y la cantidad de gente que había ido hasta allí a curiosear. Le conté que el señor Green había invitado a todo el mundo a una barbacoa y que nadie había querido ir, menos mi madre, que le llevó una piña y se olvidó de ponerse los zapatos; y que el señor Green se había tenido que ir del vecindario por las acusaciones que yo había lanzado contra él; y que había venido a casa un inspector alto a hacerme preguntas; y que mi madre me había pegado y les había pedido a las tías Fran y Claire que dejaran de llamarla; y que Roy y Tiffany eran muñecas que siempre iban desnudas, y Roy tenía alfileres en los ojos. Le conté que el señor Green había intentado hablar conmigo un día en el jardín de atrás, cuando estaba sola. Y le dije que los allanadores de Watergate eran unos imbéciles.

Yo me oía hablar y sabía lo que estaba diciendo, pero hacia el final creo que me di cuenta de que no era nada que los demás, en realidad, quisiesen comprender. Es más, no estoy muy segura de que hacia el final pronunciara palabras de verdad.

—Calla —susurró mi padre, mirando a su alrededor—. Marsha, bonita, por favor. Para ya.

Los gemelos me miraban boquiabiertos. Por fin Steven declaró:

—Como una cabra —y se golpeó la sien con el índice.

—No —replicó mi padre, alargando el brazo para bajarle la mano.

Nos quedamos sentados a la mesa un rato más, contemplando los coches desde la ventana. Julie se levantó para ir al servicio. La camarera, que era pecosa y llevaba una perfecta cola de caballo rubia, vino a llevarse la cuenta y el dinero que había dejado mi padre. Nos preguntó:

—¿Desean algo más? —con un tono que indicaba que debíamos decir que no. Entraron algunas personas más; un hombre con una camiseta de los Redskins, una señora con un bebé, dos chicas adolescentes que venían de compras cargadas de bolsas. Nos echaban una ojeada al pasar por nuestra mesa y seguían adelante.

Dieciocho

La Patrulla Nocturna siguió con la ronda durante un mes más, aproximadamente, y luego, poco a poco, la gente fue perdiendo el miedo —o se acostumbró a tenerlo—, las parejas de padres dejaron de dar vueltas a la manzana y volvieron a ver el programa de deportes vespertino. Quizá fue la emoción que causó la detención del señor Green. A todos les gustó que se detuviera a alguien, incluso si resultó que no era el culpable.

A partir de entonces, cuando los vecinos se reunían a tomar café o a beber té helado, era más fácil que hablasen del candidato demócrata George McGovern, del caso Watergate o de política exterior. De todos modos, tengo la sensación de que nuestros vecinos nunca volvieron a visitarse con la misma asiduidad que antes del asesinato. Después de esas primeras semanas de interés constante, dejaron de preguntarse unos a otros si había algo nuevo. Con el tiempo, desaparecieron todos los anuncios de la venta de repostería de la señora Lauder, sustituidos por carteles de campaña electoral. El propio Boyd Ellison se volvía cada vez más borroso, hasta que, pasado un tiempo, desapareció quedando tan sólo su nombre. Incluso yo me cansé de repetir los pocos datos que conocía. Era un niño rubio y bajo con la cabeza cuadrada. Una vez me pidió que le dejara ponerse mis gafas. Estuvo haciendo nudos en el sótano de casa. Torturó a un insecto con un cortaplumas. Yo estaba allí, me decía a mí misma. Yo lo conocí.

Sus padres se trasladaron a Virginia, y, poco a poco, yo dejé de rondar por su casa, con su arce japonés en el jardín delantero y las persianas cerradas.

La señora Sperling hizo que su marido colocase candados en las ventanas de la planta baja y sólo abría la puerta después de mirar por la recién instalada mirilla. Los Lauder levantaron una valla de madera en torno al jardín de atrás. Los Reade se compraron un pastor alemán. Y los Morris se murieron, uno detrás del otro.

Para entonces, nosotros ya nos habíamos ido.

No hace mucho, le pedí a un abogado del Ministerio de Justicia, amigo de un amigo, que averiguara si la policía había llegado a detener al hombre que mató a Boyd Ellison. Me respondió que preguntaría a un conocido del FBI. Unos días después, me llamó y me contó que el caso no estaba cerrado. Parece que cada vez que asesinan a un niño en una zona boscosa, la policía del condado de Montgomery intenta relacionarlo con el asesinato de Boyd Ellison. Según él, todavía están buscando un patrón de comportamiento. Después de veinticinco años.

—¿Y no pudo tratarse de un episodio aislado? —le pregunté.

El amigo de mi amigo no lo creía así.

—Nadie tiene el impulso de hacer algo así tan sólo una vez —me explicó—. Es como el que engaña a su mujer. Si se decide y se sale con la suya, lo repite.

Le contesté que no me parecía que fuese lo mismo en absoluto, pero le di las gracias y colgué.

Hoy día, cada vez que paso por mi antiguo vecindario, lo que no sucede muy a menudo, siempre me percato de que no ha cambiado mucho. Spring Hill sigue siendo muy semejante a lo que yo recuerdo, un lugar plácido y verde en verano, lleno de jardines y setos bien cuidados y de arces frondosos que dan sombra a las aceras. Las casas se me antojan un poco más viejas y más pequeñas, y también más consolidadas. Algunos árboles, que eran muy jóvenes, ahora alcanzan la altura de un segundo piso y, en algunos casos, la hiedra ha llegado a cubrir completamente un muro o una valla. Pero los niños siguen montando en sus bicis de acá para allá, o pasan deslizándose, ahora con patines de ruedas en fila. Hombres y mujeres que tienen el aspecto de ser sus padres cuidan sus parterres de flores o lavan los coches. Parece un lugar bastante seguro, yo diría que hasta esperanzado. Hace unas semanas, cuando pasé por allí para ir a visitar a un cliente, vi pegatinas electorales en los coches y un par de pancartas en los jardines. Vuelve a ser esa época.

Nuestra antigua casa ya no pertenece a la familia a la que se la vendimos, y ni siquiera a la que se la compró a ella. La última vez que estuve, una pareja de aproximadamente mi edad estaba en el jardín con dos muchachos pequeños; la mujer era pelirroja y tenía una boca desagradable, pero su rechoncho y rubio marido tenía cara de buena persona y sonreía, mientras uno de los niños atacaba el césped con un rastrillo de juguete. Por alguna razón habían decidido pintar la casa de color marrón chocolate (¿quizás como medida para ahorrar calefacción?), lo que le daba una pinta achatada y mediocre. En la parcela siguiente, la casa de los Lauder seguía igual, aunque habían levantado la mayor parte del jardín delantero para echar asfalto y había cuatro coches aparcados. Las casas de los Morris, de los Sperling y de los Reade han sufrido todas una o dos mejoras —puertas correderas de cristal, un cobertizo, un garaje nuevo— sin que su aspecto original haya cambiado mucho. Incluso la casa de los Ellison no está muy diferente de como la recuerdo.

Es curioso que, de todas las casas del vecindario, sólo la del señor Green, la que fue suya durante tan poco tiempo, haya cambiado radicalmente. Le han añadido un piso más y una mansarda en el tejado. Las caléndulas han desaparecido, y han sido sustituidas por un intento ambicioso de jardín japonés, que exhibe piedras recubiertas de musgo, un minúsculo estanque de cemento con peces de colores y hasta una pequeña pagoda que está donde él solía colocar el aspersor. Y la enorme haya del jardín trasero ya no está; moriría de alguna plaga o de algún hongo, o bien la cortarían los nuevos propietarios, a quienes parecía gustarles la jardinería en miniatura.

Me sorprendió lo mucho que eché de menos esa haya. Nunca esperamos que desaparezca un árbol, sobre todo si es tan grande. Seguramente tenía más de ciento cincuenta años; quizá fuera el último que quedaba de cuando Spring Hill no era más que un monte, y todavía no se habían inventado los centros comerciales y la parcelación urbanística. Pero yo recuerdo lo amplia que me parecía su copa y el color brillante que adquirían las hojas en otoño. Toda la calle se notaba ligeramente desequilibrada por su ausencia, como pasa con una hilera de libros cuando se ha quitado el de en medio. Cuando voy por allí, siempre espero verla. Y cada vez tengo que hacerme a la idea de que ya no está.

Un día llegué a pararme y aparqué unos minutos al otro lado de la calle, frente a la casa del señor Green. Durante años, había sido incapaz de dormirme por las noches con sólo recordar el aspecto que presentaba cuando regresó de la comisaría aquella mañana de verano, aferrado a la cartera y con la sombra de la camiseta que se le transparentaba a través de la arrugada camisa blanca. Cada vez que pensaba en él sentía una especie de pánico caliente y sofocante que me obligaba a incorporarme y destaparme; sólo después de encender la luz y leer revistas durante un rato conseguía volver a empujarlo hacia el sur, a donde fuera que se hubiese marchado.

Mi vida parecía estar ligada a la suya de un modo que yo no sabía ni quería explicar. Lo más que conseguí fue identificar la sensación de que, de algún modo incomprensible, lo que yo le había hecho me había convertido en hija suya, y que cualquier día él se daría cuenta y volvería a buscarme.

Sin embargo, con el tiempo todo ese miedo culpable se vio reemplazado por un sentimiento más tranquilo, hasta que, llegado el momento en que yo me encontraba sentada en el coche aquella tarde, mirando la casa que había sido suya, supe que podía decir honradamente que deseaba que le fuera bien. Espero que encontrase un lugar agradable en el campo. Casi lo estoy viendo, cuidando un pequeño huerto detrás de una casita de madera, escarbando en torno a los melones y los tomates, con un sombrero de paja, aunque a estas alturas ya tiene que ser un anciano. A veces me imagino que me meto en el coche y me voy hacia el sur, a Georgia o a Tennessee, y que doy con su casa por casualidad. Él estaría en el jardín, apoyado sobre la azada, secándose el sudor de la cara con un gran pañuelo azul desvaído. Durante unos momentos nos quedaríamos observándonos fijamente, como se hace con las personas a las que uno reconoce pero no es capaz de nombrar, y entonces él me dedicaría un breve cabezazo de asentimiento.

Pero siempre que me empeño en llevar esta fantasía más allá, acabo enredándome en las explicaciones de mi psicoanalista y en mis propias excusas, y el señor Green y su azada desaparecen, junto con todo lo que yo tenía intención de decirle.

Dos días después de reunirse con nosotros en la pizzería, mi padre se fue en el coche hasta Cleveland, en el Estado de Ohio, donde había nacido. Allí, el cuñado de una prima suya le dio trabajo en una compañía de seguros. En cierto modo, yo no esperaba que se quedase en Spring Hill. Eso no quiere decir que me alegrara de que se marchase, sino que no me sorprendió. En ese primer otoño nos telefoneaba una vez por semana, por lo regular los domingos. Creo que se sentía solo. Luego fue llamando con menos frecuencia, hasta que llegó un momento en que sólo sabíamos de él en nuestros cumpleaños, por Navidad y en el Día de Acción de Gracias, o cuando alguna circunstancia en particular le hacía pensar en nosotros. Generalmente íbamos a visitarle una o dos semanas en verano. No era la mejor manera de mantener una relación pero tampoco tan mala como otras que me han contado. Nos pagó la universidad a los tres.

Ada regresó también ese septiembre pero, igual que mi padre, no se quedó mucho tiempo. Lo único que supimos de ella fue a través de una nota que le dejó a mi madre, escrita a lápiz en el dorso de un recibo de compra viejo y metida en el buzón de la puerta una tarde en que no estábamos en casa. Decía: «Te llamaré».

En lugar de eso, lo que hizo fue marcharse a Milwaukee, en Wisconsin, a quedarse en la gran casa de ladrillo estilo Tudor que tenía tía Fran cerca del lago. Según las tías, Ada se pasaba la mayor parte del tiempo durmiendo en el sofá del salón. Una tarde de ese otoño, al pasar por la cocina, justo antes de mudarnos a la casa que habíamos alquilado en College Park, oí el tonillo familiar de mi madre, que defendía a Ada por teléfono, como solía hacer.

—Ya sabes cómo es Ada; siempre ha tenido el metabolismo distinto del nuestro —decía, mientras daba golpes rítmicos en el suelo con el cordón del teléfono—. Bueno, igual duerme tanto porque tiene la gripe.

Pero esa misma tarde, Ada se despertó de una larga siesta, metió algo de ropa en una bolsa de papel del supermercado y salió por la puerta de tía Fran. Se fue directamente a la estación de autobuses, compró un billete para San Francisco y desapareció hasta pasados aproximadamente dos años.

Nadie recibió noticias de ella. Las tías contrataron a un detective privado. Pusieron anuncios por palabras en cinco periódicos de California: ADA. ¿DÓNDE ESTÁS? TE QUEREMOS. Pero las enfurecía que se hubiera marchado de una forma tan teatral, sin dejar una nota siquiera; como una niña pequeña, decían, o como una mujer demente.

—Ya sabes cómo es Ada —se decían una a otra, pero ahora en tono interrogativo, porque era evidente que ninguna de las dos lo sabía.

Volvieron a saber de ella en la Navidad de 1974. Envió una tarjeta de felicitación que reproducía la imagen de una Virgen con pechos asimétricos sentada en el tocón de un árbol; le mandó una a cada hermana. Estaba viviendo en Mendocino, en la costa norte de California. Se había casado con un carpintero, que construyó una casita bastante cerca del mar. Ella tenía su propio negocio ambulante de artesanía, se movía con una furgoneta. Hacía bolsos y colgadores de macramé para plantas. Decía que no era «arte», pero que los turistas se los compraban. «Pienso en ti a menudo», le escribió a mi madre, en tinta color lavanda.

Y quizá sea cierto, aunque de eso hace ya muchos años y creo que mi madre jamás le contestó. O tal vez sí lo hizo pero prefirió no contarnos las respuestas. Eso sería muy propio de ella. Por lo que a mí se refiere, Ada ha desaparecido. La gente se comporta así. Creo que eso es lo peor con lo que tengo que enfrentarme a medida que enfilo la «mediana edad»: los años en los que la desaparición comienza a ser corriente, cuando perder a alguien ya no resulta tan traumático. «Hace años que no sé de él», decimos. O bien: «Ella murió hace tiempo; habíamos roto el contacto».

Pero perder un hijo... creo que uno jamás se puede acostumbrar a eso. Creo que no se puede esperar que uno lo acepte. Los años pasan y yo me olvido de Boyd Ellison, pero de repente surge algo que me lo recuerda, y allí está: esa ladera a la luz del sol de julio que se enreda en el aire húmedo, como una gasa amarilla.

Una vez que me dejo llevar hasta ese punto, no puedo evitar volver a pensarlo todo de nuevo. ¿Y si ella hubiera dado dos pasos a la izquierda? ¿Y si hubiera llevado las gafas puestas? O si hubiese escuchado más atentamente, sin estar tan preocupada. Me pregunto si la propia florista todavía repasa esos pocos minutos, si, después de todos estos años, sigue soñando con que sube por la ladera y va pisando entre botellas rotas, vainas de algarroba y enredaderas. ¿Podría haber actuado de otro modo? ¿Podría?

Pero no empecé a pensar en los padres de Boyd hasta que encontré el cuaderno el otro día, mientras ayudaba a mi madre a sacar unas cajas del trastero del edificio de pisos en donde vive. ¿Qué sería de ellos? Lo único que conozco con certeza es que se mudaron al Estado de Virginia. Como el señor Green, salieron pronto de allí, pero no antes de presenciar su detención. No antes de haber tenido que vivir, sabiendo que el asesino de su hijo había sido atrapado y que probablemente iban a estar obligados a mirar al hombre que se lo había quitado todo; comprobar que era real, humano; incluso tal vez hacerle la pregunta que, a medida que han ido pasando los años, tiene que haberlos atormentado más y más. «¿Por qué?», le preguntarían. ¿Por qué, por qué, por qué?

Y todo para descubrir que no era ése, que el asesino seguía suelto. Yo debía haberme dado cuenta de todo eso. Sin embargo, hasta que esa noche empecé a pasarle las hojas a mi viejo cuaderno, no había llegado a comprender el daño que les causé yo también.

Es extraño; después de tantos años me sigue fascinando averiguar cómo se hacen daño las personas, por qué ocurre, y qué es lo que hace que la gente necesite ser cruel. Pero me temo que, hoy en día, mi interés ha pasado a ser práctico. Cuando era niña, sentía curiosidad por los mecanismos del dolor. Ahora quiero comprender por motivos de seguridad. «Ándate con cuidado». Sigue siendo el mejor consejo que me han dado jamás. El dolor siempre está a punto de atacar a alguien a quien conozco en alguna parte, y a veces me parece que lo más que puedo esperar es no ser yo la causante. Supongo que en ese aspecto soy producto de mi generación. La mayoría somos pragmáticos y escépticos angustiados, y nos interesan menos los misterios del dolor y de la crueldad humanos que cómo evitarlos.

Ésa es la razón por la que, inesperadamente, he llegado a sentirme agradecida al señor Green. Porque cuando te has visto ejecutar lo peor que se te puede ocurrir infligirle a otra persona, al menos ya sabes de qué eres capaz. Al menos tienes el resto de la vida para actuar con más cuidado.

El cadáver de un niño en una ladera, en julio. Una mujer que lee revistas en la oscuridad. Un hombre solo en una calle vacía. Como imágenes de un proyector manual de cine, aparecen y desaparecen, pero siempre están ahí. No quiero ponerme melodramática, pero es lo que hay.

En una de las últimas conversaciones telefónicas que tuve con mi padre, poco antes de que muriera en mayo pasado, le confesé:

—Quiero que lo sepas. No tengo nada contra ti.

Pareció verdaderamente sorprendido al contestarme:

—¿Pero por qué me ibas a guardar rencor? —Luego, como si de repente se acordara, añadió—: Ha pasado mucho tiempo, Marsha. No sé cuánto más puedes seguir aferrada a esos recuerdos.

—Siempre, mientras no lo comprenda —salté.

—Yo siempre te quise —suspiró por el teléfono.

—Entonces, ¿por qué me dejaste? —le repliqué. Y ahí estaba. Por fin había salido. Ni siquiera me había dado cuenta de cuánto necesitaba hacerle esa pregunta hasta que se la hube lanzado, hasta que las palabras brotaron de mí, silbando como un grito: *¿Por qué me dejaste?*

No dijo nada durante un buen rato. Le oía respirar pesadamente por el teléfono y me lo imaginaba sentado en la butaca reclinable, en su pequeño apartamento de Cleveland, la ventana cerrada con pestillo a sus espaldas, pasándose una mano por el escaso pelo gris. En la calle estaría cayendo la tarde, y los rayos del sol iluminarían la acera casi transversalmente. Por fin, reconoció con remordimiento:

—No lo sé. Lo siento. Ya no me acuerdo muy bien.

—No tiene importancia —le respondí, y me sorprendió lo aliviada que me sentía—. Quizá podamos hablar de ello en otra ocasión. —Pero no la hubo, claro. Se murió un par de meses después, de un infarto totalmente imprevisto. Sólo tenía sesenta y seis años.

Yo no estaba preparada para lo que pasaría cuando se muriera. Llevaba casi un cuarto de siglo viviendo sin mi padre, y, sin embargo, cuando Julie me llamó para decirme que había muerto, de repente me volví a encontrar con diez años otra vez; él acababa de dejarme y el mundo era un lugar vasto sumido en la oscuridad, y en ese momento comprendí, como si fuera la primera vez, que ya nada en mi vida parecería seguro.

Agradecimientos

Deseo expresar mi gratitud al *National Endowment for the Arts* y al *Massachusetts Cultural Council* por su generoso apoyo. También estoy muy agradecida a Marcie Hershman, Eileen Pollack, Marjorie Sandor, Alex Johnson, Jodi Daynard, Jessica Treadway, Phil Press y muy especialmente a Maxine Rodburg. Todos leyeron borradores de esta novela y me ofrecieron ánimo y consejos. Muchas gracias también a mi agente, Colleen Mohyde, y a mi editora, Shannon Ravenel.